순례자의
인문학 1

문갑식과 함께 걷는
우리 땅

문갑식과 함께 걷는 우리 땅

순례자의 인문학1

1판 1쇄 발행 2020년 4월 30일
1판 3쇄 발행 2020년 7월 10일

지은이　문갑식
사　진　이서현
발행인　고정일

발행처　동서문화사
창업　1956. 12. 12　등록 16-3799
주소　서울 중구 마른내로144(쌍림동)
전화　02-546-0331~6　팩스　02-545-0331
www.dongsuhbook.com

ISBN 978-89-497-1746-3　04810
ISBN 978-89-497-1745-6　(세트)

이 책은 관훈클럽정신영기금의 도움을 받아 저술·출판되었습니다.

순례자의
인문학 1

문갑식과 함께 걷는
우리 땅

글 문갑식
사진 이서현

조선일보의 인터넷 매체 '조선닷컴'에서 연재물 '기인이사奇人異士'를 시작하고 월간조선으로 옮겨 '주유천하' 시리즈를 이어간 것이 2015년부터이다. 이 시리즈는 내가 언론인 생활을 끝낸 2019년 12월까지 이어졌다. 이 시리즈를 기획한 것은 내가 영국 옥스퍼드 대학에서 1년을 보내고 귀국한 직후다.

유럽의 작가들과 그 작품의 무대를 종횡한 결과물이 '여행자의 인문학' '산책자의 인문학'이다. 이 두 권의 책을 내기 이전부터 나는 반성하고 있었다. 내가 살아온 이 산하의 모습과 역사에 무지하면서 유럽에 탐닉하고 있었다는 사실을 깨달았기 때문이다.

사진작가인 아내 이서현과 함께 우리 둘은 신화의 무대부터 최근의 인물을 쫓아다녔다. 만 5년간 40만 킬로미터를 달렸다. 그러는 동안 내가 몰랐던 많은 사람들을 만났고 내가 알고 있다고 생각했던 것보다 훨씬 더 깊은 우리 땅의 유래를 알게 됐다. 그것은 내 지적 흥미를 자극하는 것이어서, 취재를 마치고 와서나 취재를 시작하기에 앞서 많은 책을 읽었다.

참으로 행복한 시간이었을 것 같지만 아찔한 순간도 있었다. 10년 넘은 차를 너무 고생시킨 탓인지 고속도로에서 타이어가 펑크 나거나 심지어 양 바퀴를 잇는 축이 부러지는 희귀한 경험도 했다. 그때는 별 것 아니라고 생각했지만 별 것이 아닌 것은 아니었다. 새롭게 알게 된 우리 땅, 우리 사람들에 대한 열의가 우리 부부를 그렇게 내몬 것이다.

이 책은 1, 2권으로 만들었다. 더 기사량을 축소할 수도 있었지만 이 발로 써나간 기록을 가능하면 원형 그대로 보존하고 싶었다. '기인이사'와 '주유천하' 시리즈를 한편 쓰기 위해 10번 넘게 찾아간 곳도 있었다. 예를 들면 다산 정약용 선생이 유배생활을 하면서 남긴 역작의 산실 전라남도 강진이나 아마 우리 언론 가운데 최초로 보도했을 게 확실한 전라남도 월출산 기슭 백운동원림이나 담양의 소쇄원 같은 곳들이 그곳이다.

사계절을 그곳에서 지내며 내가 알지 못했던 숱한 이야기와 사람들을 만났다. 기자는 현장을 뛰어야만 한다는 평소의 소신을 확인할 수 있었던 순간이다. '십승지'를 남긴 격암 남사고 선생의 십승지를 찾기 위해 스무 번 넘게 이곳저곳을 헤맨 기억도 난다. 모든 취재를 마치고 귀경하면서 울진 인근의 구주령을 넘을 때 비치던 석양이 아직도 생각난다.

　이 책을 내기 위해 숱한 희생도 감수했지만 결과적으로 모든 것은 잘 풀렸다. 이 방대한 시리즈를 함께 취재한 사진작가 이서현과 나의 아이들, 그리고 이 책의 출판을 흔쾌히 도와주신 관훈클럽과 출판을 흔쾌히 허락해준 동서문화사 고정일 사장께 깊은 감사를 드린다.

2020년 2월 19일 저자 문갑식

3부

역사 속의 '한국형 노블리스 오블리주'

1부
—

역사 속의
기인이사

1장

'알에서 시작된 신화'의 현장을 가다

박혁거세와 알영부인과 김알지와 수로왕과 허황후를 찾아서 대한민국의 유래는 하늘로부터 시작됐다. 일연스님이 쓴 《삼국유사》의 첫 부분이다.

《위서》에 이렇게 말했다.

"지금으로부터 2000년 전에 단군왕검이 있어서 아사달에 도읍을 정하고 나라를 열어 조선이라고 불렀으니 바로 요 임금과 같은 시기다."

《고기》에는 이렇게 말했다.

"옛날 환인의 서자 환웅이 자주 천하에 뜻을 두고 인간 세상을 탐내어 구했다. 아버지가 아들의 뜻을 알고는 삼위태백을 내려다보니 인간을 널리 이롭게 할 만하여 환웅에게 천부인 세 개를 주어 즉시 내려 보내 인간세상을 다스리게 했다. (…) 그 당시

오릉은 시조 박혁거세가 묻힌 곳이다. 머리와 사지를 따로따로 묻어서 오릉이라고 한다.

곰 한 마리와 호랑이 한 마리가 같은 굴 속에 살고 있었는데 환웅에게 사람이 되게 해 달라고 항상 기원했다. 이때 환웅이 신령스런 쑥 한 다발과 마늘 스무 개를 주면서 말했다. '너희가 이것을 먹되 백일 동안 햇빛을 보지 않으면 사람의 형상을 얻으리라…"

이 내용은 한국인이라면 다 아는 내용이다. 이것이 각종 시험에는 다음과 같이 출제된다. 첫째, 단군왕검이 나라를 연 시기가 중국 요 임금과 같으니 한국은 역사적으로 중국과 대등하다. 둘째, 아사달은 어딘지 알 수 없으나 북한 평양이라는 설과 중국 랴오둥 지방의 자오양이라는 설이 있다. 후자의 경우 우리 역사의 무대는 만주가 된다.

셋째, 태백산을 두고 지금의 백두산, 혹은 강원도 태백산, 혹은 신화 속의 삼고산이라는 설이 있다. 넷째, 앞서 인용하지는 않았지만, 환웅이 각각 바람, 비, 구름을 관장하는 어른을 대동하고 땅으로 내려왔기에 당시 농경이 주된 생업임을 알 수 있다. 역시 인용하지는 않았으나 살인 등 여덟 가지를 금했기에(팔조금법) 법률이 정비된 사회였다.

다섯째, 호랑이와 곰은 이 동물을 숭상했던 토템 신앙의 소산이라는 것이 초·중·고등학교 시험에 출제된 내용의 전부다. 문제는 우리가 장구한 역사를 가진 민족이라는 자부심을 가질 수 있을지언정 이것이 결코 확인할 수 없는, 눈으로 본 사람이 단한 명도 없는 '신화'라는 사실이다. 북한에 단군릉이 있다지만 진짜인지는 미지수다.

그런데 단군신화에 비슷하면서도 우리가 두 눈으로 확인해 볼 신화와 역사의 중간단계쯤 되는 현장이 이 땅에 두 군데 있다. 신라와 가야다. 고구려의 시조는 부여의 신화 속 인물의 아들이었기에 실재했다. 백제의 시조는 고구려에서 갈라져 나왔기에 역시 실존했던 사람들이다. 그런 사전 지식을 가지고 경주와 김해로 가 본다. 먼저 경주다.

김부식의 《삼국사기》 권 제1 신라본기 제1은 이렇게 시작된다.

'시조의 성은 박씨, 휘는 혁거세이다.'

옛 진한 땅에는 여섯 부족이 살았는데 그들은 지도자가 필요했다. 하루는 그들이 나정이라는 우물가 근처 숲 사이를 바라보고 있는데 말이 무릎을 꿇고 울고 있었다. 이를 기이하게 여겨 가 보니 말은 간데없고 큰 알이 있었다. 그것을 깨어 보니 남자 어린아이가 나왔다. 박혁거세다. 그로부터 5년 뒤 괴상한 일이 또 생겼다.

《삼국사기》의 기록이다.

〈용이 알영정에 나타나 오른쪽 갈빗대에서 계집아이를 낳았다. 늙은 할멈이 아이를 데려가 키우고 그가 태어난 우물알영을 이름으로 삼았다. 시조(박혁거세)가 그를 비妃로 삼으니 사람들이 이현二賢이라 일렀다.〉

알영천은 알영이 태어났다는 곳이다.

《삼국사기》와 달리 《삼국유사》에는 박혁거세가 온 날 알영도 동시에 태어났다고 기록돼 있다. 역시 용의 왼쪽 옆구리에서 나왔는데 특이한 것은 얼굴은 아름다웠으나 입술이 닭부리와 같았다는 것이다. 사람들이 아이를 월성 북천에서 목욕시키자 부리가 떨어져 나갔다고 한다. 사람들은 박혁거세가 태어난 알이 바가지처럼 생겼다고 해 성을 박이라 했다.

여기서 우리가 주목해야 할 부분은 세 가지다. 첫째는 정사이할 《삼국사기》의 맨 첫 부분에 왜 박혁거세에 이어 알영이 등장했으며, 둘째, 알영이 박혁거세와 어깨를 나란히 한다는 뜻의 '이현'으로 평가됐느냐는 점이다. 셋째, 용의 오른쪽 갈빗대에서 알영이 나왔다는 것은 아담의 갈비뼈로 이브를 만들었다는 《구약성서》 창세기 부분과 놀랍도록 비슷하다는 것이다.

이 궁금증을 풀기 위해서는 하회가 필요하다. 《삼국유사》에 따르면 박혁거세는 61년간 나라를 다스리다 하늘로 올라갔는데 1주일 후 시신이 땅에 떨어졌고 왕후, 즉 알영부인도 곧 세상을 떠났다는 것이다. 사람들이 왕을 장사지내려 하자 큰 뱀이 쫓아다니며 방해하는 통에 머리와 사지를 각각 제사지냈으니 이게 곧 오릉이며 알영도 거기 함께 묻혔다.

박혁거세의 뒤는 태자 남해가 이었는데 여기도 설화가 있다. 처음에는 남해가 매부였던 석탈해에게 왕위를 양보하려 했는데 탈해가 "무릇 덕이 있는 자는 치아가 많다고 하니 마땅히 잇금으로 시험해 봅시다"라고 했다. 그래서 이빨 수를 세어 보니 남해가 더 많아 왕이 됐다. 남해는 정식 명칭이 '박노례이질금', 달리는 유리왕 혹은 유례왕이라 부른다.

그런데 박혁거세의 사위였던 석탈해 역시 출생이 만만치 않은 인물이다. 가락국, 즉 가야의 시조 수로왕 시절, 바다 한가운데서 홀연히 배가 출현했다. 수로왕이 신하와 백성들을 이끌고 북을 두드리며 그들을 맞이하려 했는데 웬일인지 배는 계림, 즉 경주 동쪽 아진포에 닿았다. 마침 포구에 박혁거세를 위해 고기

를 잡는 노파 아진의선
이 있었다.

배에는 까치들이 모
여 있었고 길이 스무 자
에 너비 열세 자가 되는
상자가 있었다. 아진의선
이 잠시 후 열어 보니 남
자 아이가 있었고 뒤이
어 칠보와 노비들이 쏟
아졌다. 아이는 자신이
용성국 사람이며 원래
알에서 태어났는데 용성
국 사람들이 이를 두려

워해 자신을 배에 실어   구지봉은 수로왕이 하늘에서 왔다는 곳이다.

보내며 '아무 곳이나 인연이 있는 곳에 가서 살라'고 했다고 말
했다.

용성국은 왜, 즉 일본으로부터 동북쪽으로 1000리 지점에 있
다는 섬이라고 한다. 그렇다면 사할린 근방일 것이다. 이 석탈해
가 남해왕이 죽자 신라의 3대 왕으로 즉위했다. 놀라운 것은 석
탈해가 왕으로 나라를 다스릴 때 경주 월성 근처에서 박혁거세
가 이 세상에 올 때와 비슷한 일이 벌어졌다는 사실이다. 갑자기

나뭇가지에 황금 상자가 걸려 있는 것이었다.

석탈해가 가서 상자를 열어 보니 사내아이가 툭 튀어나왔기에 그 이름을 알지라 했다. 왕이 알지를 대궐로 데려오는데 새와 짐승이 뒤따르면서 춤을 췄다. 석탈해는 알지가 금궤에서 나왔다고 성을 김으로 삼았다. 석탈해는 김알지를 태자로 삼으려 했으나 유리왕의 둘째 아들이었던 파사 이사금에게 사양했다.

해서 석탈해 뒤는 4대 파사 이사금, 5대 지마 이사금, 6대 일성 이사금, 7대 아사달 이사금, 8대 벌휴 이사금, 9대 나탈 이사금, 10대 조분 이사금, 11대 첨해 이사금처럼 박씨와 석씨가 번갈아 왕위를 잇다가 김알지의 후손인 미추 이사금이 12대 왕에 올랐다. 4대 왕이 될 수 있었던 김알지 후손이 왕이 되는 데 9번을 기다린 것이다.

여기서 다시 《구약성서》에 나오는 것과 비슷한 구절이 등장한다. 《삼국사기》의 기록이다.

〈알지는 세한을 낳고 세한은 아도를 낳고 아도는 수류를 낳고 수류는 욱보를 낳고 욱보는 구도를 낳으니 구도가 곧 미추의 아버지였다…〉

그렇다고 김씨가 왕위를 찬탈했던 것은 아니다. 기록에 따르면 첨해왕이 아들이 없어 국인, 즉 백성들이 미추를 갖게 됐다고 했으니 김알지의 후손은 인심을 얻으며 세월을 기다렸던 것이다.

가락루는 경상남도 김해에 있는 김수로왕릉의 정문이다.

이후 김씨는 다시 타성에게 세 차례 왕위를 내줬다가 내물왕 대에 이르러 멸망할 때까지 김씨 왕조를 이어 간다. 이런 역사상 기록이 마치 신화 속 이야기처럼 들리지만 경주에 가면 직접 확인할 수 있다. 경주 오릉 옆에는 숭덕전이라는 건물 안으로 들어가면 신라시조 왕비 탄강 유지라는 팻말과 함께 샘이 '짠' 하고 나타나는 것이다.

미추왕은 신력이 대단했다고 《삼국유사》는 기록하고 있다. 미추왕 다음에 왕에 오른 14대 유리왕 때 신라가 외적의 침공을 받아 고전할 때 홀연히 귀에 댓잎을 꽂은 군대, 즉 죽엽군이 나타나 적을 물리친 뒤 자취를 감췄다. 사람들이 찾아보니 미추왕의 능 앞에 댓잎이 수북이 쌓여 있는 것을 알고 그때부터 미추왕릉을 죽현릉이라 불렀다. 아마 영화 '반지의 제왕'을 본 분들이 이 장면을 쉽게 상상할 수 있을 것이다.

미추왕은 삼국통일 후인 37대 혜공왕 때에도 등장한다. 서기 779년 갑자기 김유신 장군의 능에서 회오리바람과 함께 장군과 같은 위용을 지닌 사람이 준마를 타고 나오니 뒤이어 마흔 명가량의 군사가 줄을 이어 미추왕의 죽현릉으로 향했다. 사람들이 두려워 들어보니 김유신 장군의 혼백이 미추왕에게 다음과 같이 하소연하는 것이었다.

"신(김유신)은 평생을 시대의 환란을 구하는 데 힘을 보태어 통일을 이룩한 공이 있사온대 지난 경술년 신의 자손이 죄도 없이 죽음을 당했습니다. 신은 다른 곳으로 멀리 떠나 다시는 나라를 위해 힘쓰지 않으려 하니 왕께서는 허락해 주십시오."

이에 미추왕의 혼백이 답했다.

"나와 공이 나라를 지키지 않으면 백성들이 어찌 되겠는가. 공은 예전처럼 힘써 노력해 주시오."

김유신의 세 번에 걸친 청을 미추왕이 세 번 모두 거절하자 비로소 회오리바람이 멈췄다. 이 소식을 들은 혜공왕은 즉시 신하를 김유신의 무덤에 보내 사과하고 취선사라는 절에 땅을 하사했다. 취선사는 김유신이 평양을 정복한 후 세운 절이다. 또 미추왕의 제사 차례가 이때부터 오릉보다 위에 올랐으며 사람들은 미추왕릉을 대묘라고 불렀다고 한다.

신라 초기사를 보면 두 가지를 알 수 있다. 박혁거세와 함께 알영을 이현으로 숭앙할 정도라면 당시 여권이 꽤 강했다는 뜻이며 세 성씨가 피비린내 나는 내전을 겪지 않고 비교적 평화적으로 정권, 즉 왕위를 교체했다는 것은 당시 신라사회가 합의에 바탕을 둔 나라였음을 짐작할 수 있다는 것이다. 그런데 박혁거세와 알영의 관계는 가야에서도 재현된다.

부산에서 서진하면 김해가 나오고 김해에서 노무현 전 대통령의 고향 진영 쪽으로 가다 보면 오른쪽에 나지막한 산이 나온다. 지금으로부터 2000여 년 전 그곳에서 이런 일이 있었다. 구간이라 불리는 아홉 명의 추장들이 7만 5000명의 백성들을 다스리고 있는데 거북이와 알 여섯 개가 원형을 이루는 형상인 구지봉에서 이런 소리가 들려왔다.

"여기에 사람들이 있는가?"

구간이 답했다. "우리들이 있습니다."

또 목소리가 들려왔다. "내가 있는 곳이 어디인가?"

구간이 말했다. "구지봉입니다."

"하늘이 내게 이곳에 내려와 새로운 나라를 세워 임금이 되라고 명하셨기 때문에 내가 일부러 온 것이다. 너희들이 모름지기 봉우리

꼭대기의 흙을 파내면서 '거북아 거북아 네 목을 내밀어라. 만약 내밀지 않으면 구워먹겠다'라고 노래를 부르고 춤을 추면 대왕을 맞이하여 너희들이 기뻐 춤추게 되리라.'

구간들이 시킨 대로 하자 하늘에서 자줏빛 새끼줄이 내려왔다. 그 끝에는 붉은색 보자기로 싼 금합이 있었다. 그것을 열어 보니 황금알 6개가 들어 있었다. 12일이 지나고 보니 알은 아이로 변해 있었는데 나날이 자라 열흘 지나자 키가 아홉자로 모습이 은나라의 탕왕 같았고 얼굴은 용 같아 한나라 고조를 닮았으며 눈썹의 여덟 색채가 요임금과 같았다.

그달 보름에 즉위했는데 세상에 처음 나타났다 하여 이름을 수로라고 했으며 나머지 다섯 사람도 다섯 가야의 임금이 되었다. 이것이 6가야의 시작이다. 여기서 앞서 등장했던 석탈해가 다시 나온다. 수로왕처럼 알에서 사람으로 변한 탈해는 바다에서 수로왕의 궁궐로 들어가 이렇게 말했다.

"나는 당신의 왕위를 빼앗으러 왔소이다."

그러자 수로왕이 답했다.

"하늘이 나에게 왕위에 올라 나라와 백성을 편안하게 하도록 명했으니 감히 하늘의 명령을 어기고 너에게 왕위를 넘겨줄 수 없고 또 감히 우리나라와 백성을 너에게 맡길 수도 없도다."

그러자 탈해는 "그대는 나와 술법을 겨룰 수 있소?"라고 도발해 오는 것이었다. 이에 수로왕은 "좋다"며 탈해와 술법을 겨루기 시작했다.

탈해가 매로 변하자 수로왕은 독수리가 됐고 탈해가 참새로 변하니 수로왕은 새매로 변하는 것이었다. 이에 탈해가 말했다.

"제가 매가 되자 독수리가 되었고 참새가 되자 새매가 되었는데도 죽음을 면할 수 있었던 것은 모두 성인께서 저의 죽음을 원치 않는 인 때문이 아니겠습니까?"라고 말하고는 계림 땅 경계로 도망쳐 버렸다.

수로왕이 배필을 맞는 과정이 박혁거세보다 더 신비롭다. 수로

김수로왕릉 근처에는 허황옥의 상이 있다.

왕은 자신들의 딸 중에서 제일 훌륭한 처자를 뽑자는 신하들의
말에 "왕후를 맞는 것 역시 하늘의 뜻이 있을 것"이라며 망산도
로 부하들을 보냈다. 그런데 홀연히 서남쪽 바다 모퉁이에서 붉
은 돛을 단 배 한 척이 붉은 깃발을 나부끼며 육지 쪽으로 다가
오는 것이었다.

이 소식을 듣고 수로왕이 해안가로 달려갔다. 신하들이 배에
서 내린 아리따운 왕후를 궁궐로 모시려 하자 왕후는 "나는 그
대들과 평소에 알지 못하는 사이인데 어찌 감히 경솔하게 따라
가겠는가"라고 하는 것이었다. 수로왕은 옳다고 여겨 대궐 아래
60보쯤에서 장막을 치고 기다렸다. 그러자 왕후는 별포 나루터
에 배를 대고 육지에 올라오는 것이었다.

왕후는 입고 있던 비단바지를 산신령에게 폐백으로 바쳤고 신
하 20명을 대동했는데 각종 비단과 금은, 구슬과 옥, 장신구 등
이 이루 다 기록할 수 없을 만큼 많았다. 왕후가 수로왕이 있는
곳으로 오자 왕후가 비로소 말하는 것이었다.

"나는 아유타국의 공주인데 성은 허씨고 이름은 황옥이며 나
이는 열여섯입니다. 본국에 있던 금년 5월에 부왕과 왕후가 저를
보고 말하기를 '아비와 어미가 어젯밤 똑같이 꿈속에서 상제를
보았다. 상제께서 가락국의 임금 수로는 하늘이 내려 왕이 되게
한 신성한 사람으로 아직 짝을 정하지 못했으니 그대들은 모름
지기 공주를 그곳으로 보내라'고 하셨습니다. 그래서 저는 배를

재매정터는 삼국통일의 주역인 김유신의 저택이 있었던 터다.

타고 멀리 신선이 먹는 대추를 구하고 하늘로 가서 선계의 복숭아를 좇으며 반듯한 이마를 갖추어 이제야 감히 임금의 용안을 뵙게 된 것입니다."

이렇게 두 사람이 결혼해 141년을 함께 살았다. 서기 189년 왕후가 세상을 떠나니 그때 나이 157세였다. 나라 사람들은 마치 땅이 무너진 듯 탄식하며 구지봉 동북쪽 언덕에 장사 지냈다. 왕후가 가락국에 처음 와서 닿은 도두촌을 주포촌이라 부르고 비단바지를 벗은 언덕을 능현이라 했으며 붉은 깃발이 들어온 바

닻가를 기출변이라 불렀다.

이런 역사를 지닌 가야는 9대 구형왕 때까지 존속했으나 이내 신라에 병합됐다. 그런데 금관가야 마지막 왕 구형왕의 아들인 김무력은 신라의 장군이 돼 백제 성왕을 관산성 전투에서 죽였고 그 아들인 김서현은 고구려와의 낭비성 전투 등에서 승리했으며 김무력의 손자 김유신은 15세 때 화랑이 되어 18세에 국선에 오른 뒤 문무왕과 함께 삼국통일의 주역이 됐다.

그런가 하면 김유신의 아들 김원술은 당나라와 통일신라가 한반도의 명운을 걸고 벌인 전쟁에서 마지막 결전장이 된 매초성 전투에서 당군 20만을 격파하는 데 공헌했다. 김유신의 경주 저택은 경주에 있는 39개 금입택 가운데 으뜸이었다. 경주 최부자집 인근에는 김유신이 살던 재매정이라는 터가 지금도 보존돼 있다.

이집트 나일강 중류 룩소르의 서쪽 교외에 있는 이집트 신왕국 시대의 왕릉이 집중된 좁고 긴 골짜기를 세계인들은 왕가의 계곡(Valley of the Kings)이라고 부른다. 이곳에는 투트모세 1세부터 람세스 11세에 이르는 제18, 19, 20왕조의 거의 모든 왕들이 묻혀 있다. 최대 규모인 세티 1세의 능은 길이 100m이며 널길과 널방이 15개나 있다.

그곳은 1922년에 발굴된 제18왕조 투탕카멘 왕릉을 제외하고 모두 도굴당해 유물은 물론 왕의 미라조차 남아 있는 것이 없다. 그러나 1995년 카이로에 있는 아메리카대학의 미국인 교수 켄트 위크스에 의해서 람세스 2세의 가족묘로 추정되는 거대한 묘를 발견하고 '5호 고분'이라고 명명했다. 이 고분은 1820년 영국의 고고학자 제임스 버튼이 발굴하다 실패한 것을 1910년 영국인 하워드 카터가 다시 시도하였다가 실패한 것으로, 10여 년의 발굴작업 끝에 위크스가 발견한 것이다.

어디 그뿐인가, 로마에 가면 일곱 개의 언덕의 빼곡한 유적 밑에 유적이 켜켜히 쌓여 있으며 옛 페르시아의 왕조나 터키 지역에도 이런 왕가의 계곡들이 저마다 역사를 빛내고 있다. 그런데 등잔 밑이 어둡다고 우리는 경주를 고교시절 수학여행이나 가는 곳으로 알고 있다. '경프리카'라는 말처럼 경주나 김해의 여름은 뜨겁다. 하지만 이런 신화의 현장을 직접 눈으로 보는 여정은 한여름의 폭양보다 더 뜨거운 감동과 한민족에 대한 열렬한 자부심을 심어 줄 것이다.

2장

백제 무왕의 한과 전북 익산 쌍릉의 비밀

"100년 전 보고서에는 나오지 않던 인골이
왜 쌍릉에서 발견됐을까?"

지난 2018년 3월 중순 전북 익산 쌍릉사적 87호의 큰 무덤(일명 대왕릉)을 발굴하던 조사단원들은 경악했다. 100여 년 전 처음 이곳을 발굴했던 일본 학자의 보고서에 전혀 언급되지 않았던 사람 뼈가 모습을 드러냈기 때문이다. 무덤 속 방인 현실 한가운데에 화강암 재질 관대가 있고 그 위쪽에 있던 나무상자를 열어 보니 두개골 조각 등 인골이 가득 담겨 있었다.

문화재청은 2일 "익산 쌍릉에서 인골이 담긴 나무상자를 발견했다"며 "1917년 발굴 때 유물과 치아를 수습한 뒤 유골은 이 상자에 넣어 다시 봉안한 것으로 보인다"고 밝혔다. 문화재청과 익산시가 진행하는 이번 발굴은 '백제왕도 핵심유적 보존·관리사업'의 하나로 지난해 8월 시작됐다.

과연 누구의 뼈일까? 쌍릉은 《고려사》 등에 백제 무왕과 왕비의 무덤이라고 기록돼 있다. 오랫동안 쌍릉 중 '대왕릉'은 무왕, '소왕릉'은 무왕과 함께 '서동요' 설화의 주인공인 선화공주의 무덤으로 여겨져 왔다. 그런데 대왕릉에서 출토된 치아를 2년 전 국립전주박물관이 분석한 결과 "20~40세 여성의 것일 가능성이 크다"고 발표해 "왕이 아니라 왕비의 무덤일 것"이란 추정이 나왔다. 여기에 유물 중 신라계 토기가 있다는 점을 들어 무릎을 탁 치는 사람들이 생겨났다. "신라 출신 선화공주의 무덤이 분명하다"는 얘기였다.

하지만 선화공주가 과연 무왕의 왕비였을까? 2009년 미륵사지 석탑의 사리봉안기 발굴 결과, 무왕의 비는 선화공주가 아니라 백제 최대 귀족인 사택씨인 것으로 나왔다. 그럼 무덤의 주인공은 사택왕후일까?

　　　　　　　　　　　　　　　　　　　－ 〈조선일보〉 4월 3일 자 보도

숱하게 지나치던 호남고속도로 왕궁－삼례IC에 들어선 순간 탄식을 금치 못했다. "귀중한 역사의 보고에 그간 무지했구나" 하는 자탄이 가슴을 울렸다. 위대한 백제의 꿈이 서려 있는 도시, 지금은 부여나 공주에 비해 방치되다시피 한 유적, 그렇지만 세계에 내놓아도 손색이 없는 우리의 자랑스러운 문화유산이자 '유네스코 세계 유산'으로 최근 등재된 전북 익산을 독자들과 함께 걸어보려 한다.

익산 변두리에 '마룡지'라는 연못이 있다. 지금은 바로 옆에 왕갈비탕집이 들어서 있다. 《삼국유사》엔 이곳의 신비한 전설이 기록돼 있다. "과부가 되어 서울 남쪽의 연못가에 살던 여인이 어느 날 연못 속의 용과 관계해 아들을 낳았다"는 것이다.

여기서 여인은 백제 무왕의 어머니이며 '연못 속의 용'은 무왕의 친아버지를 상징하는 듯하다. 앞서 《조선일보》 보도대로 그 왕이 누구인지를 놓고는 지금까지 설이 엇갈려 왔다. 《삼국사기》

전북 익산 쌍릉은 무왕과 선화공주의 무덤으로 알려졌다. 명당으로 소문난 탓인지 주변에 분묘가 많다.

는 무왕의 친부를 29대 법왕(재위 599~600)이라 보고 있다.

중국 남북조시대에서 북조의 역사를 기록한 《북사北史》는 무왕을 27대 위덕왕(재위 554~598)의 아들로 기록하고 있다. 위덕왕과 법왕 사이에는 28대 혜왕(재위 598~599)이 있었지만 법왕과 혜왕의 재위기간은 합쳐도 3년뿐이다. 무왕의 친아버지를 특정할 수는 없지만 존엄의 상징인 '용'을 등장시킨 것은 그만큼 무왕의 업적이 남달랐기 때문일 것이다.

무왕은 서기 600년부터 641년까지 재위했고 641년 사망했지만 태어난 연도는 역사에 정확하게 나타나지 않는다. 하지만 그가 태어나자마자 왕이 됐을 리는 없고 적어도 열 살 내지 스무 살이 돼서야 왕으로 즉위했다는 것을 감안하면 그의 친부는 위덕왕이 아닐까 하는 추정이 가능해진다. 29대 법왕이나 28대 혜왕이라고 추정하기에는 아무래도 무리가 있을 듯하다.

이 마룡지 주변에 서동생가터라는 곳이 있다. 서동은 무왕의 어릴 적 이름이다. 《신증동국여지승람》은 이 부근에서 백제 기와가 발견됐기에 '서동대왕모축실'이라고 기록하고 있다. 무왕 어머니가 지은 집터라는 뜻일 것이다. 여기서 1.2km쯤 외곽으로 가면 길가에 주꾸미 음식점이 보이는데 그쪽으로 들어가면 봉분두 기가 나란히 있다. 무왕과 그의 아내 선화공주가 잠든 곳이라고 하는데 최근 무왕의 것으로 추정됐던 큰 봉분에서 여자의 흔적이 나왔다는 발표가 있었다.

마룡지는 백제 무왕이 태어났다는 연못이다.

안타까운 것은 내가 이용하는 '김기사'라는 내비게이션에는 '익산쌍릉' '서동생가터'가 전혀 나오지 않는다는 사실이다. 그래서 주민들에게 물어서 갈 수밖에 없었다. 최근 조성된 서동공원은 볼 것이 없는데도 내비게이션에 등장하니 선후가 바뀐 느낌이 들었다.

많지 않은 사서와 전설에 따르면 무왕은 어렸을 적부터 어머니에 대한 효심이 지극했다고 한다. "늘 마를 캐 팔아서 어머니를 봉양해 사람들이 맛동이(서동)이라고 불렀다"고 하는데 이 구절에서 한 가지 분명한 사실을 짐작할 수 있다. 다만 여기서 '마'가 삼이 아니고, 맛과의 덩굴풀 뿌리를 말하는 이야기도 있다. 마는 고구마가 전래되기 전에 식용으로 사용하던 것이라는 얘기다.

왕자인데도 가난했다는 것은 무왕의 친부와 어머니가 야합했음을 상징한다. 사서에서 '용과 관계했다'는 것은 정상적인 부부가 아닐 때 사용한다. 무왕의 아들 의자왕도 '해동증자'로 불린 것을 보면 효심만은 부전자전이었던 것 같다.

익산토성이 있는 오금산에는 서동이 어린 시절 마를 캐다 금덩이를 다섯 개 얻었다는 설화가 있다. 실제로 오금산에서는 야생 마를 많이 볼 수 있다. 이렇게 자란 서동이 신라 진평왕의 딸 선화공주를 얻은 이야기는 잘 알려져 있다. 서동은 선화공주가 미인이라는 말을 듣고 신라의 수도 서라벌(경주)로 가 어린아이들

왕궁리는 이름 그대로 무왕이 천도하려했던 곳이다. 벌판에 우뚝 서있는 5층 탑에서 흥
망성쇠의 비장감이 느껴진다.

에게 마를 주며 친해진 뒤 다음과 같은 노래를 유행시켰다.

"선화공주님은 남몰래 얼어두고 서동방을 몰래 밤에 안고 간다."

이 노래의 여파는 컸다. 장안에 이 노래가 퍼진 것을 알게 된 진평왕은 크게 화를 내면서 선화공주를 귀양보내는데 거기서 서동은 선화공주의 마음을 얻고 그녀를 아내로 맞는다.

서기 600년 제29대 법왕의 뒤를 이어 서동이 무왕으로 취임했을 때 백제의 사정은 풍전등화 같았다. 위로는 강성한 고구려가 버티고 있었고 동쪽으로는 신라가 들불 일어나듯이 세력을 키우고 있었던 것이다. 무왕은 난관을 타개하려 수도를 익산으로 천도하려 했다. 그 별궁이 익산 왕궁리 유적이다.

이 유적을 두고는 한동안 설이 엇갈렸다. 무왕이 세운 것이다, 보덕국의 안승이 세운 것이다, 후백제의 견훤이 세운 것이다 라는 설이 난무했는데 발굴조사를 통해 무왕대에 조성된 사실이 밝혀졌다. 발굴조사 결과 전각으로 추정되는 대형 건물지, 정원시설 등이 드러났고 유리-금제품-토기-수부라는 글씨가 적힌 기와 등 1만여 점의 유물도 출토됐다. 익산과 전주를 잇는 자동차 전용도로에서 보면 왕궁리 전체를 조망할 수 있다. 허허벌판 왕궁리에서 눈길을 끄는 구조물이 있다. 국보 289호 왕궁리 오층석탑이다.

유적 한복판에 우뚝한 오층석탑은 건축연대가 불확실하지만 주변에서 대관관사, 관궁사, 왕궁사라고 적힌 기와가 발견됐다.

《삼국사기》 태종무열왕
기에 남아 있는 기록
을 보면 이 기와가 뜻하
는 바를 짐작할 수 있
다. "(백제가 망하기 전) 9월
대관사의 우물물이 변
하여 피가 되고 금마군
에서는 땅에서 피가 흘
러나와 그 너비가 5보나
되더니 왕이 돌아갔다"
는 것이다. 실제로 《삼
국사기》나 《삼국유사》에
는 백제가 의자왕대에
멸망하기 전 기이한 일
들이 많이 벌어졌다는
기록이 나온다.

왕궁리 오층석탑은 주변이 고즈넉해 언제 보아도
좋지만 일출 때나 석양 때 절정의 아름다움을 보여
준다.

　머리 잘린 닭이 한참을 걸어 다니는가 하면 우물에서 귀신이
나와 '백제는 망했다'고 울부짖었다는 등의 해괴한 사건들을 기
억할 것이다. 이로 미뤄 무왕대에 별궁으로 쓰이던 왕궁리 유적
은 의자왕 때 사비성(부여)을 수도로 고수하면서 사찰로 변했고
왕궁리 오층석탑의 명칭 역시 대관관사 혹은 대관사, 왕궁사로

변했다는 것을 짐작할 수 있다.

앞서 금마리란 익산의 옛 지명이다. 왕궁리 오층석탑은 지금까지 본 여러 석탑 중에서도 손꼽을 만한 명품이다. 완벽한 자태에 군더더기 없는 형상이 백제 미의 정화라 할 만하다.

새벽녘이나 황혼 무렵 벌판에 홀로 선 오층석탑을 보면 사라진 왕국의 정서, 혹은 한을 느낄 수 있을 것이다.

무왕은 익산으로 도읍을 옮기며 무슨 꿈을 꾼 것일까? 그 목적을 잘 나타내는 곳이 왕궁리 유적에서 멀지 않은 곳에 있는 미륵사지다. 미륵사지는 무왕이 세운 것으로 알려져 있는데 다음과 같은 기록이 《삼국유사》 무왕 조에 남아 있다.

"왕이 부인과 함께 사자사를 가던 중 용화산 밑의 큰 연못에서 미륵 삼존이 출현하자 사찰을 짓고 싶다는 부인의 청을 받아들여 연못을 메운 후 법당과 탑, 회랑 등을 각각 세 곳에 세우고 '미륵사'라 하였다"는 창건설화와 관련된 기록이다. 여기서 용화산은 지금의 미륵산을 말한다. 그런데 용화나 미륵은 사실상 같은 뜻이다. 불교에서 용화는 미륵불이 사는 정토를 말한다.

미륵은 원래 석가모니의 제자였다고 한다. 범어로 '마이트레야(Maitreya)'라고 하는 미륵은 성이며, 이름은 '아지타(Ajita)'이다. 흔히 우리가 자씨보살이라고 부르는 이가 바로 미륵불이다.

미륵은 인도 바라나시국 브라만 집안에서 태어났다고 한다. 석가모니의 지도를 받으며 수도하였고 미래에 성불하리라는 수기를 받은 뒤 도솔천에 올라갔는데 지금은 천인들을 위해 설법하고 있다는 것이다. 여기서 '도솔천'은 지나친 욕심이나 번뇌·망상으로 인한 방황이 없는 세계를 말한다.

불교에는 석가모니 부처께서 입멸한 뒤 56억7000만 년이 되는 때에 다시 미륵이 사바세계에 출현하여 화림원 용화수 아래에서 성불하고 3회의 설법으로 모든 중생을 교화한다는 말이 있다. 이 법회를 '용화삼회'라고 하는데 용화수 아래에서 성불하기 이전까지는 미륵보살이라 하고 성불한 이후는 미륵불이라 한다는 것이다.

미륵불은 구세주와 같다. 그때의 세계를 불교에서는 지상낙원인 '용화회상'이라고 부르는데 사시사철 기후가 화창해 사람들은 병을 앓지 않으며 모두가 평등하고 사이좋게 사는 유토피아 같은 세상이 된다고 한다.

사람들의 얼굴은 복숭아꽃처럼 곱고 금은보석이 땅에 지천으로 널렸어도 욕심내는 사람이 없으니 수명은 극히 길어진다. 미륵은 6만 살을 살고 미륵의 법 역시 6만 년이 지속되니 그야말로 모두가 꿈꾸는 지상낙원이 펼쳐지는 것이다. 이 미륵불에 대한 사람들의 희망이 미륵신앙으로 이어져 미륵보살이 계시는 도솔천에서 태어나기를 바라고, 말세를 구제하기 위해 미륵이 내려오기를 바라는 신앙으로 발전했다.

이것은 특히 힘없는 민중의 바람이었을 것이다. 우리나라에 미륵의 존재가 알려진 것은 백제 성왕 4년(526)에 사문 겸익이 인도에서 유학하고 돌아와 미륵불광사를 지었을 때를 기점으로 보는 사람들이 많다. 무왕의 아버지로 추정되는 위덕왕 때 미륵석상을 일본에 전했다는 《일본서기》의 기록을 보면 무왕 때 건설한 익산 미륵사와 미륵탑은 백제가 미륵불교의 중심지였음을 보여주는 증거다.

무왕이 집권했을 때 백제는 꺼져가는 촛불과 비슷한 신세였다. 갑자기 군사력을 키울 수도, 고구려나 신라의 힘을 빌릴 수도 없는 고립무원 상태였다. 그랬기에 백제의 권력자와 백성들이 기댈 수 있는 존재는 미륵의 출현을 바라는 것뿐이었을 것이다. 사실 미륵 사상은 신라에서도 널리 퍼졌다.

신라 법흥왕 14년(527) 흥륜사에 미륵존상을 모셨고 혜공왕 2년에는 진표율사가 금산사를 중건하면서 미륵장육상을 만들었는데 이것은 미륵불 사상의 대표적 유물로 꼽힌다. 심지어 통일신라 말기 후삼국시대가 시작됐을 때 궁예와 견훤 역시 스스로를 미륵불이라 칭했으며 조선시대에 들어서도 증산 강일순은 자신이 하늘에서 내려온 상제임과 동시에 미륵불이라 칭하기도 했다.

1980년대 본격적으로 발굴된 미륵사지에서는 2만여 점의 유물이 출토됐다. 이것을 근거로 사가들은 미륵사지를 동양 최대이자 최고의 국가사찰이며 왕권강화와 국력신장을 목적으로 한

절이었다고 본다. 이 미륵사는 17세기 무렵 폐사됐다. 미륵사지에는 볼 만한 유물들이 많은데 제일 먼저 눈에 들어오는 게 미륵사지 당간지주다. 당간지주란 사찰에서 행사나 의식이 있을 때 당, 즉 불화를 그린 깃발을 거는 장대를 말한다. 미륵사지엔 두 기의 당간지주가 있다.

익산에는 무왕 탄생

익산 서동공원에는 무왕과 선화공주의 사랑을 소재로 한 작품이 있다.

설화지(마룡지와 생가터), 쌍릉, 왕궁리-미륵사지 외에도 볼 것이 많다. 왕궁리 유적에서 동쪽으로 2km 떨어져 있는 제석사지 역시 무왕이 지었다는 기록이 있으며 익산 연동리 석조여래좌상(보물 45호)은 7세기 초의 작품이다. 주변에는 평지인 익산을 보호하려는 듯 익산토성(해발 125m)-미륵산성(해발 430m)-낭산산성(해발 162m)-금마도토성(해발 87m) 등이 사방을 에워싸고 있다. 이 가운데 미륵산성은 고조선

익산에는 서로 마주보고 있는 미륵이 있다. 이를 고도리 미륵이라고 한다

의 준왕이 건설했다고 해 '기준성'이라고도 불린다.

무왕과 선화공주가 꿈꾼 미륵세계가 훗날에도 이어졌음을 잘 보여주는 유물이 익산에 또 있다. 왕궁리 유적지 맞은편에는 들판이 펼쳐져 있고 가운데 옥룡천이라는 개울이 흐르고 있다. 바로 그곳에 200m 거리를 두고 미륵불 두 기가 있다. 우리가 익산 고도리 석불입상이라고 부르는 이 미륵불에는 전설이 있다.

이 둘은 각각 남자(서쪽)와 여자(동쪽)인데, 평소 만나지 못하다가 섣달 그믐날 밤 자정에 옥룡천이 얼어붙으면 서로 만나 회포를 풀다 닭이 울면 제자리로 돌아간다는 것이다. 이 이야기를 듣는 순간 견우와 직녀의 전설이 생각났다. 또한 석불입상이 떨어져 있는 거리가 200m로 무왕과 선화공주의 쌍릉의 거리와 비슷한 것이 예삿일은 아니라는 생각이 든다.

이 석불입상은 고려 때 제작된 것으로 알려졌는데 조선 철종 9년(1858)에 익산 군수로 부임해 온 최종석이 쓰러져 방치된 석불입상을 지금의 위치에 일으켜 세웠다고 한다. 그때 쓴 《석불중건기》에는 다음과 같은 내용이 적혀 있다.

"금마는 익산의 구읍 자리로 동-서-북의 삼면이 다 산으로 가로막혔는데 남쪽만은 터져 물이 다 흘러나가 허허하게 생겼기에 읍 수문의 허를 막기 위해 세워진 것이라 한다. 또 일설에는 금마의 주산인 금마산의 형상이 말의 모양과 같다고 하여 말을 끄는 마부로서 인석을 세웠다고 한다."

3장

사라진 전설 속의 왕국, 금관가야가 낳은 명장들

우리 역사에 아직도 그 실체가 정확히 파악되지 않은 미지의 왕국이 있었다. 가야다. 《삼국지》 동이전에 따르면 가야는 변한의 12국에서 발전했다고 하며 《삼국사기》에는 고령가야·성산가야·대가야·아라가야·금관가야·소가야 등 6개 왕국이 나온다.

전기 가야연맹의 맹주였던 금관가야는 532년 신라 진흥왕에 의해 망한다. 금관가야에 이어 후기 가야연맹의 맹주국 대가야가 562년 멸망하면서 가야는 전설 속으로 사라진다. 금관가야 마지막 왕은 구형왕이다. 구해왕, 구충왕이란 설도 있다.

금관가야 마지막 구형왕의 자손들은 신라가 삼국통일을 하는 데 혁혁한 공로를 세운다. 그것도 한두 명이 아니고 4대를 이어서이며 그 후손들도 신라의 간성이 된다. 그러기에 혹자는 표

면적으로는 신라에 의한 삼국통일이지만 금관가야의 후손들에 의한 통일이라고 말하기도 한다.

첫 번째가 구형왕의 아들로 금관가야가 망하기 직전까지 왕자였던 김무력(518~579)이다. 구형왕의 세 아들 중 두 번째로 태어난 김무력은 아버지와 함께 신라의 귀족계급인 진골로 편입된다. 그는 진흥왕 때의 명장 이사부의 부장으로 명성을 떨쳤다.

당시 백제의 왕은 성왕이었다. 538년 도읍을 웅진에서 사비로 옮긴 성왕은 중흥을 꿈꾸던 야심가였다. 성왕은 551년 고구려를 공격해 한강 유역의 6개 고토를 탈환했다. 기쁨도 잠시, 신라는 고구려를 도와 백제가 탈환한 6개 군을 모두 빼앗고 거기에 신주를 설치했다.

김무력은 이때의 활약으로 잡찬 벼슬에 오르며 신주성의 도독이 됐다. 성왕은 이에 대한 보복으로 554년 대가야와 연합해 신라 관산성, 즉 지금의 충북 옥천을 공격했다. 당시 관산성을 지키던 우덕이 고전하자 신주에 있던 무력은 병력을 이끌고 출전했다.

김무력은 그해 7월 성왕을 지금의 대전광역시 동구 직동(피골)의 노고산성에서 전사시킨다. 울산광역시 남구 신정동에는 은월사라는 사당이 있다. 이곳은 김무력을 모시는 곳이다. 울산 시민들은 김무력의 무덤이 인근 은월산에 실존해 있다고 믿고 있다.

이 전투에서 백제는 왕뿐 아니라 4명의 좌평과 병사 2만9000

매소산성 입구에는 안내문이 없다. 산 중턱에 올라가면 군인들이 훈련했던 흔적이 보이며 비로소 안내문이 보인다.

명이 전사하는 궤멸적 패배를 당했다. 이 공로로 김무력은 신라 최고의 신흥 장수로 올라섰고 법흥왕의 비 보도부인의 동생 박씨, 진흥왕과 사도왕후의 딸이었던 아양공주와 두 차례 결혼하게 됐다.

김무력 장군이 성왕을 죽음으로 몬 것은 정보의 힘이었다. 성왕이 전쟁터에 친히 온다는 소식을 접한 신라군은 세작, 즉 간첩을 보내 성왕이 올 루트를 탐지했고 장수 도도로 하여금 복병을 이끌게 했다. 이런 사실을 몰랐던 성왕은 백제 부흥의 꿈을 이루지 못한 채 저세상으로 갔다.

금관가야의 마지막 왕 구형왕의 손자이자 김무력의 아들이 김서현(564년~?)이다. 《삼국사기》 김유신 열전에 김서현의 생애가 짧게 나온다. 하루는 김서현이 길에서 진흥왕의 조카 만명을 만났다. 첫눈에 이끌린 둘은 육체관계를 갖는다. 그 후 김서현이 만노군 태수가 됐다.

김서현이 만노군으로 만명을 데려가려 할 때 만명의 아버지 숙흘종이 둘의 관계를 알았다. 숙흘종이 딸을 설득했으나 만명은 듣지 않았다. 숙흘종은 딸을 별실에 가뒀다. 그때 갑자기 하늘에서 벼락이 쳤다. 놀란 경비병이 도망가자 만명이 탈출해 김서현이 있는 곳으로 갔다.

이런 전설도 있다. 김서현이 어느 날 꿈을 꿨는데 형혹성과 진성이 자신에게 내려오는 것이었다. 공교롭게도 부인 만명 또한 황금 갑옷을 입은 어린애가 구름을 타고 자기 집으로 들어오는 꿈을 꿨다. 그 뒤 임신해 20개월 만에 낳은 아이가 바로 김유신(595~673)이다.

김서현은 지금의 경상남도 양산인 양주의 총관이 됐다. 자연 백제와의 싸움이 잦을 수밖에 없었는데 여러 차례 공을 세웠다. 진평왕 51년인 629년에는 소판으로 재직 중 아들 김유신 등과 함께 고구려의 낭비성(충북 청원군)을 공략해 전력이 열세임에도

매소산성은 연천 대전리에 있어 대전리산성으로 불린다.

성을 빼앗았다.

김서현은 만노군 태수와 대량주 도독을 거쳐 소판(제3관등)에 이르렀는데 그 후의 행적은 전해지지 않는다. 《삼국사기》 태종무열왕조에 김서현의 벼슬이 각찬(제1관등)이라고 나와 있다. 《삼국유사》에도 그의 벼슬은 각간 안무대량주제군사로 나온다.

김유신에 관한 기록은 그가 열다섯 되던 해인 609년부터 나온다. 그해 그가 화랑이 됐으며 그를 따르는 무리를 당시 사람들이 용화향도라 불렀다는 것이다. 그는 용화향도를 이끌고 신라

의 산천을 주유했다. 김유신은 18살에 화랑의 우두머리 국선이
되었다.

아버지 김서현을 따라 김유신이 고구려의 낭비성 공격에 나
섰을 때 그의 나이는 35세였다. 1차 접전에서 김서현의 신라군은
고구려군에 패했다. 이때 전세를 역전시킨 게 김유신이다. 직접
출전해 적을 교란시키고 적 장수의 목을 베어 오자 신라군의 사
기가 충천했고 결국 승전했다.

낭비성 싸움 때 함께 출전한 인물 중 파진찬 김용춘이 있다.
그가 훗날의 태종 무열왕 김춘추의 아버지다. 《삼국유사》에 나오
는 김춘추와 김유신의 만남은 유명하다. 김유신이 김춘추와 축
국을 하다가 일부러 옷고름을 밟은 뒤 자기 집으로 데려갔다.

김유신의 집에 온 김춘추는 김유신의 누이동생 문희에게 끌
렸고 이윽고 육체관계를 갖는다. 김유신은 문희가 임신하자 "혼
인도 하지 않고 아이를 가진 누이를 화형에 처하겠다"는 소문을
퍼뜨린 뒤 왕이 남산에 행차하는 날에 맞춰 집 뒤뜰에 장작더미
를 쌓아 놓고 불을 질러 연기를 피워 올렸다.

남산에서 이 모습을 본 왕이 신료들에게 묻자 신료들은 자신
들이 들은 소문을 왕에게 아뢰었다. 마침 왕의 옆에 있던 김춘
추의 안색이 크게 변했다. 왕은 문희를 임신시킨 것이 김춘추임
을 알아채고 "얼른 가서 구해 주라"고 했다. 이 일을 계기로 두
사람은 마침내 결혼하게 됐다.

김유신(595~673) 영정

선덕여왕 9년, 즉 서기 642년 백제는 대야성 등 신라 서쪽 40여 성을 쳐서 함락시켰다. 이때 김춘추의 사위였던 대야성 성주 김품석 부부가 죽었다. 김춘추는 딸의 원수를 갚기 위해 고구려에 원병을 요청하러 떠났다. 고구려로 가기 전날 김춘추가 김유신에게 물었다.

"지금 내가 고구려에 사신으로 가려 하는데, 60일이 지나도 내가 돌아오지 않으면 다시는 나를 볼 수 없을 것이다. 그렇게 된다면 공은 어찌하겠소?"

김춘추의 물음에 김유신은 이렇게 말했다.

"그렇게 된다면 내가 탄 말의 말발굽이 반드시 백제와 고구려, 두 나라 왕의 정원을 짓밟을 것이오."

두 사람은 손가락을 깨물어 피의 맹세를 나눴다. 김춘추가 떠난 뒤 지금의 경북 경산 일대인 압량주의 군주로 옮겨간 그는 김춘추가 고구려에 억류되자 결사대를 조직했다. 이 소식을 신라에 있던 고구려의 첩자가 전하자 고구려의 연개소문은 김춘추를 풀어 줬다.

644년 진골이 오를 수 있는 최고 관등인 소판이 된 김유신은 그해 가을 백제의 일곱 개 성을 점령했으며 645년 백제 장군 계백이 매리포성에 쳐들어오자 집에 들르지도 않고 곧바로 출전해 계백이 이끄는 백제군 2000여 명의 목을 베는 대승을 거두게 됐다.

김춘추, 태종무열왕(604~661, 재위 654~661)　신라 제29대 왕

김유신은 김춘추와 함께 647년 일어난 비담의 난을 진압하는 가 하면 대야성에서 죽은 김춘추의 사위 김품석 내외의 유골을 송환받는 데 성공하는 등 신라의 기둥 같은 존재가 됐다. 무열왕 7년(660년) 상대등으로 승진한 김유신은 그해 6월 당 고종이 파견한 군사와 함께 백제 정벌에 나선다.

김유신은 5만 병사를 이끌고 사비성으로 향하던 중 황산벌에서 백제 계백이 이끄는 5000 결사대를 물리치고 당의 소정방군과 백제를 멸망시켰다. 태종 무열왕의 뒤를 이어 자신의 조카이자 처형인 태자 법민이 즉위하자 김유신은 그를 도와 섭정과 외교활동을 겸하며 통일전쟁을 벌여 나갔다.

668년 신라가 고구려 정벌에 나섰을 때 김유신은 대총관에 임명됐으나 나이가 든 데다 병까지 들어 원정에 참가하지 못하고 수도 서라벌에 남았다. 대신 김유신의 조카이자 처형 김인문과 김유신의 아우인 흠순 등이 주장으로 나서 9월 26일에 평양을 함락시켰다.

백제와 고구려가 멸망한 뒤 당은 웅진도독부와 안동도호부를 설치하고 문무왕을 계림주대도독으로 임명했다. 백제·고구려의 옛땅은 물론 신라의 영토까지 지배하려 한 것이다. 이런 것을 예측한 이가 김유신이다.

이제 신라는 당병을 몰아내기 위한 전쟁을 시작했다. 672년 고구려부흥군을 지원하던 신라는 672년 말갈과 연합해 석문벌에서 당군과 싸웠으나 지고 말았다. 이때 김유신의 아들로 신라군 비장의 자격으로 참전했던 원술이 살아돌아오자 김유신은 크게 노했다.

김유신은 아들에게 "비장으로서 다른 장수들을 따라 죽지 못하고 목숨을 부지한 것은 왕명을 무시하고 집안의 가풍을 더럽혔다"고 꾸짖은 뒤 처형을 명했다. 문무왕이 원술을 사면했으나 원술은 집에도 돌아가지 못한 채 산속에 근신하며 이후 김유신이 세상을 떠날 때까지 숨어 살았다.

김유신은 79세 때 사망했다. 김유신이 병들어 자리에 누워 있을 때 문무왕이 집으로 찾아가 문병하며 나눈 대화가 전해지고 있다.

"과인에게 장군이 있음은 물고기에게 물이 있는 것과 같습니다."

"대왕께서 의심하지 않고 신을 등용하여 의심 없이 임무를 맡겨 주셨으므로 약간의 공을 이루었을 뿐입니다. 소인배를 멀리하시고 군자를 가까이하시고, 위로는 조정이 화목하고 아래로는 백성과 만물이 평안하여 나라의 기틀이 무궁하게 된다면 저는 죽어도 여한이 없겠습니다."

경기도 연천군 청산면에 폐허가 되다시피 한 산성이 있다. 해발 138m의 성재산에 있는 이 산성의 이름이 '대전리산성'이다.

이곳이 바로 《삼국사기》에 신라가 당군을 결정적으로 몰아낸 서기 675년 10월 23일 신라의 승리로 끝난 매소성 전투가 일어난 곳으로 추정되는 장소다.

흥미롭게도 경상북도 도민의 날이 매소성 전투에서 승리했던 10월 23일이다. 매소성 전투가 펼쳐졌던 경기도 연천 대전리산성은 삼국시대에 가장 중요한 군사적 요충지였다. 경사가 급한 대전리산성의 정상에 서면 좌우로 한탄강과 신천이 합류하며 한탄강은 임진강으로 연결된다.

매소산성 가까운 곳에 있다. 한탄강과 신천이 합류하는 지점이다.

매소성의 위치를 두고 학자들 간에 견해가 엇갈렸다. 1978년 고대사 연구가들은 매소성을 경기도 양주시 대모산성으로 추정하고 이 사실을 박정희 대통령에게 보고했다. 그런데 1년 뒤 최영희 국사편찬위원장과 김철준 서울대교수가 대전리산성을 답사한 뒤 의문을 제기했다.

사료에 나오는 입지조건과 실제 전투의 흔적들이 연천의 대전리산성에서 발견됐기 때문이다. 1984년부터 실시된 국사편찬위원회의 실측조사 결과 경기도 연천군 청산면 대전리산성이 매소성의 터임을 확인할 수 있었다. 현재 남아 있는 대전리산성의 성터는 둘레가 670m이며 넓이는 1960m²다.

670년 무렵 시작된 나당전쟁은 몇 년을 두고 크고 작은 전투를 벌이다 675년 당이 유인궤를 보내 경기도 파주의 칠중성을 공격하고 말갈군을 시켜 임진강 일대의 전략적 요충지를 장악하면서 분수령을 맞게 됐다. 당시 당의 명장 이근행은 매소성에 20만 대군을 배치했다.

이근행의 20만 당군과 맞선 신라군은 3만명에 불과했다. 더구나 당군은 기병 위주였고 신라군은 보병 위주였다. 이런 절대 열세의 전투를 뒤집은 장군이 바로 김유신의 아들로, 아버지에게 꾸지람을 받고 김유신이 죽을 때까지 숨어 지내던 김원술이었다.

김원술은 3년 전 석문 전투에서 패배해 가문으로부터 죄를 짓고 서라벌을 떠났지만 문무왕은 그를 매소성 전투 책임자로 임명했다. 김원술은 장창 전술과 쇠로 만든 활인 쇠뇌를 활용해 당군과 맞섰다. 매소성 밖의 벌판에서 벌어진 대결에서 장창과 쇠뇌는 엄청난 위력을 발휘했다.

매소성 전투 이후 신라는 당과의 전투 18번을 모두 이겼다. 당군은 매소성 전투 이후 기세를 잃어버렸다. 당나라는 고구려를 망하게 한 천하명장 설인귀를 보내 신라를 제압하고자 했지만 신라군의 강력한 투쟁으로 676년 금강 입구인 기벌포에서 4000명이 죽음으로써 끝내 패하고 말았다.

매소성 전투에 이어 기벌포 전투는 676년(문무왕 16) 소부리주의 기벌포, 즉 지금의 충남 장항 앞바다에서 신라와 당이 벌인 해전이다. 1년 전인 675년 이근행이 이끄는 당의 20만 대군이 매소성에서 신라군에게 결정적 타격을 입고 궤멸되자, 이를 해전에서 만회하고자 설인귀를 시켜 황해의 신라 해군을 공략하게 한 것이 기벌포 해전의 시발이다.

676년 11월 설인귀가 이끄는 병선이 기벌포를 침범하자, 사찬 시득이 이끄는 신라 함선이 이를 맞아 싸웠지만 처음에는 신라 해군이 패했다. 이어 크고 작은 22번에 걸친 싸움이 벌어졌는데 신라군은 당 해군 4000명을 수장시키고 승리를 거둔다. 이 싸움을 끝으로 7년간에 걸친 신라의 대당 전쟁이 끝난다.

김무력·김서현·김유신·김원술은 4대에 걸쳐 신라 왕실을 떠받

멀리서 본 재매정터는 평지 한복판에 있다. 이곳에서 삼국통일의 꿈이 잉태됐다.

쳤다. 그에 대한 보답인지, 신라는 김유신 가문에 대를 이어 가며 보답했다. 태종 무열왕과 문명왕후 사이에서 난 딸 지소부인은 김유신의 후처인데 남편이 죽은 지 39년 뒤인 712년 비구니가 된다.

성덕왕은 그런 지소에게 '부인의 작호'를 내린 뒤 "해마다 조 1000석을 내린다"는 명을 내린다.《삼국사기》김유신 열전에 이런 기록이 나온다.

'지금 나라 안팎이 평안하고 임금과 신하가 베개를 높이 베고 근심이 없는 것은 태대각간(김유신)의 덕분입니다. 생각건대 부인은 그 집안을 잘 다스렸으며 경계하고 훈계함이 서로 어우러져 숨은 공이 많았습니다. 과인은 그 은덕에 보답하고자 하여 일찍이 하루라도 마음에서 잊은 적이 없습니다. 해마다 조 1000섬씩 드리겠습니다.'

문무왕을 이은 성덕왕(재위 702~737)도 김유신의 손자들인 김윤중·윤문 형제를 총애했다. 《삼국사기》 김유신 열전에 이런 기록이 나온다.

'김유신의 손자 윤중은 성덕왕 때 대아찬(17관등 중 5등)이 되었다. 여러 번 임금의 은혜와 보살핌을 받자 왕의 친척들이 자못 질투했다.'

한번은 이런 일도 있었다. 한가윗날 성덕왕이 월성의 언덕에 올라 측근들과 술자리를 벌였다.

술기운이 퍼질 무렵 성덕왕은 "김윤중은 이리 가까이 오라"는 명을 내렸다. 이때 한 신하가 말했다.

"전하! 왕실의 친인척도 있는데 어찌 멀리 앉아 있는 신하(김윤중)를 부르려 하십니까?"

이에 성덕왕이 말했다.

"지금 과인이 여러분과 무사태평 술자리를 즐기는 것은 다 김윤중의 할아버지(김유신) 덕분이 아닙니까? 과인이 여러분의 간언을 듣고 김유신의 공로를 잊는다면 의리가 아닐 것이오. 그 자손들을 잘 대우하는 게 의리일 것입니다. 윤중은 이리 가까이 오너라."

733년(성덕왕 32년) 발해의 침략을 받은 당나라가 신라에 원군을 요청했다. 이때 김윤중과 그 아우 김윤문은 성덕왕의 명을 받고 당나라 군사와 합세하여 발해를 쳤다. 김유신 가문은 이렇듯 여러 대를 이어 가며 신라 왕실을 도왔고 그에 따라 재산도 상상할 수 없을 만큼 늘어났다고 한다.

4장

의상대사와 원효대사와 영주 부석사

경북 영주에 예사롭지 않은 산이 있다. 봉황산이다. 봉황은 예로부터 '새 중의 왕은 봉황이요, 꽃 중의 왕은 모란이요, 백수의 왕은 호랑이'라는 말처럼 상서로운 동물인데 중국에서는 봉황이 천자를 상징하고 있다. 천자가 사는 궁문에 봉황을 장식해 봉궐 혹은 봉문이라 했고 아름다운 누각은 봉대라고 불렀다. 해발 818m의 산이 봉황이란 이름을 얻은 것은 위에서 본 산세가 꼭 봉황처럼 생긴 이유에서라고 한다.

그런 이 산이 더 유명해진 것은 초입에 들어선 절 때문이다. 이 절에 얽힌 전설이 많은데 그 가운데 하나가 '골담초'라고도 불리는 선비화다. 이 평범치 않은 나무는 의상대사(625~702)와 깊은 관련이 있다. 의상은 자기가 짚고 다니던 지팡이를 이곳에 꽂으며 말했다고 한다. "나무가 싱싱한지 시들었는지를 보고 내 생사를 알라!" 1400년 가깝도록 나무가 시든 적이 한 번도 없으니 의상대사는 아직도 우리 주변에 살아 있는지 모르겠다.

이렇게 신통하다 보니 탐욕을 부린 이들이 한둘이 아닌데 가장 유명한 것은 광해군 때 관찰사 정조에 대한 구전이다. 그는 '대사의 지팡이'를 지니고 싶어 그만 나무줄기를 잘라 갔는데 훗날 역적으로 몰려 죽음을 당했다. 이런데도 선비화의 잎이 아들을 낳는 데 효험 있다, 질병에 좋다고 소문나 몰래 따가는 이들이 많아지자 결국 선비화는 금속으로 된 쇠창살 안에 갇히고 만다. 높이 1m 70cm, 굵기가 사람 손마디만한 나무의 슬픈 운명이라 하겠다.

'산 초입에 들어선 절'이 어디인지는 독자 여러분이 잘 아실 것이다. 해동화엄종찰 부석사다. 부석사를 세 차례 다녀왔는데 이 사찰의 존재를 처음 안 것이 중학교 국사 수업 때니 세월의 괴리가 40여 년이나 된다. 선비화가 의상대사의 지팡이와 관련됐다면 부석사 자체에는 의상대사의 로맨스가 얽혀 있다. 다 아시다시피 의상은 벗 원효와 함께 650년 당으로 유학을 떠났다. 그런데 어느 날 밤 잠을 자려고 찾아든 무덤에서 사달이 벌어졌다.

한밤 원효의 갈증을 풀어 준 감로수가 다음 날 알고 보니 해골바가지에 고인 물이었다는 것이다. 원효는 모든 게 마음먹기 나름이란 일체유심조의 이치를 깨닫고 당나라행을 단념했다. 의상에게도 다른 사연이 있다. 열아홉 때인 644년 경주 황복사에 출가해 승려가 됐던 의상은 원효와 헤어져 홀로 중국으로 갔다가 요동에서 첩자로 몰려 신라로 추방됐다. 의상은 굴하지 않고 661년 이번엔 뱃길로 중국으로 향해 이듬해 종남산에 들어갔다.

양주 종남산에는 중국 화엄종의 2대 조사인 지엄(602~668)스님이 있었다. 지엄 문하에서 본격적으로 수행하기 전 의상은 오랜 여행 끝에 병을 얻어 양주성의 수위장인 유지인의 집에서 기거했다. 그런 의상을 보며 연정을 품은 이가 바로 유지인의 딸 선

부처님 오신 날을 맞아 경북 영주 부석사 무량수전

묘 낭자였다. 의상은 서른여섯, 선묘는 열일곱 꽃다운 나이로 의상이 몸을 추스르는 데 최선을 다하다 의상을 연모한 것이다. 하지만 스님에게 사랑은 있을 수 없는 일이었다.

671년 신라로 귀국할 때 의상은 선묘의 집을 찾았지만 안타깝게 만나지 못했다. 뒤늦게 의상이 다녀갔다는 소식을 들은 선묘는 바닷가로 달려갔으나 의상이 탄 배는 망망대해의 점처럼 보일 뿐이었다. 낭자는 어떻게 했을까. 선묘는 의상에게 전달하려 했던 비단을 바다에 던지며 "이 비단이 님에게 전달되게 하소서" 하고 빌었다. 놀랍게도 선물은 의상의 배로 날아갔다. 선묘는 이어 자신이 용이 돼 의상의 배를 호위하겠다며 바다에 몸을 던지고야 만다.

의상과 선묘의 인연은 그렇게 끝난 것이 아니었다. 부석사를 지을 때 500여 이교도가 나타나 의상을 괴롭힐 때 선묘는 그의 꿈에 등장해 해법을 가르쳐줬다. 의상이 선묘가 시키는 대로 지팡이를 한 번 두드리니 큰 바위가 공중으로 떠오른 것이다. 이 바위가 바로 지금의 무량수전 옆에 있는데 전설에 따르면 용이 된 선묘가 실제로 들어올린 것이라고 한다.

바위가 두 번 세 번이나 공중으로 치솟자 이교도들은 겁에 질려 의상에게 무릎을 꿇고 절을 짓는데 힘을 합치게 됐다. 과연 공중에 뜬 바위가 존재할까? 이런 의심이 있는데 이중환은 《택리지》에서 "아래 위 바위 사이에 약간의 틈이 있어 실을 당기면

부석사 안양루에서 바라보는 경관은 가히 천하일품이다.

걸리지 않는다"고 해 부석임을 입증하고 있다. 그뿐만이 아니었다. 선묘는 이후 부석사를 지키는 용이 돼 무량수전 앞뜰에 묻혔다는데 1967년 우리 학술조사단이 무량수전 앞뜰에서 실제로 5m나 되는 석룡의 하반부를 발견했다고 한다. 무량수전 뒤에는 선묘낭자를 기린 작은 각이 있다.

부석사가 세워진 것은 676년인데 왜 하필 봉황산에 터를 잡은 것일까? 봉황산이란 이름이 산세에서 비롯됐다고 하지만 의상이 이 산에 절을 세운 이유는 따로 있었다. 봉황산은 당시 신라의 군사적 요충지였던 것이다. 지도를 보면 봉황산은 태백산맥 줄기로 남으로는 청량산─각화산, 서남쪽은 선달산─형제봉─연화봉─도솔봉으로 이어진다. 이 서남쪽이 바로 지금의 충청북도와 경상북도를 가르는 경계였던 것이다.

고故 최순우 선생이 쓴 《무량수전 배흘림 기둥에 기대서서》라는 책에 잊지 못할 글이 있다.

"소백산 기슭 부석사의 한낮, 스님도 마을사람도 인기척이 끊어진 마당에는 오색 낙엽이 그림처럼 깔려 초겨울 안개비에 촉촉이 젖고 있다. 무량수전, 안양문, 조사당, 응향각들이 마치 그리움에 지친 듯 해쓱한 얼굴로 나를 반기고 호젓하고도 스산스러운 희한한 아름다움은 말로 표현하기가 어렵다. 나는 무량수전 배흘림기둥에 기대서서 사무치는 고마움으로 이 아름다움의 뜻을 몇 번이고 자문자답했다. …"

부석사에는 볼거리가 한두 가지가 아니다. 부석사의 창건 과정과 선묘에 얽힌 전설 외에 무량수전, 안양문이 있는데 이 이름도 그냥 지은 것이 아니다. 무량수는

부석사라는 명칭이 유래한 뜬돌이다.

불교에서 아미타불의 국토, 극락정토를 말한다. '안양'이란 말 역시 극락세계를 뜻한다고 한다. 경기도에 있는 안양시도 같은 한자인데 고려 태조 왕건이 경기도 삼성산에 고려 개국을 도운 스님에게 절을 지어 주며 바친 안양사라는 이름이 그대로 시市의 명칭이 됐다고 한다.

안양루 앞에서 무량수전까지 33계단이 이어지는데 이는 극락으로 가는 33천이다. 안양루 앞으로 펼쳐지는 전망이 장관인데 김삿갓도 그냥 지나치지 않고 '백발이 된 지금에야 안양루에 올랐구나'라는 시를 남겼다. 더 나아가 의상과 관련된 화엄십찰을 살펴보기로 한다. 이 열 개의 절이 어딘가를 두고 기록이 갈린다. 《삼국유사》에는 태백산 부석사, 원주 비마라사, 가야산 해인사, 비슬산 옥천사, 금정산 범어사, 지리산 화엄사 6곳만 등장한다. 최치원이 지은 《법장화상전》에는 부석사·화엄사·해인사·범어사·옥천사 외에 미리사·보원사·갑사·국신사·청담사가 나온다. 미

리사는 중악공산, 즉 지금의 대구광역시 팔공산에 있는 미리사를 말한다.

보원사는 웅주 가야협, 즉 지금의 충남 서산 운산면에 있고, 계룡산 갑사, 전주 무산의 국신사는 지금도 존재해 있다. 문제는 '한주 빈아산 청담사'인데 이 절이 어디에 있는지는 아직도 오리무중이라고 하니 안타깝다. 의상이 창건하거나 간여한 화엄십찰에는 다 전설이 있다. 의상이 맨 먼저 세운 강원도 양양 낙산사는 의상이 유학 길에 오르기 전 동해 인근 굴에 관음보살이 산다는 말을 듣고 7일간 기도하자 천룡팔부가 등장했다.

천룡팔부는 중국인 김용의 소설을 말하는 게 아니고 불법을 지키는 신장을 뜻한다. 천·용·야차·건달바·가루라·긴나라·마후라가 등 여덟 신이 그것이다. 천룡팔부의 안내를 받아 의상이 처음 만난 분은 백의관음인데 다시 의상이 7일을 더 기도하자 마침내 관음보살이 나타나 의상에게 대나무 두 개가 솟아나는 자리에 절을 지으라는 말을 남겼다. 그곳이 바로 낙산사라니 예사 땅이 아니었을 것이다.

실제로 낙산사는 강화도 보문사, 남해 보리암과 함께 불교에서 으뜸으로 꼽는 기도처라고 한다. 보문사와 보리암 역시 다녀온 적이 있지만 이 유서 깊은 낙산사가 몇 년 전 대화재로 전소된 것이 안타깝기 그지없다. 전남 구례 화엄사는 서기 544년 인도에서 온 연기조사가 지었다. 얼마 전 인도 수상이 왔을 때 박

무량수전은 한국 건축의 백미다. 이 배흘림기둥 앞에 서면 소백산맥이 꿈틀대는 스카이라인을 볼 수 있다.

근혜 전 대통령이 "2000년 전 인도공주와 가야의 왕이 결혼했다"는 말이 있다고 했는데 인도와의 인연도 꽤나 깊다.

이 절은 이후 자장율사가 부처님의 진신사리를 모시면서 이름이 높아지고 670년 의상이 장륙전을 짓고 사방의 벽에 화엄경을 새기며 화엄종의 중심 사찰이 됐다. 나중에는 도선국사까지 간여했다니 대단한 절이 아닐 수 없다. 이 장륙전이 지금의 각황전으로 이름이 바뀐 데도 설화가 있다. 조선 임진왜란 때 불탄 건물을 인조가 복원했고 숙종이 중수할 때의 이야기다.

당시 불사의 중책을 맡은 사람은 계파스님이었다고 한다. 그는 걱정이 돼 밤새 대웅전에서 밤샘기도를 드리는데 꿈에 한 노인이 나타나 "아무 걱정 하지 말고 내일 아침 길을 떠나라. 대신 맨 먼저 만나는 사람에게 시주를 권하라"고 말했다. 스님이 한참 길을 가는데 웬 노파가 걸어오고 있었다.

스님은 난처했지만 꿈에 등장한 노인의 말을 어길 수 없어 시주를 권했는데 노파는 한참을 듣더니 이런 말을 남기고 길가의 늪으로 몸을 던졌다. "내가 죽어 왕궁에 태어나서 큰 불사를 하겠으니 문수대성은 가피(도움)를 내리소서." 이후 계파스님이 몇 년 동안 불사를 이루지 못하고 전국을 걸식하던 끝에 한양에 도착했는데 궁궐 밖에서 유모와 함께 나들이 나온 어린 공주를 만났다. 신기하게도 공주는 스님을 보고 반가워 매달렸는데 한쪽 손이 불구였다. 펴지지 않는 손을 계파스님이 만지자 쫙 펴

지리산 화엄사의 각황전은 특이하게도 이층으로 지어진 건축 양식을 사용했다.

졌는데 손바닥에 '장륙전'이라는 세 글자가 새겨져 있었다는 것
이다.

이에 감동 받은 숙종이 계파스님을 불러 자초지종을 묻고는
장륙전을 중수할 비용을 댔다. 전각이 완성된 후 장륙전의 이름
이 바뀐다. '각황', 즉 임금이 깨달아 건립했다는 각황전으로 개명
한 것이다. 내친김에 경북 봉화 청량산 청량사의 창건 설화도 살
펴보기로 한다. 청량사는 해발 870m인 청량산의 거의 정상 부근
에 위치해 있다. 걸어서 올라가기가 꽤나 힘겹다.

청량사는 특이하게도 663년 의상대사와 원효대사가 창건했다는 설이 엇갈리는 사찰이다. 하지만 설화를 면밀히 검토해 보면 의상보다는 원효가 건설의 주역이라는 점을 눈치챌 수 있는데 여기엔 뿔이 세 개 달린 소가 등장한다. 절을 짓고 있을 때 부근 마을에 뿔이 셋 달린 송아지가 태어났다. 이 송아지는 덩치가 얼마나 컸던지 얼마되지 않아 낙타처럼 크고 힘도 세 '남민'이라는 이름의 주인이 먹성 좋은 소의 여물을 대기에도 급급했다고 한다.

어느 날 원효가 이곳에 나타나자 그 소가 갑자기 순하게 변하더니 머리를 조아리기까지 했다. 원효는 소의 주인에게 시주를 권했고 남민은 힘이 천하장사인 소의 도움을 받아 청량산 정상까지 돌과 나무를 옮길 수 있었다. 절이 완공되기 하루 전 소가 갑자기 죽었다. 원효는 이를 불쌍히 여겨 소를 절 앞마당에 묻고 극락왕생을 축원했는데 알고 보니 소는 지장보살의 화신이었던 것이다. 그 소를 묻은 곳에 소나무 한 그루가 자라나 세 가지로 갈라졌다.

청량사의 대웅전을 유리보전이라고 하는데 특이하게도 내부의 약사여래불과 문수보살상과 지장보살상이 각각 종이와 모시와 나무로 만들어졌다고 한다. 아무래도 산이 험해 들고 올라가기 쉽도록 가벼운 재질을 쓴 것이 아닌가 싶다. 그렇다면 의상대사는 청량사와 무슨 관련이 있는 걸까?

경북 봉화의 청량사 가는 길은 웬만한 등산로보다 험하다.

청량산의 여러 봉우리 가운데 연화봉이 의상봉으로 불리며
근처에 의상굴·의상암이 있기 때문이다. 의상암은 지금 절터만
남아 있으며 관련 기록은 찾을 수 없다. 그런데도 절의 역사에
'원효와 의상이 함께 지었다'라고 한 것은 아무래도 신라시대 절
의 창건에 힘쓴 이가 의상이기에 그의 이름을 거명한 게 아닐까
하는 생각을 해 본다. 사실 불교사를 보면 원효보다는 의상의
무게가 더 느껴지니까 말이다.

앞서 말한 낙산사 창건 설화에도 그런 이야기가 등장하는데

청량산 청량사의 대웅전 격인 유리보전에서 바라보면 석탑이 서있다.

의상이 관음보살을 친견했다는 소리를 듣고 달려온 원효가 망신을 당했다는 것이다. 원효가 낙산사를 향해 가는데 흰옷을 입은 여인이 논에서 벼를 베고 있었다. 짓꿎은 원효가 "벼를 달라"고 하자 여인은 아직 여물지 않았다며 거절했다. 원효가 다시 길을 가는데 이번에는 한 여인이 생리가 묻은 속옷을 빨고 있었다. 원효가 물을 청하자 여인은 피묻은 더러운 물을 건넸다. 이에 원효가 물을 버리자 소나무 위에 앉아 있던 파랑새가 "스님은 (관음보살을 만나러) 가지 마십시오"라고 말하고는 어디론가 날아가 버렸다. 놀란 원효가 뒤를 돌아보자 여인은 없어지고 짚신 한짝이 남아 있었다고 한다.

낙산사에 도착한 원효가 관음보살상을 보니 거기 나머지 짚신 한짝이 놓여 있었다. 그제서야 원효는 앞서 만난 여인이 관음보살의 현신임을 알게 됐다. 이렇게 의상은 고상하게, 원효는 미련하게 그려진 설화는 왜 나왔을까? 의상이 수도에 힘쓴 반면 원효는 거리의 포교에 주력했고 요석공주와의 사이에 설총까지 낳은 것 때문이 아닐까 싶다.

5장

장보고와 완도, 사라진 대양강국의 꿈

중국 당 시대, 칠언절구의 명인 두 사람이 있었다. 시성이라 불린 두보와 두목이다. 세상은 둘을 대두, 소두라 구분해 불렀다. 두목이 자신의 호를 따 만든 책 《번천문집》에 한 인물의 일대기가 있다. 두목에 따르면 그는 "명철한 두뇌를 가졌으며 동방에서 가장 성공한 인물"이었다.

《입당구법순례행기》란 책이 있다. 일본 천태종의 고승 엔닌의 불법 순례기록이다. 혜초의 《왕오천축국전》 같은 책인데 이 책에도 두목이 언급한 인물에게 엔닌이 보낸 편지가 수록돼 있다.

"평소 받들어 모시지 못했으나 오랫동안 고결한 풍모를 들었습니다. 우러러 흠모감이 더해갑니다…"

이 인물에 대한 우리 기록은 《삼국사기》《삼국유사》뿐이다. 푸

대접을 받은 것이다. 반면 중국·일본 측 기록엔 자주 나온다. 중국 《신당서》, 일본 《일본후기》《속일본기》《속일본후기》 등인데, 이것은 이 인물이 우리 역사상 유례를 찾기 힘든 '국제적인 명사'였다는 뜻이다. 이 인물이 재조명을 받게 된 계기도 드라마틱하다.

1959년 9월 17일, 지금도 장년층의 뇌리에 선명한 태풍 '사라'가 한반도에 상륙했다. 남해상 완도도 직격탄을 맞았는데 놀라운 일이 벌어졌다. 주민들이 밭으로 쓰던 장도를 폭풍이 휩쓸자 1200년 동안 묻혀 있던 목책이 모습을 드러낸 것이다. 목책은 적의 외침을 막고 배를 묶어두기 위한 용도였다.

이것은 사서에서만 보았던 해상왕 장보고(?~846)와 장보고 선단의 해상기지였던 청해진이 역사의 전면에 등장함을 알리는 신호였다. 그로부터 20여 년이 지난 1982년 국립문화재연구소 학술조사단이 이곳을 조사, 지금 사적 제308호로 지정된 장도 청해진 유적이 발굴되었다.

말 그대로 '장군섬'인 장도는 뭍에서 100m 정도 떨어져 있다. 썰물 때는 걸어서 갈 수 있을 만큼 가깝다. 장도 유적은 입구 격인 외성문, 안쪽 내성문, 가장 높은 곳에서 전체를 조망하는 고대를 중심으로 860m 길이의 토성으로 이뤄져 있다. 토성은 평평한 돌 위에 흙을 다져 넣는 판축식으로 쌓았다.

이곳이 장보고의 해상활동과 관련된 시설임을 보여주는 결정적 유물은 디귿(ㄷ)자 형 석축 석렬 유구와 우물이다. 돌로 쌓은 유구는 해안 출입과 접안 기능을 하는 시설인데, 석축 유구 역시 토성처럼 평평한 돌 위로 흙을 다져 넣은 것으로 이런 구조물은 국내는 물론 중국이나 일본에서도 유례를 찾을 수 없이 독특하다.

우물은 6m 깊이로 바닥에 통나무를 '정#'자 형으로 깔아 기초를 잡고 위에 석축을 쌓았는데 위가 직경 150cm 내외로 좁고 중간이 직경 180cm 내외로 넓어지다 바닥은 다시 좁아지는 모양이다. 우물 바닥에는 자갈을 50cm 두께로 깔아 물을 정화할 수 있게 했다. 이 우물은 청해진에 정박하는 선박들에 물을 공급하는 역할을 했다.

청해진 유적 인근에 법화사 터가 있다. 법화사상은 천태종 계열의 사찰임을 보여주는데 이 터는 청해진 세력과 무역상인, 당나라로 가는 구법 승려들이 예불을 올리고 휴식을 취하는 기능을 했다. 국립문화재연구소에서 2차에 걸쳐 발굴조사를 한 결과 옛 절터에서 기와 조각, 주름무늬병, 청자 조각 등이 다수 출토됐다.

법화사 터는 완도 장좌리뿐 아니라 제주도 서귀포시 화원동에도 있다. 이것은 청해진이 제주도를 품에 안으며 동

장보고 흉상

으로 일본, 서로 중국, 남으로는 남중국해까지 무역을 했다는 것을 보여준다. 중국~로마를 잇는 육상 실크로드와 별개로 동아시아~남아시아~인도~페르시아를 잇는 실크로드가 실존했음이 이로써 밝혀졌다.

그렇다면 장보고는 어떤 인물인가. 《삼국유사》 '신무대왕, 염장, 궁파' 편은 이렇게 시작된다.

"제45대 신무대왕은 왕위에 오르기 전에 협사 궁파에게 말했다. '나에게는 같은 하늘 밑에서 살 수 없는 원수가 있소. 그대가 나를 위해 그를 제거해 주면 왕위를 차지한 후 그대의 딸을 왕비로 삼겠소.' 궁파는 응낙하고 마음과 힘을 합쳐 군사를 일으켜 수도를 침범해 그 일을 이루었다. 왕이 왕위를 찬탈하고 궁파의 딸을 왕비로 삼으려 하자 신하들이 옆에서 힘껏 간했다. '궁파는 비천하니 왕께서 그의 딸을 왕비로 삼아서는 안 됩니다.' 왕은 신하들의 말에 따랐다. 이때 궁파는 청해진에서 국경을 지키고 있었는데 왕이 약속을 어긴 것을 원망하여 반란을 일으키고자 했다. 이때 장군 염장이 그 말을 듣고는 왕에게 아뢰었다. '궁파가 장차 불충을 저지르려 하니 소신이 제거하겠습니다.' 그러자 왕이 기꺼이 허락했다…."

여기에 장보고에 대해 짐작할 수 있는 대목이 있다. 첫째, 장보고의 이름은 궁파 혹은 궁복이었으며 그는 어릴 적부터 활쏘기에 능해 훗날 활 궁자가 들어간 장씨 성을 가지게 됐다. 둘째,

그의 신분은 '비천'했으나 왕이 도움을 청할 정도였다. 셋째, 장보고의 근거지인 청해진은 이미 경주를 위협할 만큼 세력이 강했다.

《삼국유사》와 《삼국사기》에 장보고는 "말을 타고 창을 쓰는 데 대적할 자가 없었다"고 기록돼 있다. 특히 몇 살 아래인 정년과 친했는데 정년은 바다 밑으로 들어가 오십 리를 가면서도 물을 내뿜지 않았다고 할 만큼 수영의 달인이었다. 이들 두 사람이 신분의 벽에 가로막혀 젊은 시절 당나라로 갔는데 거기엔 이유가 있었다.

당은 지금의 미국처럼 능력이 있으면 국적에 관계없이 등용될 만큼 국제적인 나라였다. 장보고가 처음 맡은 벼슬은 '무령군소장'인데 여기 나오는 '무령군'이란 군단을 말한다. 이 무령군이 생긴 게 서기 805년이니 역산하면 장보고는 780년 후반쯤 태어난 것으로 추측해 볼 수 있다. 또 다른 기록도 나온다.

앞서 말한 일본 승려 엔닌의 《입당구법순례행기》에는 '장보고가 824년 일본으로 와 엔닌을 배에 태우고 당으로 돌아갔다'는 구절이 있다. 이는 장보고가 824년 이전에 무령군에서 나와 당—일본—신라를 오가며 무역활동을 했음을 보여준다. 이렇게 군에서 경력을 쌓고 무역상으로 일하던 장보고의 삶을 바꾸는 일이 생겼다.

완도에서 다리로 이어진 장도의 꼭대기로 올라가면 주변의 풍광이 한눈에 들어온다.

해적들에게 붙잡혀온 신라 사람들이 노예로 전락하는 참혹한 광경을 자주 목격한 것이다. 이에 분개한 장보고는 828년 흥덕왕에게 간청했다.

"중국을 두루 돌아보니 우리 신라 사람들이 도적들에게 잡혀와 노비가 된 경우가 많았습니다. 청해에 진영을 설치하여 도적들이 사람들을 붙잡아가지 못하도록 하겠습니다."

이 말에 감동한 흥덕왕은 그를 청해진 대사로 삼고 군사 1만 명을 주었다. 신라의 정식 관직에는 '대사'라는 직책이 없었는데, 이는 엄격한 골품제 사회인 신라 조정에서 평민인 장보고에게 관직을 제수하기 어려웠기에 장보고가 중국에 있을 때 사용하던 대사라는 별칭을 그대로 사용하게 한 것으로 보인다.

장보고는 이후 본격적인 해상무역에 나선다. 주된 루트는 중국 양주·영파와 일본 하카타였다. 양주는 양쯔강 하류 도시로 내륙과 대운하를 연결하는 요충이다. 고대부터 국제무역 중심지였는데 신라-페르시아-동남아인들은 물론 해상 실크로드를 따라온 이슬람 상인들의 최종 기착지이기도 했다.

영파 역시 중국의 주요 국제 중개 무역항으로 주변 산물이 대형 무역선에 실려 신라-일본으로 수출됐는데 목포 신안 앞바다에서 발견된 신안선도 바로 여기서 일본으로 가던 배였다. 장보고 선단의 주요 교류 품목인 월주요청자가 여기서 만들어져 수출됨으로써 훗날 고려청자를 낳는 밑거름이 됐다.

완도쪽에서 본 장도의 풍경이다. 이곳에서 장보고는 바다의 왕처럼 행세했다.

일본 하카타는 지금의 후쿠오카로, 이곳엔 장보고 선단이 무역하던 유적지가 남아 있다. 다자이후는 고대 한중 교섭을 관장하던 기관이었으며 홍려관은 다자이후에 속한 기관으로 상인들을 접대하거나 숙박을 하던 영빈관이다. 이렇게 전성기를 구가하던 장보고는 어이없게도 정치에 간여하면서 최후를 맞게 된다.

앞서 장보고에게 청해진 설치를 허락하고 '대사' 벼슬을 허락했던 홍덕왕은 아들 없이 죽었다. 그러자 홍덕왕의 사촌동생인 상대등 김균정과 홍덕왕의 조카인 김제륭이 왕위를 두고 다투다 김균정이 죽고 김제륭이 희강왕이 됐다. 김균정의 아들이었던 김우징은 가족과 함께 청해진으로 달아나 장보고에게 의탁했다.

김우징은 장보고가 흥덕왕에게 청해진 설치를 건의할 때 시중으로 있었기에 그때의 인연을 믿었던 것인데 왕실 권력다툼을 피해 청해진으로 왔을 만큼 당시 장보고의 세력은 막강했다. 희강왕이 왕위에 오른 지 3년 만에 김명과 김이홍 등이 반란을 일으켰다. 희강왕은 스스로 목숨을 끊고 김명이 민애왕이 되자 김우징이 청했다.

"김명과 김이홍은 임금과 내 아버지를 죽인 이들로 같은 하늘 아래 함께 살 수 없소. 원수를 갚게 해주시오."

장보고는 "의로움을 보고도 실행하지 않는 자는 용기가 없는 사람이라 하였다"며 838년 청해진의 군사 5000명을 경주로 파견했다. 청해진 군사들은 민애왕을 죽였고 김우징이 왕위에 올라 신무왕이 됐다.

신라 최초의 군사 쿠데타였던 이 싸움의 주인공은 평민 출신 장보고였다. 장보고는 감의군사가 돼 식읍 2000호를 받았는데 이런 특별 대우는 삼국통일의 주역 김유신 이후 처음 있는 일이었다. 하지만 백 일 붉은 꽃 없고 달도 차면 기운다고 했다. 장보고는 앞서 말한 딸의 왕비 간택 약속이 무산되며 왕과 척을 지게 됐다.

장보고는 장도의 누대 위에서 자신의 선단을 바라봤을 것이다.

다시 《삼국유사》의 장보고 부분을 인용해 본다.

"염장은 왕명을 받고 청해진으로 가서 연락하는 사람을 통해 궁파장보고에게 말했다. '왕에게 작은 원망이 있어 현명한 공께 몸을 의탁하여 목숨을 보존하려고 합니다.' 궁파는 그 말을 듣고 크게 노하여 말했다. '너희 무리가 왕에게 간하여 내 딸을 왕비로 삼지 못하게 했는데 어찌하여 나를 만나려 하는가?' 염장이 다시 사람을 통해 전했다. '이는 백관들이 간언한 것이지, 저는 그 모의에 관여하지 않았습니다. 현명한 공께서는 의심하지 마십시오.' 궁파는 그 말을 듣고 청사로 불러들여 물었다. '그대는 무슨 일로 이곳에 왔소?' 염장이 말했다. '왕의 뜻을 거스른 일이 있어 막하에 기대어 해를 모면하고자 합니다.' 궁파가 말했다. '다행한 일이오.' 그들은 술자리를 마련하고 매우 기뻐했다. 그사이 갑자기 염장이 궁파의 장검을 가져다 그를 죽였다. 그러자 휘하의 군사들이 놀라고 두려워하면서 모두 땅에 엎드렸다. 염장은 그를 이끌고 서울(경주)로 돌아와 결과를 보고했다. '궁파를 죽였습니다.' 왕은 기뻐하며 염장에게 상을 주고 아간의 벼슬을 내렸다."(민음사 간 《삼국유사》 김원중 옮김)

장보고 사후 5년 뒤인 851년 청해진은 폐쇄됐다. 임진왜란과 정유재란에서 나라를 구한 충무공 이순신 장군, 한국 해군의 기초를 세운 손원일 제독과 함께 한국사에 길이 남을 해상 3대 영웅 가운데 선구자인 장보고 시대의 퇴장은 우리 해운사에 기나긴 암흑시대가 왔음을 말해주는 것이다. 청해진이 없어지면서 완도 일대는 폐허처럼 변했다. 이곳에 살던 모든 사람은 전라도 북쪽 벽골군, 지금의 김제군으로 강제 이주 됐다.

그로부터 500년이 흐르는 동안 완도는 폐허가 되고 말았다. 사람이 살지 않았기 때문에 동백나무, 비자나무, 후박나무가 울창하게 자라났고 야생동물의 천국이 됐다. 다시 완도에 사람이 들어와 산 것은 고려 공민왕 때인 1351년. 하지만 그 이후로도 오랜 기간 완도는 함경도의 삼수갑산 같은 오지의 대명사였다.

완도에는 앞서 말한 청해진 유적 외에도 장보고 관련 지명이 많다. 장좌리 서쪽의 장보고가 돌을 던져 맞혔다는 복바위는 지금도 돌을 맞히면 복을 받는다고 한다. 청해진 군사가 해적을 잡아 가뒀다는 옥당터, 여섯 개의 바위로 이루어진 장수바위는 장보고가 군략을 협의했다는 곳이다. 장보고 가족들의 무덤이라는 장보네 묘 등도 있다.

6장

은진미륵에 얽힌 역사의 실타래를 좇다

충청남도 논산 부근 고속도로를 지날 때마다 볼 수 있는 것
이 '견훤왕릉'이라는 표지판이다. 왕릉이 위치한 행정주소는
논산시 연무읍 금곡리다. 충남 기념물 제26호인 견훤왕릉 주
변에는 아무 시설도 없다. 야트막한 언덕을 올라가 보면 지름
17.8m, 둘레 70m, 높이 4.5m의 봉분 앞에 '後百濟甄萱王陵(후
백제 견훤왕릉)'이라는 묘석만 서 있다.

이 묘석은 1970년 견씨 문중에서 세운 것이라고 한다. 이 초라
하기 짝이 없는 무덤이 진짜 견훤왕릉인지가 궁금한데 기록이
있다. 《삼국사기》에 '견훤은 걱정을 심하게 하다가 등창이 나 수
일 후 황산의 한 절에서 죽었다'는 것이다. 견훤은 자신의 사후,
무덤을 전주 완산쪽을 바라볼 수 있는 곳에 써 달라고 부탁했

다고 한다.

자신이 일으켜 세웠던 후백제를 자신의 손으로 망하게 만든 회한이 섞여 있었을 것이다. 고려 왕조는 견훤의 소원에 따라 완주군과 김제시 사이 모악산(해발 793m)이 보이는 이곳에 견훤을 묻었다고 하는데 이 무덤에는 '전할 전傳' 자가 붙어 있다. 이곳이 견훤의 무덤 같기는 한데 정확한 고증을 할 수 없을 때 보통 '전' 자를 붙인다.

1454년 간행된 《세종실록지리지》 은진현조에 따르면 '견훤의 묘는 은진현의 남쪽 12리 떨어진 풍계촌에 있는데 속칭 왕묘라고 한다'고 적혀 있다. 이게 지금 우리가 보는 견훤왕릉이다. 견훤은 어떤 인물이었는지 살펴본다. 《삼국사기》에 따르면 견훤 (867~936)은 경북 상주 가은현, 지금의 문경시 가은읍에서 867년 태어났다.

아버지 아자개는 농사꾼이었는데 나라가 어지러워지자 장군을 칭했다. 일설에는 견훤이 원래 이씨였다는 이야기도 있지만 확인할 수는 없다. 《삼국사기》에는 견훤과 관련된 설화가 등장한다. 견훤이 아기였을 때 어머니가 농사짓는 아자개에게 밥을 갖다주려고 견훤을 나무 아래 뒀는데 호랑이가 나타나 젖을 먹이곤 했다는 것이다.

비슷한 내용이 《제왕운기》에도 등장한다. '새가 와서 견훤을 덮어 주고 범이 와서 젖을 먹였다'는 것이다. 경북 문경시 가은읍에도 "견훤이 태어났을 때 온갖 날짐승이 날아와 몇 년에 걸쳐 아이를 보호해 줘 사람들이 아이가 장차 큰 인물이 될 것임을 짐작했다"는 이야기가 전해지고 있으니 필경 견훤이 보통 인물은 아니었을 것이다.

《삼국사기》에는 이런 이야기도 나온다. 전남 광주 북촌의 어느 부잣집에 딸이 있었는데 어느 날부터 자주색 옷을 입은 남자가 밤만 되면 딸과 동침하고 새벽이면 사라졌다는 것이다. 딸로부터 이 이야기를 들은 아버지는 딸에게 이렇게 당부했다.

고속도로 변에 있는 견훤의 무덤에서는 전주쪽 모악산이 아스라히 보인다.

"그 남자가 다시 오거든 옷에 몰래 실을 꿴 바늘을 꽂아 두거라!"

다음 날 아버지가 딸과 함께 실을 따라가 봤다. 북쪽 담장 밑에 커다란 지렁이의 허리에 바늘이 꽂혀 있었다. 남자의 정체가 지렁이였는데 이후 임신한 딸이 낳은 아들이 견훤이라는 것이다. 경북 문경시 가은읍 아차마을에는 견훤을 《삼국사기》에 나온 것처럼 지렁이의 자식이라고 본 설화와 연관 있는 '금하굴'이란 동굴이 있다.

장성한 견훤은 이후 군인이 됐는데 역시 《삼국사기》는 '견훤은 늘 창을 베개 삼아 적을 기다렸다'고 기록하고 있다. 성실함을 인정받은 견훤은 비장이 된 뒤 세력을 키워 892년, 즉 진성여왕 6년에 후백제를 건국했다. 《삼국사기》에는 그가 거병한 지 열흘 만에 5000여 명의 군사를 모았다고 하니 군에서 그의 인기가 대단했음을 짐작할 수 있다.

견훤은 무진주, 즉 지금의 광주를 점령한 뒤 스스로를 신라서면도통지휘병마제치지 지절도독전무공등주군사 행전주자사 겸 어사중승 상주국 한남군개국공 식읍이천호라는 다 부르기도 숨이 차는 벼슬로 칭했다.

후백제는 건국한 지 3년 만에 중국 강남의 오월과 외교관계를 맺을 정도가 됐다. 견훤의 군사적 능력이 탁월했다는 뜻인데 내가 주목한 부분은 견훤과 미륵신앙의 관계다. 즉 우리는 고려 태조 왕건이 불교를 숭상했고 태봉의 왕이 된 궁예가 미륵신앙에 탐닉한 것은 잘 알지만 견훤과 불교의 관계에 대해서는 잘 알고 있지 못했다.

논산과 익산 일대를 취재한 후 견훤도 불교에 의존했다는 것을 짐작할 수 있었다. 학자들에 따르면 견훤이 불교 중 관심을 보인 것은 미륵신앙이었다. 학자들은 경상도 출신인 견훤이 광주 일대의 호족들로부터 강력한 지지를 받은 것을 주목하고 있다. 당시 광주 일대에 유행한 것은 완산에서 태어난 진표율사의 미륵사상이다.

여기서 진표스님에 대해 잠시 알아보고 가도록 한다. 생몰연도가 미상인 진표는 신라 중기에 태어났는데 열한 살 때 개구리를 보고 참회했다는 이야기가 전해지고 있다. 개구리를 잡아 버드나무 가지에 꿰어 물속에 넣어뒀는데 다음 해 봄까지 살아 있었다는 것이다. 이것은 그가 불교의 첫 계율인 무분별한 살생을 반성했다는 것을 말해 준다.

12살 때 김제 금산사로 출가한 진표율사는 평생 그곳을 근거지로 포교했으며 절의 동쪽 큰 바위 위에 앉아 입적했다고 한다. 금산사는 진표의 미륵신앙 근거지가 됐으며 그가 입적한 후엔 속리산, 강릉, 대구 동화사로 그의 미륵신앙이 퍼졌다. 재미있는 것은 훗날 견훤이 자식들에 의해 유폐된 곳이 금산사였다는 사실이다.

학자들은 이로 미루어 금산사가 후백제왕 견훤의 왕실사찰 같은 역할을 했다고 보고 있다. 실제로 견훤은 금산사 중창 때 많은 시주를 했다. 견훤과 밀접한 관련을 맺고 있는 또 다른 사찰이 바로 전북 익산의 미륵사다. 견훤은 후백제의 수도를 서기 900년 광주에서 전주로 옮겼는데 922년 익산 미륵사에 탑을 세웠다.

익산의 미륵사지는 백제의 무왕과도 관련돼 있다. 즉 견훤은 광주에서 전주로 수도를 옮기며 미륵사에 정성을 다하면서 자신이 명실상부한 백제의 후예임을 과시했다는 것이 학자들의 주장이다. 견훤과 무왕이 이렇게도 연결되고 있으니 역사는 알면 알수록 오묘해지는 것을 느낄 수 있다.

이런 견훤의 생애를 살펴보면 그의 묘가 충남 논산에 있는 것도 가볍게 지나칠 수 없다. 논산에 유명한 것이 두 가지 있는데 하나가 아들 둔 부모들은 한 번씩 반드시 가 보는 '신병훈련소'이고 또 하나가 우리나라에서 가장 거대한 미륵불인 관촉사 은진미륵이다. 관촉사 은진미륵은 보물 제218호다.

은진미륵은 고려 광종 19년인 서기 968년에 승려 혜명이 만들었다고 한다. 높이가 18.12m나 되는 관촉사 은진미륵은 몸에 비해 머리가 너무 큰 가분수 형태다. 이 때문에 안정감이 부족하다는 평이 많았다. 두 손은 생동감이 엿보이는 데 비해 얼굴이나 동체는 밋밋한 반면 머리 위에 씌워 놓은 원통형 보관은 너무

은진미륵은 고려 왕조가 위엄을 보이기 위해 조성한 것이다.

높아 기이한 느낌마저 준다.

그래서 이 미륵을 괴석 같다고도 한다. 왜 광종은 머나먼 논산 땅에 이토록 커다란 미륵불을 세운 것일까? 학자들은 이것이 견훤의 죽음과 관련이 있다고 해석한다. 고려 태조 왕건은 비록 강력한 라이벌이었던 견훤이 망명한 후 그를 '상부'로 대접했다. 하지만 적이었던 그의 무덤을 자신들의 수도인 개경 근처에 세우고 싶지는 않았다.

때마침 견훤이 모악산이 보이는 곳에 묻어 달라고 하자 한편으로는 환영하면서도 한편에서는 견훤에게 향수를 지닌 후백제 잔존세력이 뭉칠 것을 염려했다. 그래서 뭔가 지역민심을 어루만지면서도 고려 왕조의 강력한 힘을 과시할 상징물이 필요했다. 학자들은 그것이 거대한 은진미륵을 만든 이유라고 보고 있다.

더구나 은진미륵을 세운 광종은 고려의 왕 가운데도 가장 개혁적이고 강력한 왕권을 발휘한 인물이다. 그는 956년 노비안검법을 실시해 노비를 풀어 줬는데 이것은 귀족들의 힘을 약화시키기 위한 조치였다. 광종이 958년 과거제도를 실시한 것 역시 명분은 천하의 인재를 얻기 위한 것이라지만 내심 귀족세력 약화에 목적이 있었다.

실제로 광종은 과거제 실시 이후 준홍과 왕동 같은 귀족들을 모반 혐의로 숙청한 것을 시발점으로 호족의 힘을 꺾는 데 전력을 다했다. 오죽했으면 당시 "준홍과 왕동의 숙청 이후 참소하고 아첨하는 무리가 뜻을 얻어 어질고 충성스런 사람을 모함하니 종이 그 상전을 고소하고 자식이 그 아비를 참소하매 감옥이 항상 가득 차 있었으므로 임시 감옥을 설치하였으며 죄 없이 죽음을 당하는 자가 줄을 이었다"는 말까지 나왔을까.

조선시대 세조가 조카 단종을 죽인 뒤 불교에 심취했던 것처럼 광종 역시 호족들을 대거 죽인 뒤 여러 곳에 절을 짓고 방생소를 설치하는가 하면 혜거(?~974)를 국사, 탄문(900~975)을 왕사로 삼았다. 사람을 많이 죽인 죄를 부처님의 힘을 빌려 씻고자 했던

백제의 미소라 불리는 마애석불로 가려면 이곳을 지나쳐야 한다.

것은 고금古今을 막론하고 인간이라면 느낄 수 있는 감정이다.

관촉사 은진미륵 역시 이 같은 상황의 연장이었다고 보면 모든 것이 자연스럽게 이해가 간다. 은진미륵과 관련해서는 다음과 같은 설화가 전해져 내려오고 있다. 절 아래 한 노파가 쑥을 캐러 갔는데 갑자기 땅속에서 바위가 솟는 것을 본 것이다. 노파는 이 일을 사위에게 전하고 사위는 관청에 고했으며 관청은 조정에 보고했다.

보고를 받은 광종이 "돌로 미륵불을 지으라"고 했는데 조성

책임자가 혜명대사였다. 혜명이 인부 100명과 함께 공사를 끝내는 데는 38년이 걸렸다. 혜명은 미륵불의 머리와 신체를 나눠 따로 조각해 붙이려 했는데 두 부위가 너무 무거워 세울 수가 없었다. 고민을 하던 차에 마을 앞 시냇가를 걷는데 두 어린이가 탑 쌓기 놀이를 하는 것을 보게 됐다.

이 모습을 보고 혜명은 깨달음을 얻었다. 두 아이는 하나의 돌을 놓고 주변에 흙과 모래를 채운 뒤 또 다른 돌을 굴려 두 돌을 포갰다. 혜명대사가 그걸 보고 기뻐 손뼉을 치는 순간 아이들은 어디론가 사라졌다. 혜명은 그 아이들이 문수보살과 보현보살의 현신이었다고 믿었다.

은진미륵에 대한 설화는 그것뿐이 아니다. 고려는 오랑캐의 침입을 많이 받았는데 오랑캐를 물리친 것이 은진미륵이었다는 이야기도 있다. 오랑캐들이 압록강을 건널 때 물의 깊이를 몰라 우왕좌왕하고 있었다. 그때 한 스님이 나타났다. 스님이 강으로 걸어 들어가는 모습을 본 오랑캐 장수는 스님을 따라 강을 건너라는 명령을 내렸다.

그런데 어찌된 일인지 그곳만 유독 물이 깊고 물살이 거세 뒤따르던 수많은 병사들이 익사하고 말았다. 화난 장수는 스님을 붙잡아 오도록 했다. 장수의 명을 받고 오랑캐 병사가 칼로 스님을 내려치는 순간 '쩡' 하는 쇳소리가 울려 퍼지면서 스님은 사라지고 말았다. 알고 보니 그 스님이 바로 관촉사 은진미륵이었

마애석불은 태양광선의 변화에 따라 다른 모습을 보여준다.

다는 것이다.

불교의 호국사상을 바탕으로 한 설화라고 볼 수 있다. 이 은 진미륵이 최근 국보로 지정됐다. 독자들께서 견훤왕릉과 전북 익산을 둘러보신다면 충남 서산까지 가 볼 것을 권해 드린다. 충남 가야산은 '사도세자와 남연군', '흥선대원군과 육관도사'의 이 야기가 얽혀 있는 곳이다.

이 가야산 자락에서 서산시 운산면 용현계곡까지는 승용차로 약 30분이 걸린다. 그 골짜기로 올라서면 저 유명한 '백제의 미소' 로 알려진 마애여래삼존상을 볼 수 있다. 마애여래삼존상은 국보 제84호다.

기존의 삼존불상과 달리 소탈한 미소가 인상적이며 모든 구속으로부터 초탈한 여유를 느끼게 해 주는 우리의 자랑스런 문화유산이다. '백제의 미소'라는 말은 고 김원용 박사가 쓴 책 《한국미의 탐구》에서 처음 사용됐는데 한 번 본 사람들은 누구나 고개를 끄덕일 정도로 정확한 표현이다.

서산마애삼존불을 중심으로 '백제의 미소길'까지 만들어져 한 번쯤은 답사해 볼 만하다. 새벽, 아침, 한낮, 황혼 무렵에 햇빛 의 각도에 따라 달리 보인다는 서산마애삼존불의 존재를 우리 가 안 것은 불과 50여 년 전이라고 한다. 1959년 홍사준 국립부여박물관장의 지시로 답사팀이 현장에 갔는데 원래 서산은 백암사가 유명했다.

답사팀이 무심코 지나가던 나무꾼에게 "혹시 불상이 근처에 있느냐"고 물었다. 그러자 나무꾼은 이렇게 답했다고 한다.

"부처님이나 탑 같은 것은 못 봤지만유. 저쪽 바위로 가면 환하게 웃는 산신령님이 한 분 있는디유. 양옆에 본마누라와 작은마누라도 있지유. 근데 작은마누라가 의자에 다리 꼬고 앉아서 손가락으로 볼따구를 찌르고 슬슬 웃으면서 용용 죽겠지 하고 놀리니까 본마누라가 짱돌로 쥐어박을라고 벼르고 있구만유. 근데 이 산신령 양반이 가운데 서 계심시러 본마누라가 돌을 던지지도 못하고 있지유."

충남 서산일대에는 미륵이 많다. 길가에 서있는 이 미륵은 강댕이 미륵이라 불린다.

7장

미륵의 도래를 기원한 도선국사와
장길산의 무대, 운주사

《조선일보》에 '국운풍수'를 연재 중인 김두규 우석대 교수와 이야기를 나누던 중 한국의 유명 사찰이 화제가 됐다. 경상북도 영주 부석사가 풍광에서 으뜸이라면, 전라남도 화순의 운주사는 기이함에 있어 따를 곳이 없다고 나는 말했다. 그야말로 운주사는 이 땅의 사찰 가운데 유례를 찾기 힘든 특이한 절이라 하겠다.

보통 사찰은 입구의 일주문을 지나 사천왕문, 해탈문을 거쳐야 대웅전을 비롯한 가람들을 볼 수 있다. 그런데 운주사만은 다르다. 진입하는 방향으로 왼쪽에 19기의 크기도 표정도 다른 미륵상이 놓여 있고 앞으로는 9층 석탑과 석불 몇 기가 있는데 주변을 살펴보면 다시 놀라게 된다.

자연석 밑으로 아무렇게나 놓인 것 같은 석불들이 눈여겨볼수록 곳곳에서 등장하는 것이다. 그러고 보니 '구름이 머무른다'는 운주사의 일주문의 현판 글씨 하나하나가 예술품이다. '운'자는 구름 운자인데 우리가 보통 보던 것과 다르고 절 뒤에 버티고 선 영귀산, 혹 영구산으로 읽는 산은 신령스런 거북이 형상이다.

날이 추워서인지 고드름을 잔뜩 뒤집어쓴 석불부터 잘 찾기 힘든 위치에 놓인 석불까지 불상의 천국이다. 한참 석불과 탑들을 구경하다 보면 석조불감이 보인다. 석조불감은 불상을 넣은 함 같은 것인데 자세히 보면 두 불상이 등을 맞대고 있다. 석조불감을 보면서 언뜻 연상되는 것은 경주의 석굴암이다.

살펴보면 운주사의 석조불감은 석굴암의 그것과는 정교함에서 무척 차이 난다. 다소 조잡해 보이지만 이런 양식은 여간해서 보기 힘들다. 석조불감 뒤로는 다각형이지만 원형처럼 보이는 탑이 나온다. 이름은 원형이지만 자세히 들여다보면 10각형임을 알 수 있다. 이렇게 많은 석불과 석탑을 지나면 비로소 대웅전이 보인다.

운주사에는 건물 자체가 많지 않다. 정유재란 때 왜군에 의해 철저하게 파괴돼 운주사가 폐사됐기 때문이라고 한다. 운주사의 구경거리는 여기서 그치지 않는다. 대웅전 쪽에서 바깥쪽을 봤을 때 오른쪽에 나지막한 언덕이 있는데 그 위로 올라가면 두

운주사의 일주문에 쓰여진 구름 운자가 특이하다.

기의 석탑이 보이고 '시위불', 즉 누군가를 지킨다는 미륵불이 보인다.

그렇다면 위에는 무엇이 있을까. 부부가 누워 있는 것처럼 보이는 두 기의 와불이다. 길이 10m 가까운 와불은 온화한 미소를 지은 채 하늘을 지긋이 응시하고 있다. 와불 주변에서 보면 운주사 일대를 조망할 수 있는데 운주사 대웅전 뒤편 언덕으로도 석불과 탑이 보인다. 이런 운주사는 언제 누가 세운 것일까.

운주사를 창건한 분은 도선국사(827~898)라고 한다. 도선은 우리 풍수사상의 대가이자 우리가 지금 보는 많은 사찰의 창건자이다. 전국을 다녀보면 사찰을 세운 분은 대개 도선, 자장율사, 의상대사 순이다. 전남 영암이 고향인 도선국사는 금씨였는데 15세에 월유산 화엄사로 출가했다.

월유산은 충북 영동과 황간 사이에 있는 산을 말한다. 도선은 이후 동리산 혜철대사에게서 깨달음을 얻었다. 무설설·무법법을 배운 그는 운봉산과 태백산에서 수도하다 백계산 옥룡사에 자리 잡았다. 그의 도력이 전국적으로 소문나자 신라 헌강왕이 궁으로 모셨으나 도선은 거절했다.

왕에게 몇 가지 가르침을 주고 다시 산으로 돌아온 것이다. 도선은 사후에 더 명성을 떨쳤다. 효공왕은 그에게 요공선사라는 시호를 내렸고 고려 숙종은 대선사, 왕사로 추증했으며 인종은 선각국사로 추봉했다. 도선은 음양지리와 풍수상지에 능했는데 유명한 일화가 있다.

고려 태조 왕건(재위 918~943)이 태어날 것을 내다보고 왕건의 아버지에게 왕이 나올 집터를 잡아주었다는 것이다. 그가 남긴 《도선비기》는 고려부터 조선을 거쳐 오늘날까지 영향을 미치고 있다. 내용 전체가 실제로 도선이 쓴 것인지는 알 수 없지만 아직도 도선비기니 도선의 제자를 사칭하는 이들이 많은 것을 보면 그 영향력을 짐작할 수 있다.

일례로 고려 태조 왕건이 남긴 훈요십조에는 '절을 세우는 데 산수의 순역을 점쳐 지덕을 손박하지 말라'는 내용이 있는데 이것은 도선이 남긴 비기의 내용을 그대로 따온 것이다. 도선은 왜 운주사를 세운 것일까. 운주사 창건설화에는 다음과 같은 설화가 전해져 내려오는데 터무니없는 전설만은 아니다.

조선시대 지어진 《조선사찰자료》라는 책자에 나오는 내용이다. 최완수가 지은 '명찰순례'의 한 대목을 인용해 보겠다.

"우리나라 지형은 떠가는 배와 같으니 태백산, 금강산은 그 뱃머리요 월출산과 한라산은 그 배꼬리이다. 부안의 변산은 그 키이며 영남의 지리산은 그 삿대이고 능주의 운주는 그 뱃구레이다.

배가 물 위에 뜨려면 물건으로 그 뱃구레를 눌러주고 앞뒤에 키와 삿대가 있어 그 가는 것을 제어해야 배가 솟구쳐 엎어지는 것을 면할 수 있다. 이에 사탑과 불상을 건립하여 그것을 진압하게 되었다.

특히 운주사 아래로 서리서리 구부려져 내려와 솟구친 곳에 따로 천불천탑을 설치해 놓은 것은 그것으로 뱃구레를 채우려는 것이고 금강산과 월출산에 더욱 정성을 들여 절을 지은 것도 그것으로써 머리와 꼬리를 무겁게 하려는 것이었다."

과연 이 말대로 도선국사는 월출산 자락에 대흥사라는 명찰을 지었으며 금강산에는 건봉사를 중창했다. 여기서 재미있는 자료를 하나 살펴보고 넘어가도록 하겠다. 우리나라의 사찰을 만든 스님들에 관한 것이다. 도선국사는 모두 79개 사찰을 창건했고 17개 사찰을 중창했다고 한다.

아도화상은 17개 사찰, 원효대사는 87개 사찰, 의상대사는 84개 사찰, 지공선사는 12개 사찰, 나옹 혜근화상은 56개 사찰, 태고보우화상은 11개 사찰, 무학자초대사는 73개 사찰, 청허 휴정대사는 19개 사찰을 지었다고 한다. 놀랍게도 도선국사는 운주사의 천불천탑을 단 하룻밤 사이에 세웠다는 전설이 있다.

이것은 아마 도선국사의 도력을 더욱 돋보이게 하려고 후세 사람들이 만든 설이 아닐까 싶은데 재미있는 이야기도 있다. 《조선일보》 문화부 이한수 차장의 말이다.

"몇 년 전 한 학자와 함께 운주사를 방문한 적이 있어요. 그가 그러더군요. 운주사는 '불상 만드는 공장과 같은 곳이 아니었을까?' 그 역시 추측에 불과하지만 굉장히 재미있는 말이었습니다."

천여 개의 불상과 탑을 보면 그런 상상도 가능하다 싶다. 그 학자가 이런 추측을 한 것은 사찰 내의 석불 및 석탑이 어지럽게 흩어져 있는데 조각기법이 투박하고, 정교하게 만들어진 것이 아니었기 때문일 것이다. 실제로 이곳의 암석 재질은 석불, 석탑을 만들기에 부적합하고 전문가의 솜씨는 더더욱 아니다.

앞서의 창건설화 외에 다음과 같은 이야기도 전해진다. 첫째, 도선국사가 당나라에 가서 풍수지리를 공부하고 돌아와 우리나

운주사에 있는 미륵들은 저마다 개성이 있다.

라 지세를 살피니 이곳 운주사 땅이 여자의 음부 형국으로, 장
차 임금이 나올 군왕지여서 그 혈을 끊기로 했다는 거다. 이에
도선은 명당을 누르는 탑을 세우고 도술을 부려서 근처 30리 안
팎에 있는 돌들을 불러모아 하룻밤 사이에 천불천탑을 세웠다
는 것이다.

두 번째는 언덕 꼭대기에 누워서 하늘을 바라보고 있는 부부
와불과 관련된 재미있는 얘기다. 도선국사가 천불천탑을 하룻밤
사이에 만들고 맨 마지막으로 와불을 일으켜 세우려고 했는데

공사에 싫증이 난 동자승이 거짓으로 닭이 울었다고 해 와불을 일으켜 세우는 일이 수포로 돌아갔다는 것이다.

이 부분에 착안해 장편소설을 쓴 작가가 있다. 〈장길산〉을 쓴 황석영이다.

소설에는 운주사라는 이름의 유래에 대해서도 나온다. 운주사, 즉 배는 천민들의 세상이요, 그 배를 움직이는 물은 자신들과 같은 천민들이라는 것이다.

"우리 중생이 물이 되어 고이면 배가 떠서 나아가게 되는 게야."

천민들은 미륵을 본 적이 없기에 제각각 모습이 달랐다. 이렇게 해서 구백구십구 개의 미륵상과 탑을 세우고 마지막 미륵만이 남았는데 그 미륵의 재료가 산꼭대기에 있는 집채보다 더 큰 바위였다. 그들은 미륵을 처박힌 형상으로 만들었다.

자신들이 세상 밑바닥에 처박힌 것처럼 마지막 미륵도 위쪽으로는 다리가, 아래쪽에는 머리가 있는 상족하수의 형상으로 만든 것이다. 실제로 운주사의 와불은 머리가 낮은 쪽에 있고 다리가 높은 쪽에 있다. 마지막 미륵을 일으켜 세우면 세상이 바뀌는데 고단함을 이기지 못한 한 천민이 거짓말로 외쳤다. "닭이 울었다!", 즉 하룻밤이 지났다는 뜻이었다. 미륵을 지탱하던 사람들은 실망해 주저앉았고 와불은 비탈에 처박힌 채 움직이지 않았다는 것이다.

운주사의 미륵들은 고통받는 민중을 상징한다.

그러고 보면 소설가 황석영의 상상력은 '한국의 3대 구라'라는 그의 별호처럼 그럴듯하다. 장길산은 조선 숙종 때의 도적으로 홍길동-임꺽정과 함께 조선의 3대 도적으로 유명하다. 《조선왕조실록》에는 장길산과 관련된 기록이 두 번 등장한다. 첫 번째는 1692년 평안도 양덕현에서 장길산을 잡으려 하였으나 실패하자 고을 현감을 좌천시켰다는 것이다.

두 번째는 1697년 이익화, 장영우 등이 반역을 꾀했는데 이들이 장길산과 연루돼 있다는 것이다. 이때 숙종이 하교한 내용이 《조선왕조실록》에 나온다. 장길산을 체포하지 못했다는 한탄인데 이 부분에 착안해 황석영이 장길산을 운주사로 보낸 것 같다.

"국적 장길산은 날래고 사납기가 견줄 데가 없다. 여러 도로 왕래하여 그 무리가 번성한데 벌써 10년이 지났으나 아직 잡지 못하고 있다. 지난번 양덕에서 군사를 징발하여 체포하려고 포위하였지만 끝내 잡지 못하였으니 역시 그 음흉함을 알 만하다. 지금 이영창의 초사를 관찰하니 더욱 통탄스럽다. 여러 도에 은밀히 신칙하여 있는 곳을 상세하게 정탐하게 하고 별도로 군사를 징발해서 체포하여 뒷날의 근심을 없애는 것도 의논하여 아뢰도록 하라."

학자들은 지금의 운주사 주차장 인근 절터에서 나온 유물들을 토대로 운주사의 건립 연대를 고려 초기인 11~12세기로 추정하고 있다. 지금 운주사에는 천불천탑은 석탑 21기, 석불 93구가 남아 있지만 그 역시 결코 적은 숫자는 아니다. 그렇다면 천불천탑은 거짓일까.

16세기 기록인 《신증동국여지승람》에 이런 내용이 나온다.

"천불산은 능성현 서쪽 25리 지경에 있다. 운주사는 천불산 속에 있는데 절의 좌우 쪽 허리에 석불과 석탑이 각기 1000개씩 있으며 석실이 있어 두 석불이 서로 등을 마주 대고 앉아 있다."

《신증동국여지승람》을 보면 이곳에 천불천탑이 남아 있었음

운주사 미륵의 백미는 언덕 꼭대기에 누워있는 부부 와불이다.

을 알 수 있는데 1632년 간행된 《능주목지》와 1923년 간행된 《나주읍지》에도 《신증동국여지승람》과 비슷한 기록이 실려 있으니 천불천탑은 일제시대 훼손된 게 아닌가 하는 생각도 든다. 재미있는 것이 운주사의 명칭이다. 운주사는 구름 운 머물 주를 쓰는데 앞서 소설 〈장길산〉에 나오듯이 갈 운 배 주로 쓰기도 한다는 것이다.

1984년 전남대 박물관팀의 발굴조사 때 '운주사 환은천조, 홍치팔년'이라는 기와가 나왔다. 이로 미루어 배를 운전한다는 의미의 운주사는 후대에 누군가 만들어낸 이름이라는 사실을 알 수 있다. 여기서 홍치팔년은 1495년으로 연산군 1년을 뜻한다.

그런데 도선국사가 세웠다는 창건설화도 그렇지만 '운주 화상이 거북의 도움을 받아 만들었다'거나 '마고 할미가 세웠다'는 이야기도 전해 내려오는 것을 보면 이곳이 미륵신앙의 중심지였다는 분석도 가능하게 한다. 미륵신앙은 혁명을 바라는 천민과 노비들 사이에서 널리 퍼졌다. 그러기에 운주사가 불교 사찰이라기보다는 신분 해방 운동의 신앙처였다는 주장이 일각에서 제기되고 있는 것이다. 일례로 학자들 가운데 일부는 현재 운주사에 있는 7층 석탑 하나를 세우려면 지금의 가격으로 4000만원 정도가 드는데 이런 돈을 낼 재력이 없다면 미륵신앙 결사조직의 힘을 빌리지 않고는 도저히 만들 수 없다고 주장한다.

어떤 이들은 운주사를 밀교세력이 세운 것이라고 주장하기도 한다. 운주사의 수막새기와에서 범자문이 발견됐는데 해독하니 '옴마니밧메훔'이었다는 것이다. 이것은 밀교에서 지혜와 복을 바라며 외우는 주문으로 잘 알려져 있다.

석조불감 속에 있는 좌상도 남북을 바라보며 등을 맞대고 있어 밀교적 성격의 음양불이라 할 수 있고 많은 불상의 수인이 비로자나불의 지권인을 도식화한 것이라는데 불교에 대해 정확한 지식이 없는 나로서는 도무지 분간을 할 수 없다.

8장

고려 최고의 명장 김방경에게 군인의 길을 묻다

전라남도 진도의 벽파진은 지금은 배가 오가지 않는 항구지만 삼별초의 난부터 임진왜란 때까지 중요한 역할을 했던 항구였다. 그 영화가 이 한적한 항구에 다시 올 것이다.

인간은 평화를 원하지만 세상엔 전쟁이 끊이지 않는다. 세상은 분명 사람들이 만드는 것이거늘 평화와 전쟁은 빙하기와 간빙기처럼 순환하고 만다. 그것은 인간이 가진 욕망 때문일 것이다. 욕망과 욕망이 충돌하는 순간, 군인들의 시대가 시작된다.

이노우에 야스시(1907~1991)라는 일본 소설가가 있다. 역사소설의 대가다. 주요 작품으로 《돈황》 《칭기즈칸》 《누란》 등이 있으며 산악소설 《빙벽》도 유명하다. 그가 쓴 소설 《풍도》가 있다. 국내에는 《검푸른 해협》이라는 제목으로 번역됐지만 지금은 절판

전라남도 진도의 벽파진은 삼별초가 항쟁했던 곳이자 이순신 장군의 수군이 머물렀던 곳이기도 하다.

됐다.

'풍도'는 말 그대로 '바람'과 '파도'라는 뜻이다. 이 소설의 주인 공이 뜻밖에도 고려시대 장수 김방경(1212~1300)이다. 김방경은 한 민족 역사상 유일하게 일본 본토 정벌에 나선 장군이다. 조선 초 이종무(1360~1425) 장군이 있지만 그는 대마도를 정벌했을 뿐이다.

김방경 장군이 일본 본토 정벌의 전초기지로 삼았던 곳이 지 금의 경상남도 마산 합포항이다. 여기서 고려와 몽골 연합군은 고려 기술자 3만5000여 명을 동원해 전함 900척을 만들었다. 합 포에 그 흔적이 몇 군데 남아 있다. 당시 군인들이 마셨다는 우 물과 '몽고간장'이다.

마산 합포가 지역구인 자유한국당 이주영 의원에 따르면 몽 골군이 주둔하면서 간장을 빚는 법이 전해져 1905년 지금의 몽 고식품의 전신인 몽고간장이 창업했다. 몽고식품은 100년 기업 으로 유명한데 지난해 전 회장이 운전기사에게 '갑질'을 해 명성 에 먹칠을 했다.

합포에서 출발한 여몽연합군은 고려 충렬왕 원년인 1274년 4 만 군사를 이끌고 일본으로 향했다. 4만 원정군은 몽골군과 한 족 군대 2만5000명, 고려군 8000명과 키잡이-뱃사공 등의 지원 병력으로 구성돼 있었다. 당시 고려군의 총사령관이 바로 김방 경 장군이었다.

여몽연합군은 합포항을 출발해 대마도에 상륙한 뒤 별다른

忠烈公金方慶 像

二千八年度辛秋 掖史 尹柄八 謹寫

김방경 장군의 초상화

어려움을 겪지 않고 섬을 점령했다. 대마도에서 9일을 보낸 뒤 여몽연합군은 일본 규슈 연안의 이키섬에 상륙했다. 이키섬을 점령한 5일 뒤에 여몽연합군은 규슈 하카타에 상륙했다. 하카타는 지금의 후쿠오카다.

대마도와 이키섬의 영주들은 여몽연합군과 맞서 싸우다 전멸했다. 당시 일본 가마쿠라 막부는 대군을 보냈지만 여몽연합군의 상대가 되지 않았다. 일본 사무라이들은 1대1 싸움에는 능했지만 지금의 미국보다 더 강력했던 세계 최강국 몽골이 대포까지 가져와 쏘아댔기 때문이다.

《고려사》는 김방경 장군이 당시 전쟁을 지휘하던 모습을 다음과 같이 기록해 놓고 있다.

"… 왜군이 몰려와서 장검이 좌우에서 번득였으나 김방경은 심어놓은 나무마냥 물러서지 않았다. 김방경은 효시, 즉 전투 신호용 화살 하나를 뽑아 쏘고 소리를 높여 외치니 왜군들이 놀라서 기가 죽어 달아났다. 왜군이 대패하고 엎드려진 시체가 삼을 베어 눕힌 듯이 많았다."

여몽연합군은 가마쿠라 막부군을 도륙낸 뒤 밤에 하카타만에 정박시켜 둔 함선에 돌아가서 쉬었는데 갑자기 태풍이 불어와 함선들이 대부분 침몰하고 말았다. 배에 타고 있던 여몽연합군의 피해도 심했다. 기록에 따르면 배가 부서져 바다에서 익사한 원정군의 수가 1만3500명이었다고 한다.

일본이 제2차 세계대전 당시 미국보다 열세인 해·공군력을 만회하기 위해 사용한 전법을 가미카제라고 한다. 이 가미카제, 즉 일본을 지켜주기 위해 신이 일으킨 바람의 원조가 바로 여몽연합군을 격퇴시킨 1274년 유래한 것이다. 그렇다면 김방경은 왜 몽골군과 일본 정벌에 나선 것일까.

김방경 장군은 신라의 마지막 왕인 경순왕의 후손이다. 경북 안동에서 태어나 어려서부터 할아버지(김민성)가 양육했다. 성품이 강직했으며 자기 뜻에 맞지 않는 일이 있으면 땅바닥에 뒹굴면서 울었다. 그때마다 소나 말이 그를 피해 지나니 사람들이 기이하게 여겼다고 한다.

김방경 장군은 1229년(고종 16년), 집안을 배경으로 한 음서로 관직에 들어갔다. 16세에 산원 겸 식목녹사를 겸했으며 여러 번 승진을 거듭해 감찰어사에 올랐다. 그때 그는 우창을 감검했는데 당시의 권력자인 재상의 청탁도 부당하다고 생각하면 거절하였다고 한다.

그때 재상과 김방경이 나눈 대화가 전해진다.

"김 어사, 지금 어사들의 행동이 옛날 어사들의 자세보다 못한 것 같소."

"저도 옛 어사들과 똑같이 행동할 수 있으나 저는 오로지 나라의 재정을 비축하고 감사할 뿐 다른 이들의 비위를 맞추어줄 수는 없습니다."

진도의 남도석성은 삼별초가 항쟁했던 유적지다.

김방경 장군은 1248년 서북면 병마판관이 됐다. 불행하게도 그가 서북면 병마판관이 됐을 때 몽골의 침입이 시작됐다. 몽골군이 쳐들어오자 김방경 장군은 위도로 들어가 제방을 쌓고 저항했다. 그가 쌓은 제방은 해조의 피해를 막았을 뿐 아니라 간척 효과도 겸했다고 한다.

김방경 장군은 1263년(원종 4년) 지어사대사가 됐고 그해 전라남도 진도에 침략한 왜구를 물리쳐 상장군이 됐지만 반대 세력의 미움을 사 남경유수로 좌천되기도 했다. 하지만 인망이 두터워 곧 서북면 병마사로 복직됐고 후에는 형부상서, 추밀원부사로 승진했다.

김방경 장군의 운명을 뒤흔든 것은 그가 처음 서북면 병마사로 나갈 때 침략했던 몽골이었다. 당시 고려 왕조는 강화도로 천도해 대몽항쟁을 벌이고 있던 중 원나라와 개경 환도 문제를 놓고 갈등을 빚고 있었다. 그러던 중인 1268년(원종 9년) 임연이 난을 일으켰다.

임연을 제거하라는 명을 받은 김준이 오히려 임연에게 제거되고 원종은 임연에 의해 폐위됐다. 임연은 안경공 창을 왕으로 즉위시키면서 반원의 입장을 굳혀 개경으로의 환도를 거부하고 강화도에서 계속 정권을 쥐려 했다.

이에 몽골 수도에 있던 세자가 황제에게 임연을 토벌해 줄 것을 청했다. 황제는 몽가독에게 군사 2000명을 주며 토벌을 명했다. 이때 세자가 김방경에게 몽가독을 도우라고 했으나 김방경은 몽골군이 대동강을 건너면 백성들이 놀라는 것은 물론 혼란을 틈탄 변란을 염려했다.

실제로 북계의 반민인 최탄 등은 몽가독에게 '사냥을 핑계로 대동강을 건너 왕경(개경)을 엄습하여 왕족을 사로잡고 옥백을 얻자'고 유혹했고 몽가독은 이 말을 따르려 했다. 김방경은 이런 사실을 세자에게 알리고 몽골군의 진격을 중단시켰다.

임연이 등창으로 급사하자 원종은 개경 환도를 단행했고 이에 불만을 품은 세력은 삼별초를 중심으로 대몽항쟁을 계속했다. 이것이 1270년 6월 일어난 삼별초의 난이다. 지도자는 배중손 등이었다. 삼별초는 승화후 온을 왕으로 추대해 고려와 별도의 조정을 만들었다.

이에 조정은 김방경을 추토사로 임명한 뒤 참지정사 신사전과 함께 삼별초 공격을 명했다. 어제의 전우가 오늘은 적이 된 셈이었지만 김방경은 조정의 보전을 위해 삼별초를 토벌할 수밖에 없다고 결심했다. 당시 삼별초는 강화도를 떠나 진도에 머물고 있었다.

김방경은 삼별초에 함락되기 직전이었던 전주와 나주를 방어하고 진도의 대안에서 토벌에 진력하다가 무고로 개경에 압송되기도 했지만 곧 석방돼 다시 삼별초의 토벌에 나섰다. 당시 전투에서 원나라의 원수 아해의 후퇴를 막는가 하면 고려군 단독으로 전투를 벌이기도 했다.

1271년 새로 원나라의 원수로 임명된 흔도와 더불어 진도를 공격해 삼별초를 토벌한 공으로 김방경은 수태위 중서시랑 평장사가 됐다. 김통정 등이 삼별초 잔류 세력을 이끌고 제주로 가자 1273년 행영중군병마원수로 원나라의 장수 흔도, 고려 출신의 간신 홍다구와 함께 삼별초를 멸망시켰다.

이 공로로 김방경은 시중이 됐는데 그해 가을 원나라로 가 그의 명성을 전해 들은 원나라 세조에게 환대를 받았다. 다시 이야기를 이노우에 야스시의 소설 《풍도》의 한 대목으로 되돌려본다. 소설에는 고려 주둔 몽골군 사령관 흔도가 김방경에게 불평하는 장면이 나온다.

"우리 황제께서는 나로 하여금 몽골군을 관할하게 하고 그대로 하여금 고려군을 관할하도록 했는데 그대는 매양 일만 있으면 고려왕에게 미루고 고려왕은 그대에게 밀어버리니 과연 누가 고려군의 일을 맡아야 할 것인가."

이에 김방경이 답했다.

"출정 시에는 군대를 장군이 관할하는 것이고 평화시에는 국왕의 관할을 받는 것이니 본래 법이 그렇지 않은가."

이 말이 끝나자 흔도는 새를 한 마리 잡아서 갖고 놀다가 김방경이 보는 앞에서 죽여 버린 뒤 물었다.

"이렇게 한 데 대해서 어떻게 생각하오?"

김상헌의 종택이다. 선안동은 김방경, 후안동은 김상헌 선생을 가리킨다.

김방경이 답했다.

"농부들이 힘써 농사를 지어놓으면 이것들이 와락 달려들어 곡물을 다 쪼아 먹어 버리니 장군께서 그 새를 죽인 것은 잘한 일입니다."

흔도가 정색을 하고 말했다.

"내가 여기에 와서 보니 고려 사람들은 모두 글을 아는 것이 중국의 한족과 똑같다. 속으로 몽골 사람들이 살육을 내키는 대로 하는 것을 미워하고 있다는 것도 잘 알고 있다. 그러나 몽골 사람들은 하늘로부터 그런 살육할 권리를 부여받았기 때문에 죄가 되지도 않고 조금도 부끄러워하지 않는다. 이것이 고려 사람들이 우리의 지배를 받고 있는 이유다."

혼도의 말 속에는 '글 좀 안다고 해서 까불지 마라. 군사력이 바로 정의다'라는 '뼈'가 담겨 있다. 김방경이라고 왜 욱하는 마음이 없었을까마는 그로서는 그런 꾀라도 쓰지 않으면 조정과 고려 백성을 모조리 사나운 몽골 군대의 처분에 다 내어놓아야 하는 입장이었던 것이다.

개인적인 신념과 국가를 수호해야 하는 최고위급 군인의 입장은 다르다. 1273년 여몽연합군 1만명이 160척의 함선을 동원해 김통정의 삼별초 잔류군을 치기 위해 추자도를 거쳐 제주도 함덕포구에 상륙했을 때도 마찬가지였다. 당시 김방경은 여몽연합군의 실질적인 지도자였다.

그의 칼에 의해 한민족이 세계에 자랑할 만한 4대 전투―신라 삼국통일·고려 대몽항쟁·조선 임진왜란·대한민국 6·25―의 빛나는 역사 가운데 하나가 허물어졌으니 김방경은 신라시대 김유신처럼 "외세를 끌어들여 한민족의 자존심을 허물어뜨렸다"는 비판을 받아도 할 말이 없을 것이다.

이에 대해 조갑제 전 《월간조선》 사장은 자신이 운영하는 '조갑제 닷컴'에 이렇게 쓰고 있다.

"저는 조선조 문종 때 김종서, 정인지가 편찬한 《고려사》를 읽으면서 왜 일본인 이노우에 야스시가 김방경을 주인공으로 하는 소설을 쓰게 되었을까 하는 오랜 의문을 풀 수가 있었습니다. 김방경의 생애는 이순신의 생애처럼 독자들을 감동시키는 바가 있었습니다. 몽골제국의 압제를 피해 가면서 고려 왕실과 고려 백성들을 보호해야 하는 무거운 짐을 지고 고뇌하면서 묵묵히 걸어갔던 한 거인의 숨결을 느낄 수가 있었기 때문입니다. 이노우에 야스시는 아마도 《고려사》를 읽고서 김방경의 생애에 감동되어 《풍도》를 써야겠다는 결심을 했을 것입니다."

원나라 세조가 일본 정벌을 결심한 이유가 있었다고 한다. 원 세조는 일본에 항복을 권하기 위해 모두 6차례나 고려와 원의 사신을 일본에 파견했다. 세조는 남송을 공략하기 전에 해상으로 연결된 남송과 일본의 통교관계를 끊어 남송을 고립시키려 했던 것이다.

이에 일본이 거부하자 원나라가 합포에 만든 것이 바로 정동행성이었던 것이다. 1차 일본 정벌이 실패한 뒤에도 원나라는 계속해 일본 정벌을 시도했다. 그래서 제주도에 목마장을 두고 정동행중서성이라는 기구까지 고려에 설치했다.

전쟁을 준비하는 한편 원나라는 일본에 두 차례나 사신을 보내 국서를 전했으나 사신들이 모두 살해되고 말았다. 이에 분노한 원나라는 남송을 멸망시킨 후인 1281년(충렬왕 7년) 2차 일본 정벌을 단행했다. 그간 일본 원정에 소극적이던 고려는 이때부터는 적극적으로 원정 계획에 참여했다.

충렬왕이 일본 원정에 적극 협력한 것은 고려에 파견되어 있던 원나라 세력 홍다구 등을 축출하고 자신의 측근 세력을 육성해 왕권을 강화하려는 의도 때문이었다. 또 왜구 침략을 근절시키려는 뜻도 있었다. 2차 여몽연합군은 모두 4만명(원 3만·고려 1만명)으로 함선 900척이 동원됐다.

몽골은 또한 중국 양자강 이남 강남에서 차출한 강남군을 추가했는데 그 총 병력이 10만에 함선이 3500척이나 됐다. 이 2차 정벌 때 김방경의 직책이 관령고려국도원수에 도원수였다. 김방경은 다시 합포를 출발해 이키를 거쳐 하카타로 향했다.

묘하게도 여몽연합군은 이번에도 전투에선 승리했지만 태풍과 전염병으로 큰 손해를 입고 철수할 수밖에 없었다. 여몽연합군과 일본 가마쿠라 막부의 2차례 전쟁은 삼국에 모두 영향을 끼쳤다. 가마쿠라 막부는 국력을 낭비해 쇠퇴하고 결국 일본에서는 남북조 시대가 열리게 된 것이다.

고려 역시 두 차례 전비를 지출하느라 국고가 텅텅 비게 돼 몽골의 7차례에 걸친 침략에도 버틸 수 있었던 체력이 고갈되고 말았다. 더욱이 일본 정벌을 위해 설치됐던 정동행성은 전쟁이 끝난 뒤에도 남아 고려의 정치에 간섭하는 기관이 되고 말았다.

전쟁은 김방경에게도 상처를 남겼다. 특히 고려인으로서 몽골에 귀화한 홍다구는 김방경을 모함한 뒤 세조(쿠빌라이)에게 간

청해 스스로 신문관이 돼 고려로 와 직접 김방경을 조사했는데 하필이면 계절이 겨울이었다. 홍다구는 늙은 김방경을 발가벗기곤 쇠사슬로 목을 죄고 때렸다.

보다 못한 충렬왕이 "이 문제는 이미 무고한 것으로 판정이 난 것인데 왜 또 조사를 하는가"라고 만류했으나 홍다구는 황제의 명령이라면서 고문을 계속해 김방경은 하루에도 몇 번씩 기절했다. 그래도 김방경이 거짓 자백을 거부하자 당황한 홍다구는 충렬왕의 측근들에게 넌지시 권하는 것이었다.

"만약 김방경이 자백하면 그 한 사람에게만 벌을 줄 것이요. 그것도 귀양 보내는 정도로 가볍게 하겠다."

이 말을 전해 들은 충렬왕은 김방경에게 "고문을 계속 받으면 장군이 결국 죽을 것이오. 일단 거짓 자백이라도 하여 우선 살아남아야 하지 않겠소"라고 권했지만 김방경은 거절했다.

"어떻게 그런 말씀을 하십니까. 저는 일개 병사의 몸으로 출세하여 직위가 재상의 자리에 올랐으니 저의 간과 골이 땅바닥에서 구르게 된다고 해도 나라의 은혜를 다 갚지 못하거늘 어찌 일신을 아끼어 근거 없는 죄명을 둘러쓰고 국가를 배반하겠습니까."

김방경은 또 홍다구를 향해 "나를 죽이려거든 죽여라. 나는 부당한 일을 가지고는 절대로 굴복하지 않겠다"고 소리쳤다고 한다. 아무런 자백을 받아내지 못한 홍다구는 김방경이 갑옷을 집에 감추어두었다는 엉뚱한 트집을 잡아서 그를 대청도로 귀양 보내는 것으로 일을 끝냈다.

홍다구의 트집은 원나라 세조에게도 전해진 모양이다. 김방경을 좋아했던 세조는 "김방경이 숨겨놓았다는 갑옷이 몇 개나 되더냐"고 고려 측에 물었다. 고려 왕실에서 마흔여섯 벌이라고 답하니 웃으며 "반역을 도모한 사람이 마흔여섯 벌의 갑옷으로 무엇을 한단 말인가"라고 했다고 한다.

세조는 장난기가 발동했는지 자신이 직접 김방경을 조사하겠다며 충렬왕이 연경으로 올 때 김방경을 대동하라고 했다. 세조는 김방경을 조사한 뒤 그를 복직시켰지만 김방경은 사표를 내고 말았다. 그런 김방경은 다시 2차 일본 원정군의 고려군 사령관이라는 악역을 맡게 됐다.

만일 여몽연합군이 이때 일본을 정벌했더라면 임진왜란—정유재란도 없었을 것이고 일제의 조선 강제 병탄도 없었을지 모른다. 그러나 여몽연합군은 다시 일본의 군사력이 아닌 태풍에 지고 말았다. 당시 상황을 《고려사》는 이렇게 기록하고 있다.

"… 8월에 폭풍을 만나서 모두 물에 빠져 죽고 그 시체들이 썰물과 밀물을 따라 포구에 밀려들어 포구가 시체로 가득 찼으므로 시체를 밟아야 걸어 다닐 수가 있을 지경이었다. 마침내 회군했다."

15만 원정군 중 살아 돌아간 사람은 약 3만이었다고 하니 엄청난 대패를 당한 것이다. 김방경은 나이 일흔둘에 관직에서 물러났다. 김방경이 고향인 안동으로 성묘를 가는데 왕이 김방경의 아들에게 수행하도록 명령했다. 일행이 안동에 도착하니 김방경의 친구들이 며칠 묵고 가라고 붙들었다. 김방경은 아들에게 이런 말을 했다.

"지금 가을 곡식이 다 익어 베어들일 때가 되었다. 백성들의 힘이 부족해 다른 일을 할 짬이 없는데 어찌 오래 머물러 있어 그들을 번거롭게 만들겠느냐. 너는 이 길로 곧 돌아가도록 해라."

김방경은 여든아홉에 세상을 떴다. 당시로서는 기록적인 장수였는데 《고려사》는 이렇게 평하고 있다.

"충직하고 진실하고도 후하였으며 도량이 아주 넓어서 사소한 일에 구애됨이 없었고 엄격하고도 굳세었으며 항상 말이 적었다. 아들, 조카에 대해서도 반드시 예의에 맞게 언동을 취하였으며 일을 처리해 나가는 데 조금도 착오가 없었다. 자기 몸을 잘 거두고 근면하고 절약하는 기풍을 견지하였으며 대낮에는 드러눕는 일이 없었고 늙었으되 머리칼이 검은 채로 남아 있었고 날씨가 춥거나 덥거나 능히 견디었으며 병환이라곤 없었다. 또 옛 친구들을 잊어버리지 않고 누가 죽었다 하면 꼭 문상하러 갔으며 일평생 임금의 잘못을 남에게 말하지 않았고 현직에서 물러나 한가롭게 된 뒤에도 나랏일을 집안일 근심하듯 하였다."

그는 죽은 뒤에 안동 땅에 묻어달라고 유언을 했으나 그 당시 정권을 잡았던 사람들이 이것을 싫어하여 예식대로 장사지내

충청남도 예당리의 쓸쓸한 모습이다.

는 것을 반대했다. 그 후에 왕이 이것을 후회했다. 조선에서 만든 고려 왕 사당에 16명의 고려 신하가 배향돼 있다. 태조 왕건의 건국 공신 배현경, 홍유, 복지겸, 신숭겸, 유금필을 시작으로 성종의 서희, 현종의 강감찬, 예종의 윤관, 인종의 김부식, 고종의 조충과 김취려, 공민왕 때의 안우, 김득배, 이방실, 정몽주 그리고 김방경이다.

기라성 같은 이들의 선정 기준은 '고려 건국과 왕실 및 백성을 국난에서 구하고 충의를 인정받은 신하들'이다. 물론 앞서 말했듯 김방경에겐 삼별초의 난을 진압했다는 비판이 있을 수 있다. 여기서 한 가지 더, 김방경은 빼어난 문관이기도 했다. 한 김방경 연구서를 인용해 본다.

'김방경은 문무겸전 출장입상, 명재상이자 명장, 난세의 영웅, 항쟁과 굴종 사이를 오간 고려의 버팀목, 고려를 구한 거시적 안목의 실리주의자, 일본과 대적 우리 민족의 명예를 드높인 5대 인물, 고려의 안동 인물로 평가되고 있다.

당시 신라 중심이었던 고대 역사를 이규보의 《동명왕편》, 일연의 《삼국유사》, 이승휴의 《제왕운기》 등 고구려 및 단군조선까지 확대하였고, 쿠빌라이가 티베트 승려를 통해 만든 파스파 문자는 조선 세종의 한글 창제에 영향을 주었으며 현존 최고의 문화재로 평가되는 팔만대장경, 세계 최고의 금속활자 상정고금예문, 의학서 《향약집성방》, 몽산덕이의 《육조단경》, 간화선을 이은 지눌과 혜심의 조계종 법맥은 물론 진돗개, 안동소주, 하회탈, 별신굿놀이, 차전놀이 등은 세계 대제국 몽골과의 교류 속에 전래되어 꽃을 피워 오늘에 이르고 있는 것이다.

김방경 시대 때 고려 중기 100년 무신 정권과 몽골의 말발굽 아래 모든 것이 파괴된 황무지에 세계국가 대원제국의 국제도시 대도로부터 전해온 새로운 문명과 고려의 민족적 자주성이 융합하여 꽃을 피운 한국 최초, 최고로 여겨지는 창조물들이 잉태되어 오늘날까지 면면히 이어오고 있는 것이다...'

김방경 장군의 후손 중에는 걸출한 인물도 많다. 때문에 김 장군의 후손들은 선 안동 김씨라 불리는데 조선시대의 간신 김자점이 유일한 흠이라고 할 수 있다. 김방경 장군의 후손 중에는 임진왜란 때 3대 대첩 중의 하나인 진주성 싸움을 이끈 충무공 김시민 목사와 백범 김구 선생이 있다.

김방경 장군의 스토리를 읽다 보면 한 가지 결론에 도달하게 된다. 한민족이 자랑할 만한 네 명의 장군, 즉 김유신-김방경-이순신-박정희는 두 가지 운명으로 나뉜다. 김유신-김방경처럼 국가를 지켰지만 외세를 끌어들였다는 비판을 받는 쪽과 이순신-박정희처럼 국가를 살리고도 비극적인 종말을 맞는 쪽, 혹은 김유신-박정희처럼 나라 경영에 성공한 쪽과 김방경-이순신처럼 평생을 고생만 한 군인 두 가지뿐이라는 것이다. 이것이 한민족에게 영웅이 희귀한 이유인지 모르겠다.

9장

배중손과 강화도와 진도

《고려사》에는 특이한 대목이 있다. 열전편에 간신과 반역자들의 이름을 일일이 열거한 것이다. 간신은 문공인으로 시작해 왕안덕으로 끝난다. 모두 26명이다. 이 가운데 고등학교 국사 수업을 이수한 분들이 알 만한 인물은 이인임−임견미−조민수 정도다. 셋은 다 사극에 자주 나온 인물이다.

재미있는 것은 반역 부분인데 그 수가 꽤 많다. 유형별로 구분해 보자면 건국 과정에서 태조 왕건을 배신한 인물(환선길), 왕권에 도전한 인물(이자겸·묘청 등), 적과 싸우다 투항한 인물(강조) 등으로 나뉜다. 반역자의 수는 고려 중기 이후 급격히 늘어난다. 무인정권 시대가 시작돼 왕권이 약화됐기 때문이다.

정중부−이의방−이의민을 비롯해 최충헌−최우·훗날 최이(崔

강화도 궁성 뒤로 가면 산성이 남아 있다. 이곳에 오르면 사방을 조망할 수 있다.

怡로 개명)—최항—최의 일가도 반역자 리스트에 올라 있다. 반역자의 마지막은 요승이라 불렸던 신돈이 장식하고 있다. 아이러니하게도 고려왕조의 최대 반역자였던 조선 태조 이성계는 명단에 없다. 역사는 승자의 것이기 때문이다.

《고려사》 반역자 가운데 거의 유일하게 지금은 민족혼의 상징처럼 부각되는 인물이 있다. 고려가 몽골의 침략을 받아 싸우다 왕을 비롯한 조정이 굴복한 것과 달리 '항복하라'는 왕명을 어기고 장소를 옮겨가며 끝까지 싸우다 전사한 배중손이 그렇다. 고려의 대몽항쟁 기록을 살펴보고 넘어간다.

고려 고종 18년(1231), 몽골 사신 저고여가 고려를 방문한 뒤 몽골로 돌아가다 압록강 너머에서 피살됐다. 이 일을 빌미로 몽골은 30년간 여섯 차례에 걸쳐 고려를 침략했다. 당시 몽골은 세계 최강의 군사대국이었다. 몽골은 경주까지 침략해 황룡사 9층 목탑을 불태우는 등 고려 전역을 휩쓸며 약탈을 자행했다.

몽골의 1차 침략 후 최씨 무인정권의 2대 계승자인 최우는 고종 19년(1232) 강화도로 조정을 옮겼다. 인천광역시 강화군 갑곶리와 경기도 김포시 월곶면을 잇는 강화대교는 전장이 780m다. 그런데 이 1km도 안 되는 바다가 해전을 겪어보지 않은 몽골군에게는 도무지 넘을 수 없는 장벽이었다.

더 구체적으로 강화도와 김포시 사이에 있는 남북 방향의 좁은 해협은 마치 강과 같다고 해 염하라고 불리는데 폭이 좁은

진도의 남도석성은 배중손이 최후를 마친 곳이다.

곳은 200~300m, 넓은 곳은 1km 정도이고, 길이는 약 20km 정도다. 그런데 이곳의 최대 유속이 초당 약 3.5m로 거세 예부터 우리나라 해상교통의 요충지로 꼽혔다.

삼별초뿐 아니라 조선시대에 삼남지방에서 서해를 북상해 온세곡선도 염하를 통해 한강으로 진입하여 한양으로 들어갔다. 염하는 교통의 요지였을 뿐 아니라 오랜 세월 동안 외세를 막는 군사적 요충지였는데 개항기 때에는 병인양요(1866)와 신미양요(1871)를 치른 격전지였다.

그런가 하면 1232년 몽골의 2차 침입 때 고종은 예성강 벽란도를 거쳐 임진강과 한강 하류를 지나 강화도로 가고 있었는데 이때 배를 몬 사람이 손돌로, 고종이 탄 배가 지금의 대곶면 신안리와 강화도 광성진 사이의 좁고도 물살이 빠른 해협에 도착하자 고종은 언뜻 손돌에 대한 의심이 들었다.

고종이 여러 차례 뱃길을 바로잡도록 하명하였으나, 손돌은 "보기에는 앞이 막힌 듯하오나 좀 더 나아가면 앞이 트이오니 폐하께서는 괘념치 마옵소서"라고 아뢨다. 그럼에도 겁이 덜컥 난 고종은 손돌을 죽이라고 명했다. 죽음을 눈앞에 둔 상황에서도 손돌은 바가지를 물에 띄우고 이것을 따라가면 된다고 했다.

이후 무사히 강화도에 도착한 고종은 잘못을 뉘우치고 손돌을 후히 장사하였으며 그 넋을 위로하는 사당도 세웠다. 바로 이 '손돌목'이 우리나라에서 명량해협의 울돌목에 이어 두 번째로 험한 뱃길이며 조수간만의 차가 전국에서 제일 크니 강화도는 가히 천험의 요새였다고 할 것이다.

강화도에 은거한 고려의 대몽항쟁은 40년 동안 이어졌다. 항쟁이 장기화되자 무인정권과 왕·문인 세력 간에 갈등이 생겼다. 왕과 문인 세력은 몽골과 강화한 뒤 조공하자는 친조, 뭍으로 나가자는 출륙을 주장했다. 전쟁에 지쳤기 때문이기도 했지만 무인 세력에게서 권력을 되찾자는 의도도 깔려 있었다.

고종 44년(1257) 최항이 죽고 이듬해 최씨 무인정권의 마지막

후계자 최의가 피살되면서 최씨 정권이 흔들렸다. 고종은 태자 전(훗날의 원종)을 몽골에 보낸다. 원종은 즉위 후 직접 태자(훗날의 충렬왕)를 데리고 몽골에 들어가면서 강화의 분위기는 무르익었고 마침내 원종 11년(1270) 개성으로 환궁했다.

최씨에 이어 무인 세력을 대표한 임유무가 죽으면서 무인정권이 몰락하자 그해 5월 27일 환궁을 명한 것이다. 여기서 우리가 주목할 부분은 최씨 무인정권은 무슨 힘으로 지금의 미국을 능가하는 군사력을 가진 몽골과 40년간 싸웠느냐는 것이다. 최씨

배중손은 고려사에 역적으로 기록돼있어 사당이 볼품없다.

무인정권을 지탱한 군사력은 바로 삼별초에서 나온다.

삼별초는 몽골이 고려를 침략하기 전인 고종 17년(1230) 당시 권력자 최우가 조직한 것이다. 최우가 처음 만든 것은 '야별초'였는데 '별초'라는 말이 암시하듯 이들은 정예군이었다. 야별초는 원래 도둑을 방지하는, 지금의 경찰과 같은 기능을 수행했는데 점점 그 인원수가 늘어나자 좌별초-우별초로 나뉜다.

이후 몽골과 싸우다 포로가 됐지만 탈출한 병사들로 신의군을 조직하면서 야별초는 삼별초로 확대됐다. 원종이 몽골에 항복하고 개경으로 돌아가면서 맨 먼저 내린 명령이 있다. '삼별초를 해산하고 명부를 압수하라'는 것이었다. 이것은 삼별초가 대몽항쟁의 중심이었다는 방증이다.

이때 해산하라는 왕명을 거역하고 삼별초의 대몽항쟁을 이끈 장수가 바로 배중손이다. 배중손은 반역자라는 낙인 때문인지 《고려사》에 언제 어디서 출생했는지에 대한 기록은 없고, 전라남도 진도에서 전사했을 때의 연도만 나온다. 이제부터 우리는 《고려사》에 등장하는 배중손에 대한 기록을 쫓아가 보기로 한다.

배중손은 원종 때에 여러 벼슬을 거쳐 장군에 이르렀다. 원종 11년, 도읍을 다시 개경으로 옮기면서 관민들에게 정한 날짜 내로 모두 복귀하라는 방을 내걸었는데 삼별초가 딴마음을 품고 복종하지 않았다. 왕이 김지저를 강화로 보내 삼별초를 폐지한 후 명단을 가져오게 했다.

삼별초는 명단이 몽골에 전해질까 두려워 반역할 마음을 더욱 품게 됐다. 배중손은 야별초지유 노영희 등과 함께 반란을 일으키고서 사람들을 시켜 도성에서 "몽골군이 대거 침략해 인민들을 살육하고 있으니 나라를 돕고자 하는 자는 모두 구정으로 모여라"고 외치게 했다.

순식간에 사람들이 많이 모여들었지만 개중에는 사방으로 흩어져 달아나거나 다투어 배를 타고 강을 건너다가 익사하는 자도 많았다. 삼별초는 사람들의 통행을 금지시킨 후 강을 순시하면서 "양반 가운데 배에서 내리지 않는 자는 모두 처형하겠다!"고 고함치니 사람들은 겁을 집어먹고 모두 배에서 내렸다.

간혹 배를 출발시키는 사람들도 있었지만 삼별초가 작은 배를 타고 추격하여 활을 쏘는 바람에 꼼짝할 수가 없었다. 성안의 사람들은 놀란 나머지 흩어져 숲속에 숨었고 아이들과 부녀자들의 통곡 소리가 거리를 메웠다. 삼별초는 금강고의 무기를 군졸에게 나누어주고 성문을 닫아걸고 굳게 지켰다.

배중손과 노영희는 삼별초를 지휘해 시가지에 집결시킨 후 승화후 왕온을 왕위에 올리고 관부를 설치했다. 이때 대장군 유존혁과 상서좌승 이신손이 각각 좌우승선으로 임명됐다.

반란에 불응한 장군 이백기와 몽골에서 보낸 회회(이슬람인들)는 거리에서 참수됐다. 장군 현문혁과 직학 정문감 부부도 모두 죽였다. 참지정사 채정과 추밀원부사 김련, 도병마녹사 강지소

등은 강화도를 탈출했다.

이렇게 저항하려는 세력과 몽골에 항복한 조정을 따라 목숨을 부지하려는 세력이 양립하자 삼별초는 더 이상 강화도에 웅거할 수 없다는 판단을 내렸다. 강화도 수비군 중 일부가 육지로 갔기에 그들을 이용하면 몽골군이 바다를 건너는 것은 시간문제라고 생각한 것이다. 삼별초는 진도로 옮기기로 했다.

반란을 일으킨 지 사흘 뒤, 삼별초는 1000여 척의 배에 재물과 인원 등을 싣고 남쪽으로 떠났다. 그들이 도착한 곳은 진도 벽파진으로, 강화도를 떠난 지 두 달 보름 뒤인 8월 19일이었다. 삼별초는 용장성에 터를 잡은 후 산성을 개축하고 성안의 용장사를 궁궐로 삼는 등 건물을 짓고 왕을 황제로 칭했다.

삼별초 정부는 '오랑'이라는 연호를 사용하고 왜에 국서를 보내 자신들이 유일한 정통 고려 정부임을 표명했다. 이들이 진도로 온 것은 해전에 약한 몽골군과 맞서 싸우는 데 적합했으며, 섬이 크고 땅이 기름져서 오래 버티더라도 자급자족할 수 있었기 때문이었다. 진도에는 눈여겨볼 곳이 많다.

먼저 삼별초군이 도착한 벽파진은 훗날 이순신 장군이 벽파정을 세우고 조선 수군의 기지로 사용했던 곳이다. 진도와 해남을 잇는 명량해협은 경상도와 전라도에서 거두어진 조세를 개경으로 가져가기 위해서는 꼭 지나야 하는 이동로인데 훗날 이순신 장군이 13척의 배로 왜군을 대파한 전적지이다.

삼별초는 진도에서 3단계 작전을 벌였다. 초기에는 전라도 연해 지역의 세력 확보에 주력하였으며, 2단계로는 후방에 해당하는 제주도를 확보했으며, 3단계로 경상도 남부 연해 지역 일대에 대한 지배권을 강화하였다. 이로써 삼별초는 진도를 중심으로 전라, 경상 연해 지역에 대한 세력을 떨치게 됐다.

삼별초는 완도(송징)—남해도(유존혁) 등에 장수를 보냈는데 운송로를 삼별초가 장악하자 고려 조정은 큰 타격을 받았다. 이런 삼별초를 고려 조정은 그냥 둘 수 없었다. 마침내 원종 12년(1271) 5월 김방경과 흔도(몽골 장수), 홍다구(몽골 장수)가 지휘하는 여몽연합군이 진도를 공격했다.

삼별초가 남해안의 해운로를 장악하자 고려 조정이 얼마나 타격을 받았는지가 원종 12년에 몽골에 보낸 국서의 한 대목에 등장한다.

"경상도와 전라도의 공부는 육로로 운반하지 못하고 반드시 수로로 운반하는 것이나 그 길목인 진도를 삼별초가 차지하고 있으므로 배가 지날 수가 없다."

삼별초가 진도에서 의지했던 용장산성은 원래부터 있었던 것이다. 고려 현종 9년(1018)에 백제시대 이래 고군면 고성리에 있던 읍성을 용장성으로 옮겼다는 기록이 있으며, 훗날 임진왜란 때 입증됐듯 명량해협과 벽파진의 지리적 중요성으로 보아 그전부터도 누대에 걸쳐 거듭 성을 쌓고 보수했던 곳이다.

이 싸움에서 삼별초의 지도자 배중손이 전사하고 왕으로 옹립된 승화후 온은 생포돼 참수됐다. 삼별초의 진도정권이 1년 만에 붕괴된 것이다. 삼별초의 잔여 세력은 마지막으로 제주도로 거점을 옮겨 원종 14년(1273)까지 항전을 계속했다. 이들이 웅거한 곳은 북제주군 애월읍 소재 항파두성이었다.

이들은 애월항에 목성을 쌓고 해변에는 돌로 성을 쌓아 연합군의 침입에 대비했다. 새 지도자 김통정은 처음 1년간 조직을 정비하고 방어시설을 구축하는 데 주력했다. 이후 약 반년간 전라도 연해안에 대한 군사활동을 펴 충청-경기 연해안까지 확대됐으나 원종 14년 4월 최후를 맞고 말았다.

배중손이 최후를 맞은 대목은 상세히 기록돼 있다. 원종 12년 5월 15일, 고려 장수 김방경과 몽골 장수 홍다구가 병선 400척과 군사 1만명을 이끌고 대규모 공세를 시작했다. 10여 일 동안 벌어진 격렬한 싸움에서 삼별초의 임금 온은 쫓기다가 붙잡혀 죽었고 배중손은 남도석성 쪽으로 퇴각했다가 전사했다.

승화후 온과 배중손을 잃은 김통정은 진도 동쪽의 금갑진으로 퇴각했다가 남은 군사를 이끌고 제주도로 건너갔다. 진도에서 삼별초가 패한 후, 진도에서는 1만여 명의 남녀가 포로로 잡혀갔다. '삼별초의 난'이 모두 진압된 후 고려 왕실은 완전히 몽골의 종속 정권으로 전락해 100여 년을 보내게 된다.

북한의 핵 위협을 받는 요즘, 사상 최강의 군사대국 몽골에 맞서 싸운 삼별초의 흔적을 찾는 것도 의미 있을 것이다. 삼별초의 흔적은 강화도에서 시작하는 게 옳다. 지금의 강화군청 근처에 고려 왕궁터가 있다. 고려 왕궁터는 건물이 몇 개 없는데 그중에서 눈여겨볼 것이 역사기록을 보존하는 사고다.

사고 뒤로는 석성이 쌓여 있다. 다소 가파르지만 한번 올라가 보면 사방이 시원스레 조망된다. 석성 위에는 북장대 같은 장수들이 병졸을 지휘하던 누대도 나온다. 이곳에서는 맑은 날이면 북한 지역도 볼 수 있다고 한다. 왕궁터와 석성을 본 뒤에는 외포리로 가본다. 외포리에는 '삼별초군 항몽유허비'가 있다.

외포리 횟집촌 뒤편으로 가보면 삼별초군 항몽유허비가 보인다. 유허비 앞에는 특이하게도 진돗개 동상과 제주도 돌하르방 한 쌍이 서 있다. 모두가 삼별초의 항쟁지였던 진도군과 제주시에서 기증한 것이라고 한다. 삼별초군은 여기서 진도를 향해 머나먼 이동을 시작했다고 한다.

이번에는 삼별초의 두 번째 항쟁지 진도로 가볼 차례다. 해남군에서 진도대교를 건너면 이순신 장군이 물살을 이용해 왜군을 격파한 명량해협, 즉 울돌목이 나온다. 진도대교 바로 밑, 울돌목의 물살은 지금 봐도 기이하다. 물살이 거세 회오리를 일으키는데 밑에 암초가 많아 바다가 우는 것 같은 소리를 낸다.

울돌목 건너에 벽파진이 있고 그 근처에 용장산성이 있다. 산성은 흔적만 남았지만 석축의 웅장함은 여전하다. 용장산성 입구엔 용장사가 있고 그 아래 삼별초를 기리는 동상이 있다. 용장산성에는 건물 자리가 모두 12개 남아 있고 그 주변에 모두 420m에 이르는 성이 둘러 있다. 용장산성은 사적 제126호이다.

용장산성에서 진도군 중심부로 향하면 소치 허련이 여생을 보냈던 운림산방이 나오는데 거기 못 미쳐 승화후 온의 왕릉이 있다. 무덤 근처의 솔숲으로 덮인 고개는 왕무덤재라고 불린다. 왕무덤 아래에는 말무덤이라 불리는 무덤이 또 하나 있는데 왕이 탔던 말의 무덤이라는 전설이 전해져 내려오고 있다.

진도의 남쪽으로 향하면 남도석성이 나온다. 스산한 정취가 가을이면 일품인 이곳에서 삼별초의 지도자 배중손이 전사했다. 근처 금갑진은 한적한 해수욕장인데 여기급창 둠벙이라는 못이 있다. 이 둠벙은 김통정을 따라가다가 뒤처진 부녀자들과 시종들이 스스로 죽겠다고 몸을 던진 곳이다.

내친김에 삼별초의 흔적을 더 찾고 싶다면 제주도로 가면 된다. 그런데 여몽연합군에 패해 멸망한 삼별초의 잔군이 일본 오키나와로 갔다는 이설이 최근 나와 눈길을 끈다. 제주도에서 오키나와까지는 배로 빠르면 사흘이 걸리는 거리인데 과연 이 설은 어느 정도 신빙성이 있는 것일까.

기록에 따르면 김통정의 삼별초는 1273년 4월, 전선 160척에 탄 여몽연합군의 공격을 받았다. 김통정은 자결하고 남은 1300명은 포로가 됐다는 게 기록의 전부다. 그런데 포로를 제외한

진도 금갑진은 삼별초가 제주도를 향해 떠난 곳이다.

다른 사람들은 과연 남김없이 전멸했을까? 혹시 그중에 국외로 탈출한 사람들은 전혀 없었던 걸까?

윤용혁 공주대 역사학과 교수는 수년 전 한국중세사학회 주최 학술대회에서 논문 〈오키나와의 고려 기와와 삼별초〉를 발표했다. 오키나와 본섬 남쪽 우라소에성 등지에서 출토된 기와가 고려 삼별초 세력에 의해 만들어졌을 가능성이 크다는 내용인데 기와가 주목받은 것은 2007년 6월이다.

'탐라와 유구(류큐) 왕국' 특별전을 준비하던 국립제주박물관의 민병찬 당시 학예실장 등이 오키나와에서 대여해 온 13~14세기 수막새 기와가 본 박물관이 소장하고 있는 13세기 고려시대 기와와 흡사하다는 사실을 알게 됐다. 수막새란 수키와가 이어진 처마 끝을 장식하는 기와를 말한다.

두 기와 모두 가운데 둥근 원 주위로 연꽃 잎들이 새겨졌고 테두리에는 연속적인 점 무늬가 있었다. 박물관의 연꽃 잎이 8개, 오키나와의 것이 9개라는 것 정도만 달랐다. 박물관 기와는 전남 진도 용장산성에서 나온 것이었다. 오키나와에서 온 기와 중에는 좀 더 확실한 내용을 전해주는 암키와도 있었다.

그 기와에는 이런 글자가 쓰여 있었다.

'계유년에 고려의 기와 장인이 만들었다.'

1273년, 즉 제주도의 삼별초 세력이 진압된 그해가 계유년이다. 이 기록으로 인해 진도나 제주도에서 오키나와로 떠난 삼별초 잔군이 오키나와에 도착한 뒤 이 기와가 덮인 건물을 지었다는 설이 나왔다.

이 '고려 기와'는 우라소에성과 슈리성 등 여러 곳에서 출토됐지만 국내에서는 관심을 받지 못했다. 일본 학계에선 '계유년'을 조선 개국 직후인 1393년이라고 봐 왔다.

《고려사》에 처음 고려와 유구국의 교섭 기록이 등장하는 것이 유구국 중산왕 찰도가 사신을 파견한 1389년이기 때문이다.

10장

요승 신돈과 라스푸틴과 창녕 화왕산

2017년 10월 언론에 가장 많이 등장한 역사적 인물이 두 명 있다. 고려시대의 승려 신돈(?~1371)과 제정러시아 멸망을 앞당긴 요승 라스푸틴(G Rasputin·1869~1916)이다.

역사는 신돈을 두 가지로 평가한다. '실패한 개혁가' 혹은 '권력만을 추구한 욕망에 사로잡힌 중'이다. 역사는 승자의 몫이기에, 고려를 멸망시키고 조선을 건국한 세력들에 의해 사실과 다른 왜곡된 평가가 있을 수 있다는 사실을 기억해야 한다. 때문에 신돈에 앞서 라스푸틴이 어떤 인물인지 살펴본다.

제정러시아의 로마노프 왕조는 꺼져가는 등불 같았다. 1차 세계대전을 치르는 동안 경제가 파탄 났다. 국민들의 황제 니콜라이 2세에 대한 불만이 고조됐다. 국민들은 '조국 방위의 성전'이라며 자신들을 전쟁터로 내몰며 이득을 챙긴 자본가와 정치가를 불신했다. 그들은 악의 정점을 황제라고 여겼다.

라스푸틴은 시베리아의 농민이었다. 말을 훔치다 발각돼 마을에서 쫓겨난 후 그는 수도원을 전전하는 '떠돌이 수도사'가 됐다. 그의 종파는 최면술을 중요한 수단으로 사용하는 사이비 종교였다. 그는 1904년 페테르부르크로 가 귀부인들을 신도로 삼았다. 마침내 황후 알렉산드라마저 그에게 사로잡혔다.

니콜라이 2세와 황후 사이에는 알렉세이라는 아들이 있었다. 알렉세이는 혈우병을 앓고 있었다. 모계 쪽으로 독일 왕가의 피가 섞였는데, 근친결혼이 유행했던 유럽 왕실은 유전적으로 혈우병을 달고 살았다. 황제와 황후는 작은 상처에도 고통받는 아들을 안타깝게 여겼지만 방법이 없었다.

이때 라스푸틴이 최면술로 알렉세이의 병을 '치유'했다. 과학적으로 믿기 힘든 일이지만, 알렉세이는 이후 혈우병으로 고통받지 않았다. 라스푸틴이 황후에게 살아 있는 성자가 된 순간이었다. 대가 센 황후는 심약한 황제가 고민할 때마다 라스푸틴에게 자문하라며 등을 떠밀었다.

이렇게 어울리면서 황제 부부와 라스푸틴은 '친구' 같은 사이가 됐다. 1910년 무렵 라스푸틴에 대한 이야기가 언론을 통해 알려지자 국민들은 그를 의심하기 시작했다. 이런 민심民心에도 황제 부부의 그에 대한 신뢰는 높아만 갔다. 그럴 수밖에 없는 게

경남 창녕의 화왕산은 신돈이 태어난 곳이다. 단풍이 화려하다.

궁정에서 라스푸틴은 정중하고 소박했다.

그런 라스푸틴은 궁 밖으로 나오기만 하면 돌변했다. 귀부인들에게 '육체의 속죄'를 통해 구원받을 수 있다며 설교한 뒤 농락하는 짓을 반복한 것이다. 수상 스톨리핀은 그를 시베리아로 유배하려 했으나 오히려 자신이 암살당하고 말았다. 모든 것이 라스푸틴을 철석같이 믿은 황후를 배경 삼았기 때문이다.

1915년 가을 니콜라이 2세가 총사령관이 돼 전선으로 나갔다. 라스푸틴은 임자 없는 제국을 자기 것으로 만들기 시작했다. 자기 수하를 내무장관과 전쟁장관에 앉히고, 마음에 안 드는 인물을 밀어내기 위해 개각을 반복했다. 장관들의 목숨과 정책 방향이 라스푸틴의 것이 된 것이었다.

라스푸틴이 전가의 보도처럼 이용한 게 '꿈'을 통한 '계시'였다. 그것을 라스푸틴은 황후를 통해 전선의 니콜라이 2세에게 전했다. 그것은 조언이 아니라 사실상 명령이었다. 상하관계가 완전히 뒤바뀌었는데도 황제와 황후만 알아차리지 못했다. 황후가 남편에게 전한 것은 이런 내용들이다.

"우리의 친구(라스푸틴)가 걱정 말랍니다. 다 잘될 거라는군요."

"우리의 친구가 너무 고집 세게 진격하지 말라고 합니다. 손해가 더 클 거래요."

세상에 비밀은 없는 법이다. 황후와 라스푸틴의 기묘한 관계를 조롱하는 벽보가 페테르부르크 거리에 나붙었다. 두 사람이

옥천사지 표지판이다. 옥천사는 신돈이 최후를 맞자 몰락했다.

성관계를 하고 있다는 소문이 횡행했다. 심지어 둘이 독일과 결탁해 강화를 추진한다는 말도 나돌았다. 보다 못한 니콜라이 2세의 어머니가 전쟁터까지 달려가 황제를 수도로 데려오려 했다.

그때마다 황제는 '신께서 보낸 성자의 말을 따르겠다'고 했다. 1916년 가을 국민들의 시위가 격해지고 군사들마저 동요했다. 황실과 귀족사회에서는 황제를 퇴위시키고 니콜라이 대공을 옹립하려 했다. 마침내 니콜라이 2세의 측근들은 라스푸틴을 죽이지 않는 한 황제를 구할 수 없다는 결론에 도달했다.

황제의 조카이자 이리나 공주의 남편으로 당시 러시아 최대의 유산 상속자였던 유스포프 공과 '검은 100인조'의 창설자 푸리슈케비치는 라스푸틴이 평소 이리나 공주의 미모에 흑심을 품고 있는 것을 이용해 1916년 12월 말 라스푸틴을 공주 저택으로 불렀다. 공주는 다른 곳으로 빼돌린 다음이었다.

　저택 1층 식탁에는 청산가리를 넣은 과자와 독이 든 포도주가 놓여 있었다. 유스포프 공은 공주가 2층에서 손님들을 접대하고 곧 내려올 거라며 라스푸틴을 안심시킨 뒤 술과 과자를 권했다. 몸에 독이 퍼져 거친 숨을 몰아쉬면서도 라스푸틴은 기타를 잘 치는 유스포프에게 집시 노래를 들려달라고 청했다.

　라스푸틴이 죽지 않고 몇 시간이나 술을 마시며 기타 장단에 맞춰 노래를 부르자 유스포프는 마침내 권총을 뽑아 들고 라스푸틴을 쐈다. 라스푸틴의 시신은 양손이 묶인 채 얼음이 얼어 있는 강물에 유기됐다. 라스푸틴의 시신은 사흘 뒤 발견됐는데 암살자들을 놀라게 만들기에 충분했다.

　로프는 풀린 채였고 폐에는 물이 가득했다. 그는 술과 과자의 독에 죽은 것도 아니고 권총에 의해 죽은 것도 아니었다. 그의 사인은 익사였던 것이다. 또 한 가지 놀라운 것은 라스푸틴이 자신의 죽음을 예견했다는 것이다. 그는 죽기 전 황제에게 이런 편지를 보냈다.

　"나는 내년 1월 1일이 되기 전에 죽을 것 같습니다. 내가 귀족들에게 살해된다면 그들의 손은 나의 피에 젖어 25년간 지워지지 않을 것입니다. 나를 죽인 자가 폐하와 친척이라면 폐하의 자녀와 친척 누구도 2년 후까지 살아남지 못할 것입니다."

예언대로 황제는 라스푸틴 사후 두 달 후에 제위에서 쫓겨났고 그로부터 1년 뒤 온 가족은 살해됐다.

라스푸틴처럼 신돈도 재주를 가진 것만은 분명하다. 신돈에 대해 부정적인 조선시대 사서에 다음과 같은 구절들이 등장한다. '사람을 알아보는 눈을 갖추었다' '총명하고 지혜스럽다' '매사를 명백하게 논증했다' '더운 여름이나 추운 겨울이라도 항상 해진 납의 한 벌로 지낸다'….

신돈의 어머니는 지금의 경상남도 창녕군(조선시대 계성현) 화왕산 옥천사의 종이었다. 아버지에 대한 기록은 없으나 신돈의 본관이 영산이고 묘가 영산에 있었다는 것으로 미루어 영산의 유력자와 사통해서 태어났음을 짐작할 수 있다. 어머니가 사찰의 종이었기에 신돈은 자연스레 중이 됐다.

당시 법명은 편조였으며 신돈은 훗날 공민왕을 만난 뒤에 만든 속명이다. 중은 중이었지만 '종의 아들'이라는 신분 때문에 그는 승려들 틈에 끼지 못했다. 그런 기억 때문인지 그는 제도권 불교에 반감을 가지게 됐다. 신돈이 공민왕을 처음 만나게 된 시기는 1358년(공민왕 7년)이라고 한다.

공민왕이 신돈을 발탁한 데 대해 야담이 있다. 하루는 공민왕이 누군가 자신을 칼로 죽이려 하는 꿈을 꿨다. 위기의 순간 한 스님이 나타나 왕을 살렸다. 그런 꿈을 꾼 지 얼마 안 돼 김원명이 신돈을 궁으로 데리고 와 왕에게 인사시켰다. 김원명은 홍건적의 침략으로 공민왕이 안동으로 피신했을 때 호위한 인물이다.

공민왕은 김원명이 소개한 승려가 꿈에서 본 승려라고 생각했다. 신돈이 왕의 신임을 받아 청한거사라는 호를 받고 왕의 사부로 국정에 본격 참여하게 된 것이 첫 만남 이후 7년이 지난 1365년이다. 신돈의 등장은 그해 2월 공민왕비 노국대장공주가 난산 끝에 세상을 뜬 것과 관련 있다.

공민왕은 개혁정책을 펴다 안팎으로 거센 도전을 받았다. 그런 왕을 유일하게 위로한 이가 몽골에서 온 노국대장공주였다. 그런 아내가 죽자 왕은 정신적 공황상태에 빠졌다. 이때 신돈이 나타나자 공민왕은 그에게 의존하게 됐다. 신돈은 공민왕이 중책을 맡기려 하자 오히려 각서를 요구했다는 설이 있다.

신돈이 "다른 사람의 참소를 믿지 않아야 세상을 복되게 할 것입니다"라고 하자 공민왕은 "스승이 나를 구하고 내가 스승을 구하여 어떤 일이 있어도 남의 말을 듣고 의혹을 품지 않을 것이니 오늘의 이 맹세는 불천이 증명하리라"라고 서약한 것이 그것이다. 두 사람의 이 굳은 맹세는 얼마 가지 않았다.

기득권 세력인 귀족들은 신돈을 '근본 없는 요승'으로 경계했

공민왕(1330~1374,재위 1351~1374)　고려 제31대 왕

으나 신돈의 개혁정책을 본 백성들은 그를 문수보살의 화신처럼 여겼다. 신돈의 업적 가운데 최고는 원종과 충렬왕 때 잠깐씩 설치됐다 없어진 '전민변정도감'이다. 이 기구는 토지와 노비제도를 혁신했다.

신돈은 귀족들에게 불법으로 탈취한 땅을 농민들에게 돌려주라고 했다. 서울(개경) 15일, 지방 40일의 기한으로 전광석화처럼 이뤄졌다. 귀족들은 격분했으나 땅을 되찾은 천민과 노예들은 그를 '성인'으로 추앙했다. 《고려사》에는 다른 기록도 나온다.

당시 항간에선 '진사에 성인이 나온다'라는 참설이 돌고 있었다. 나라가 어려울 때는 이런 참설이 유행하는 법이다. 신돈은 "내가 개경에 다시 나타난 1364년이 갑진년이요, 이듬해인 1365년이 을사년으로 국정에 참여했으니 참설의 성인이 내가 아니면 누구겠느냐" 떠벌리고 다녔다는 것이다.

또한 신돈이 성인인 척하면서 남을 중상모략하고 부녀자들과 음행을 일삼았다는 이야기도 있다. 주지육림 속에서 지내면서 왕 앞에서는 채소나 과일만 먹고 술 대신 차를 즐기는 이중인격자처럼 묘사한 구절도 있다. 이것은 권문세가들의 반격이 시작됐다는 뜻이다.

먼저 이승경은 신돈이 처음 등장한 1358년 무렵 "나라를 어지럽힐 자는 필연코 이 중놈일 것이다"라고 지목했으며, 당대의 명장 정세운은 그를 죽이려 했다. 이때 공민왕은 그를 몰래 피신시켰다. 신돈이 다시 왕을 만난 1364년은 이승경(1360년 사망)과 정세운(1362년 사망)이 죽은 뒤였다.

방해자가 사라진 뒤부터 신돈은 권력을 휘두른다. 신돈은 자신을 신승이라 부르며 설법 들으러 온 여자들을 매번 간음했다. 밀직 김란이 자기 딸을 둘씩이나 신돈에게 준 일을 최영이 책망하자 김란과 신돈은 힘을 합쳐 최영을 계림윤으로 좌천시켜 버렸다.

신돈은 최영파인 찬성사 이인복, 밀직 조희고·홍사범·최맹손 등을 파직시키고 그 자리에 김란·김보·이춘부·임군보·박희 등을 앉혔다. 또 찬성 이구수, 평리 양백익, 판밀직 박춘, 예성군 석문성, 환관인 부원군 이녕·김수만 등도 참소해 유배보냈다.

신돈은 그래도 분이 안 풀렸는지 상호군 이득림과 순군경력 오계남을 시켜 최영과 이구수 등을 국문한 뒤 "두 사람이 김수만과 결탁해 왕과 신하들을 이간질하고 충신을 배척하는 등 불충한 짓을 했다"고 죄목을 날조했다. 고문에 못 이긴 최영 등이 거짓자백 하자 관작을 삭탈하고 땅을 몰수했다.

이렇게 신돈에 의해 실각한 인물이 백여 명이 넘었다. 신돈은 잔인해 정적을 유배시키는 것은 물론 머리를 깎고 절로 보낸 뒤 곧장 쳐 죽이거나 아예 바다에 수장시키는 만행도 저질렀다. 그러면서도 어질고 훌륭한 이를 뽑는다고 큰소리를 쳤지만 막상 명단을 보면 자기와 친한 자들만 발탁했다.

이런데도 공민왕은 신돈을 진평후로 봉하더니 우리 역사상 유례를 찾기 힘든 긴 이금의 벼슬을 내린다. '수정이순논도섭리보세공신 벽상삼한삼중대광 영도첨의사사사 판중방감찰사사 취성부원군 제조승록사사 겸 판서운관사'라는 벼슬이 그것이다.

신돈은 기현의 후처와 절에서 만나 간통한 적이 있었는데 높은 자리에 오르자 아예 기현 집에 살며 통정했다. 신돈은 자기 집에서 연등회까지 열었다.

위세가 당당해진 신돈은 왕과 자신을 동격에 놓았다. 왕이 누대에서 격구와 잡희를 구경할 때 신돈이 말을 타고 도당의 장막 앞에 이르자 재상이 모두 기립했으며, 신돈은 말을 탄 채로 누대까지 와서 왕과 함께 누대 위에 앉았다. 시중 유탁이 음식을 올리자 신돈은 앉은 채 받았는데 복장이 왕과 똑같아 보는 사람들이 구분하지 못했다.

공민왕이 고라리에서 격구를 관람할 때도 비슷한 일이 있었다. 신돈이 장막 앞에서 말을 타자 시중 이하 관리가 모두 기립했으며, 신돈은 채찍을 늘어뜨린 채 태연히 말을 타고 지나갔다는 것이다. 시중 윤환과 함께 왕을 모시고 잔치할 때는 윤환이 술을 권하자 신돈이 마시다 남은 것을 윤환에게 주니 윤환이 받아 마셨다. 왕이 신돈의 집에 갔는데 신돈은 전혀 예의를 차리지 않았으며, 궁에 출입할 때마다 백여 명의 수행원이 말을 타고 호위하니 그 의장이 임금의 행차와 다르지 않았다.

이런 신돈도 뜻을 이루지 못한 때가 있었다. 밀직 허강의 처 김씨는 상락군 김영후의 손녀였다. 허강이 죽은 후 신돈이 김씨와 혼인하려 하자 김씨가 말했다.

"우리 남편은 생전에 여색에 눈길을 주지 않았으니 내가 어찌 배신하겠는가! 내 몸을 더럽히려 한다면 자결하리라."

김씨는 결국 머리를 깎고 비구니가 됐다. 그 말을 들은 신돈은 결국 혼인을 포기하고 말았다.

왕이 후사를 두지 못해 늘 수심 띤 얼굴로 심지어 눈물을 흘리기까지 하자 신돈은 왕에게 문수회를 열면 군신이 화합하고 부처와 하늘이 기뻐하여 반드시 왕자가 탄생할 것이라고 말했다. 왕은 그 말에 따라 궁중에서 이레 동안 문수회를 열었다.

공민왕은 또 문수회를 연복사 안 불전에서도 열었는데, 채색 비단을 엮어 수미산을 만들고 산을 빙 둘러 큰 촛불을 밝혔다. 불전 주위에도 촛불을 밝혔는데, 초의 크기가 불전 기둥만 하고 높이는 한 길을 넘었으며, 사자와 코끼리 형상의 촛대 위에서 밤을 대낮처럼 밝혔다.

다섯 줄로 진설된 진수성찬과 비단 꽃, 채색 봉황이 사람의 눈을 황홀하게 만들었으며, 채색 비단 열여섯 묶음을 폐백으로 사용했다. 뜰에는 금·은으로 만든 산 모양의 장식물이 놓였고 온갖 깃발과 덮개들이 오색으로 빛났다. 승려 300명이 수미산을 에워싸고 법요식을 행하니 범패 소리가 진동했다.

하지만 공민왕의 아들은 신돈의 첩 반야에게서 나왔다. 조선의 건국 세력들은 반야가 낳은 아들 우왕을 '왕우'가 아닌 '신우'로 불렀다. 이것은 우왕이 공민왕이 아닌 신돈의 아들이라는 뜻이다. 우왕이 누구의 아들인지는 역사의 미스터리나 《고려사》에 다음과 같은 기록이 나와 있다.

훗날 수원에서 처형당하기 직전, 관리 임박이 "왕께서 찾는다"고 거짓으로 말하자 신돈은 기뻐하며 말했다. "나를 부르심은 아지를 위해 배려해 주신 것이다." 아지는 어린아이를 뜻하는 우리말인데, 신돈의 비첩 반야가 모니노를 낳자 공민왕은 모니노를 자기 자식으로 오인했다.

그런가 하면 신돈이 처형당하면서 손을 모아 임박에게 "공께서는 아지를 보아 나를 살려주시오"라고 애걸하기도 했다. 하지만 공민왕은 참수한 그의 사지를 잘라 각도各道에 조리돌리고 머리는 개경 동문에 내걸었다. 우왕에 관련한 공민왕의 믿음은 신하 이미충의 증언으로도 기록돼 있다.

"주상께서 금화를 만들어 제게 주시면서 신돈의 집에 가서 아지에게 주라고 말씀하신 일이 있었소. 갖다주자 아지가 뛸 듯이 좋아했으며 당시 신돈은 나에게 '주상께서 자주 우리 집에 행차하시는 것은 나 때문이 아니다'라고 하기에 내가 돌아와 보고드렸기 때문에 주상께서 그렇게 말씀하신 겁니다."

신돈의 처형에 간여한 임박이 사관들에게 한 말도 《고려사》

에 나온다.

"신돈을 처형시킨 것보다 더 큰 국가의 경사가 있으니 자네들은 아는가? 주상께서 궁인을 가까이해 왕자를 낳았는데 지금 일곱 살로 신돈이 몰래 기르면서 나라 사람들이 알지 못하게 했으니 이 또한 죽어 마땅한 죄다. 사관은 이 사실을 알고 있어야 한다."

이렇게 신임을 얻었던 신돈이 공민왕에게 버림받은 이유는 무엇일까.

첫째, 과도한 권력을 추구한 탓이다. 신돈은 자신이 오도도사심관 자리에 오르려고 삼사를 시켜 해당 관직을 복구하도록 건의하는 글을 올리게 했다. 이에 대한 공민왕의 반응은 싸늘하기 짝이 없었다.

"내 선왕 충숙왕께서 가뭄을 당해 향을 피워 하늘에 고하면서 이 관직을 없애버리자 하늘이 비를 내렸다. 과인이 어찌 그러한 선왕의 뜻을 잊을 수 있겠는가?"

공민왕은 이렇게 말하면서 삼사에서 올린 문서를 불살라 버렸다. 그런데도 신돈은 과욕을 멈추지 않았다.

신돈이 각 도 주현의 사심관이 올린 건의문을 가지고 다시 왕을 찾아가자 공민왕은 "오도도사심인 첨의(신돈)께서 알아서 하시지요"라고 희롱조로 말한 후 "제일 큰 도적은 여러 주의 사심관이지" 하고 못을 박았다. 결국 신돈은 뜻을 이루지 못한 채 왕의 의심만 샀다.

둘째, 두 차례에 걸친 천도 논의다. 맨 먼저 신돈은 개경의 지세가 쇠했다며 평양으로 천도할 것을 주장했다. 이게 마음대로 되지 않자 은밀히 심복 이춘부를 시켜 도읍을 충주로 옮길 것을 건의하게 했다. 왕이 노하자 신돈은 개경은 바닷가에 위치해 적이 침구할까 두려워 그리한 것이라고 둘러댔다.

겨우 왕의 노여움을 풀었지만 신돈은 평양과 충주에 이궁과 노국대장공주의 혼전을 짓게 했다. 그에 물자를 대느라 백성들이 고통을 겪었지만 모두가 신돈을 두려워한 나머지 나서서 비판하는 자가 아무도 없었다. 공민왕은 끝까지 신돈의 뜻을 꺾고 천도하지 않았다.

셋째, 신돈의 무도한 과시욕이다. 앞서 말한 것처럼 신돈은 공민왕에게 예의를 지키지 않았다. 마치 친구처럼 지냈다. 그런 신돈이 팔관회를 열 때였다. 그는 왕을 대신해 신하들의 조회를 의봉루에서 받았다. 이 일이 시기가 많고 잔인한 공민왕의 의심에 불을 붙인 격이 됐다.

공민왕은 아무리 자신의 심복 대신일지라도 그 권세가 커지면 반드시 가려내 처단해 버렸다. 이런 사실을 안 신돈은 자신의 권세가 지나치게 커졌음을 깨닫고 왕으로부터 배척을 당할까 우려해 은밀히 반역을 도모했다. 승려 석온은 당초 신돈에게 빌붙은 자로 약간의 공을 세워 보리군에 봉해졌다.

전남 여수의 명물인 오동도에도 신돈과 관련된 설화가 전해진다.

뒤에 죄를 짓고 달아나 머리를 기르고 고인기로 변성명해 판소부감사 벼슬을 받았다. 이 고인기가 신돈의 역모를 일러바치자 신돈은 스스로 왕에게 변명하고는 다시 고인기의 머리를 깎아 금강산으로 내쫓았는데, 기실 역모를 덮어버리려 한 것이다.

왕이 헌릉(광종릉)과 경릉(문종릉)을 참배하게 되자 신돈은 자기 일당을 나누어 보내 길가에 매복시켰다가 왕을 시해하려 했다. 왕이 무사히 궁궐로 돌아오자 신돈은 일당에게 왜 명령대로 하지 않았느냐고 질책했다. 일당은 왕 주변의 호위가 삼엄해 범접

할 엄두를 낼 수 없었노라고 대답했다.

이에 노한 신돈은 "너희 놈은 겁쟁이라 아무 쓸모가 없다"고 꾸짖은 뒤 밤낮으로 일당과 모여 모의한 뒤 다시 날을 정해 거사하기로 결정했다. 당시 벼슬을 구하는 자는 모조리 신돈에게 빌붙었는데 신돈의 문객으로 있던 선부의랑 이인이 그 음모를 자세히 탐지해 몰래 기록했다.

상황이 급해지자 이인은 한림거사라고 서명한 익명의 글을 써서 밤에 재상 김속명의 집에 그 글을 던져 넣고 달아났다. 김속명이 내용을 보고하자 왕은 순위부를 시켜 신돈의 일당을 잡아들여 국문했다. 왕은 처음, 문서가 날조된 것으로 의심했지만 심문해 받은 자백을 보고는 믿게 됐다.

다음날 신돈이 자기 어린아이 생일이라 하여 광명사에서 승려들에게 음식을 대접했는데 왕은 승선 권중화를 시켜 향과 망룡의를 하사했다. 그 뒤 신돈이 정릉을 참배하러 가자 이인임·염흥방 및 두리쉬구치를 보내 수원으로 유배해 버렸다.

신돈이 유배된 뒤 공민왕은 문하성과 중방에서는 왜 소를 올리지 않느냐고 다그쳤다. 도평의사에서는 다음과 같이 건의했다.

"신돈은 본래 용렬한 승려로 과분한 은총을 받아오면서 속임수로 권세를 도적질하고 몰래 한 패거리와 결탁해 반역을 도모한바 다행히 하늘의 도움 덕분에 그 일당을 제거했습니다. 신돈은 반역의 수괴인데도 다만 외지로 유배하고 아직 목숨을 보존케 하였으나 극형에 처해야 마땅합니다. 남아 있는 자식과 형제 및 그 일당인 기현과 최사원 등의 자식도 처형하고 그 잔당도 모두 죄를 끝까지 다스리소서."

이어 헌부에서도 신돈을 처형하고 그 피붙이들을 유배 보내며 가산을 몰수하고 집자리를 다 못으로 만들라고 건의했다. 이에 왕은 "법은 천하만세의 공의로 내가 사사로이 어쩌지 못할 바이니 건의하는 대로 시행하라"고 지시했다.

공민왕은 신돈을 처형하기 전 자신이 써줬던 맹세문을 신돈에게 들이대며 다음과 같은 말을 전했다.

"네가 전에, 부녀자들을 가까이하는 것은 그 기운을 이끌어다 기를 기르는 것일 뿐 절대 사통하는 것이 아니라고 했다. 그러나 지금 듣건대 자식까지 낳았다고 하니 이런 것이 맹세문에 있었더냐? 도성 안에 저택을 일곱 채나 지었으니 이런 것도 맹세문에 적었던가? 이러한 작태가 몇 건에 이르니 죄상을 다 따진 뒤에 이 맹세문은 불에 태워버리도록 하라."

《고려사》는 '신돈이 죽은 뒤 대궐 뒤켠 숲속에서 꼬리가 아홉 달린 늙은 여우가 피를 토하고 쓰러지는 것을 본 사람이 있다'면서 그를 반역열전에 올리고 다음과 같이 평했다. "신돈은 사냥개를 무서워했으며 활 쏘고 사냥하는 것을 싫어했다. 호색 음탕하여 매일 검은 닭과 흰 말을 잡아먹고 양기를 돋우었다. 사람들은 이러한 신돈을 늙은 여우의 요정이라고 했다."

11장

'해동 육룡이 나르샤'의 비밀…
고려에서 몽골로 귀화해 100년을 산 그들이
고려를 멸망시키고 조선을 세웠다

"해동 육룡이 나시어서 일마다 천복이시니 고성이 동부하시니…"

이 구절은 훈민정음이 창제된 뒤 처음으로 쓴 책 《용비어천가》의 첫 문장이다. 한글을 반포하기 이전의 유일한 한글 작품으로 세종 때 정인지, 권제 등이 지었다. 《용비어천가》는 인기를 끈 TV드라마 '뿌리깊은 나무' '육룡이 나르샤' 등에 소재가 된 바 있다. 여기서 '육룡'은 누구를 말하는 걸까.

용이 날아 하늘을 다스린다는 뜻의 《용비어천가》는 고려를 멸망시키고 조선 왕조를 세운 역성혁명의 정당성을 선전하기 위한 것이지만 바탕에 경천근민의 정신이 깔려 있고 제왕의 덕목도 포함돼 있다. 조선의 건국자들이 스스로를 용으로 칭한 것은 고려 건국자들을 본뜬 것이다.

고려의 건국자 왕씨들은 스스로 용족이라 칭했는데 몸에 용의 비늘이 있다는 것이다. 신돈의 자식으로 몰려 폐위된 우왕과 창왕이 목숨을 잃을 때 주변 사람들에게 자신의 겨드랑이에 있는 비늘을 보여주며 "내가 신씨라면 이 용의 비늘이 있을 리가 있느냐"며 한탄했다는 얘기가 사서에 나온다.

해동육룡은 이성계(1335~1408)의 4대조 목조 이안사(?~1274), 익조 이행리(?~?), 도조 이춘(?~1342), 환조 이자춘(1315~1361)과 이성계, 태종 이방원(1367~1422)을 말한다. 4대조부터 추존 국왕이 된 연유가 있다.

새 왕조의 건국자들이 4대 조상부터 왕을 추증한 것은 후한을 세운 광무제 유수 때부터였다. 광무제 유수는 왕망의 신 나라를 무너뜨리고 한나라를 재건했는데 이때 한 고조 유방을 비롯한 네 명의 유씨 임금에게 제사를 지낸 것이다. 이 전통은 송나라 때도 이어졌다.

송 영종은 송나라의 두 번째 황제 태종의 넷째 아들 조윤분의 후예로, 훗날 황제가 됐을 때 4대조를 황제로 추존했다. 우리는 조선 태조 이성계의 고향을 전라북도 전주로 알고 있지만 그는 몽골족이었다. 즉 원래 고려인이었으나 만주로 가 5대째 몽골족이던 인물이 다시 귀화해 고려를 멸망시키고 조선을 세운 것이다.

조선의 정궁은 경복궁이었으나 역대 왕들은 창덕궁을 더 좋아했다. 창덕궁의 인정전이다.

이성계의 고조부 이안사는 전주에 살 무렵인 스무살 때 한 관기와 사랑에 빠졌다. 그때 전주를 다스리던 수령이 이 관기에게 조정에서 온 벼슬아치에게 수청을 들라고 지시했다. 이안사를 사랑했던 관기는 수청을 거부하다 죽음을 당하고 말았다. 그런데 이 죄가 어이없게도 이안사에게 뒤집어씌워진 것이다.

사랑하는 여인을 잃은 것을 물론 살인죄 누명까지 쓰게 된 이안사는 전주를 떠나 강원도 삼척으로 도주했는데 이때 170여 호의 전주 사람들이 그를 따라갔다. 당시 한 호는 보통 여섯 명으로 쳤는데 170여 호라면 1000명 가까운 사람들이 그와 함께했다는 것이다. 이 사람들은 훗날 이성계의 친병이 된다.

이안사는 삼척에 살면서 전주에서 관기를 죽인 인물이 세상을 떠났다는 소식이 들려오기만을 기다렸는데 어처구니없게도 그가 승진해 강원도지사가 돼 삼척에 온다는 소식이 들려왔다. 이에 이안사는 북쪽의 의주로 다시 몸을 피했는데 전주에서 자신을 따라온 170여 호가 다시 행동을 함께했던 것이다.

이 무렵 동아시아 정세는 급변하고 있었다. 몽골세력이 만주까지 밀려들어 왔는데 주역은 몽골의 산길대왕과 부지르노양이었다. 몽골세력은 여진족을 공격하기 위해 고려 쪽의 협조자를 물색했다. 그때 몽골세력의 눈에 뜨인 것이 바로 이안사였다. 이안사는 자기 세력 1000여 호와 함께 몽골에 항복했다.

이에 산길대왕은 크게 기뻐하며 이안사에게 성대한 연회를 베

전라북도 남원 운봉에는 이성계의 황산대첩비가 있다.

풀어 주고 옥배까지 그의 품에 넣어 주면서 이렇게 말하는 것이었다. "공(이안사)의 가인이 우리 두 사람의 서로 통하는 정을 어찌 알겠소. 이 옥배로 내 정성을 표시할 뿐입니다." 이안사와 산길대왕이 형제의 의를 맺은 것이었다.

산길대왕은 이안사에게 원나라 알동천호소의 수천호 겸 다루가치로 임명했는데 조선 때 편찬된 《태종실록》에는 이안사가 머문 곳이 '개원로 남경 알동'으로 기록돼 있다. 이곳은 지금의 중국 지린성 옌지로 추정된다. 결국 이성계의 선조는 여자 때문에 국적을 고려에서 몽골로 바꾼 셈이 되는 것이다.

《용비어천가》 4장에는 이런 문장이 나온다. "야인 사이에 가사 야인이 해롭게 하거늘 덕원 옳으심도 하늘 뜻이시니…." 이것은 이안사와 그의 아들 이행리에 관한 부분인데 이행리는 1275년 아버지의 뒤를 이어 원나라의 천호가 된다. 이행리에 관해서는 기이한 전설이 전해져 내려오고 있다.

하루는 이행리가 성 아래에서 한 노파에게 물을 달라고 했는데 그 노파가 이렇게 귀띔하는 것이었다. "저들이 공을 해치려 합니다." 놀란 이행리는 가인들에게 가산을 모두 배에 싣고 두만강 근처 적도라는 섬에서 만나자고 했다. 적도는 바닷가에서 600보쯤 떨어진 섬이라고 한다.

이행리가 처와 함께 백마를 타고 도주하는데 적 수백 기가 그를 추격했다. 막 따라잡힐 무렵 갑자기 바닷물이 100여 보가량 뒤로 밀려나 이행리는 적도로 들어갔다. 그 직후 다시 물이 불어 적은 추격을 단념할 수밖에 없었다. 이 이야기는 모세의 '출애굽기'나 고구려 시조 동명성왕 때 얘기와도 흡사하다.

즉 주몽이 북부여 군사들에게 쫓기고 있을 때 갑자기 거북과 갈대로 만들어진 다리가 나타나 강을 건넜고 다리는 주몽을 안전한 곳으로 피신하게 해 준 뒤 사라졌다는 설화다. 이후 이행리는 적도에 잠시 머물다 덕원으로 이주했는데 이것이 조선을 개국하려는 하늘의 안배였다는 게 《용비어천가》의 내용인 것이다.

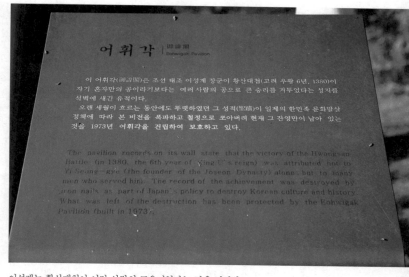

이 어휘각(御諱閣)은 조선 태조 이성계 장군이 황산대첩(고려 우왕 6년, 1380)이
자기 혼자만의 공이라기보다는 여러 사람의 공으로 큰 승리를 거두었다는 성지를
석벽에 새긴 유적이다.
오랜 세월이 흐르는 동안에도 뚜렷하였던 그 성적(聖蹟)이 일제의 한민족 문화말살
정책에 따라 본 비전을 폭파하고 철정으로 쪼아버려 현재 그 잔영만이 남아 있는
것을 1973년 어휘각을 건립하여 보호하고 있다.

The pavilion records on its wall state that the victory of the Hwangsan
Battle (in 1380, the 6th year of Ying U's reign) was attributed not to
Yi Seong-gye (the founder of the Joseon Dynasty) alone, but to many
men who served him. The record of the achievement was destroyed by
iron nails as part of Japan's policy to destroy Korean culture and history.
What was left of the destruction has been protected by the Eohwigak
Pavilion (built in 1973).

이성계는 황산대첩이 여러 사람의 도움이었다는 말을 남겼다.

이안사—이행리의 천호 벼슬은 이성계의 할아버지 이춘이 이
었는데 이성계의 부친 이자춘은 자칫 이 벼슬을 잇지 못할 뻔했
다고 한다. 이춘은 1342년 사망하면서 큰아들 이자흥이 천호 벼
슬을 이을 예정이었다. 그런데 이자흥은 아버지 이춘이 죽은 지
두 달 만에 급사하고 만 것이다.

원나라가 이자흥의 아들 이천주가 어리다는 이유로 천호 임
명을 미루면서 3파전이 벌어졌다. 이천주와 그의 숙부 이자춘과
만주에서 이씨들과 경쟁을 하던 쌍성총관 조씨였으나 끝내 이

자춘이 이겼다. 조씨들도 이안사와 함께 고려에서 몽골로 귀화한 집안으로 세력이 이안사 집안 못지않았다고 한다.

몽골 사람으로 살던 이안사 후손들이 다시 고려로 고개를 돌린 것은 원나라가 만주 지역의 호적을 정리하며 원주민을 우대하고 이주민을 홀대하는 정책을 폈기 때문이다. 결국 이자춘은 1355년 12월, 고려 수도 개경을 찾았고 이자춘 집안의 내력을 잘 알던 공민왕은 그에게 "너를 성취시켜 주겠다"고 약속했다.

이자춘은 1356년 3월 이성계와 개경을 다시 방문했다. 당시 이자춘의 몽골식 이름은 '울루스부카'였고 벼슬은 쌍성등처천호였다. 이자춘이 이성계와 함께 개경으로 간 것은 아들을 일종의 '인질'로 남겨 두기 위함이었다. 그런 이성계가 일약 두각을 나타낸 사건이 바로 격구였다.

격구는 말을 타고 하는 하키쯤으로, 고려인들이 가장 열광하는 스포츠였다. 그런데 1356년 5월 공민왕 부부가 지켜보는 격구 경기에서 이성계는 신기에 가까운 실력을 발휘했다. 《태조실록》은 이때의 일을 "온 나라 사람들이 몹시 놀라면서 전고에 듣지 못한 일이라 찬탄했다"고 적고 있다.

고려로 다시 귀화해 아들을 인질로 개경에 두고 동북면 병마사와 호부상서를 겸하던 이자춘은 1361년 사망했다. 이성계는 풍수에 관심이 많았는데 이것은 그가 불교에 심취했기 때문이라고 한다. 고려 불교는 신라 말기의 승려 도선(827~898)의 영향을 많이 받았는데 그와 관련된 설화가 많다.

876년 도선이 백두산에 올랐다가 개경 송악산에 이르러 왕건의 아버지 왕륭에게 한 예언이 대표적이다. 도선은 "내년에는 반드시 성스러운 아들을 낳을 것이니 이름을 건이라 지으시오"라고 예언했다. 이 도선이 지은 《도선비기》는 고려왕실의 공식 풍수서로, 태조 왕건은 훈요십조 두 번째에서 이렇게 못 박았다.

"여러 사원은 모두 도선이 산수의 순역을 미루어 점쳐서 개창한 것"이라며 함부로 사원을 짓지 못하게 명령한 것이다. 《도선비기》는 고려 말까지 등장한다. 고려 숙종 때는 남경훗날의 한양 천도설 때 《도선비기》가 근거로 등장했고 인종 때 묘청은 "개경의 지덕이 쇠했다"며 평양으로 천도할 것을 주장했다.

아버지 이자춘의 묏자리를 잡지 못해 이성계가 고민하고 있을 때 집안에서 부리던 노비가 달려와 두 스님이 나누던 이야기를 전했다는 설화가 있다. 노비는 두 스님이 하던 대화를 우연히 들었다는 것인데 내용은 다음과 같은 것이었다고 한다. 먼저 스승이 제자에게 동쪽 산을 가리키며 물었다.

"여기에 왕이 날 땅이 있는데 너도 아느냐?"

"동산이 세 갈래로 갈라져 있는데 그중 가운데 짧은 산기슭이 정혈인 것 같습니다."

"네가 아직 자세히 알지 못하는구나. 사람이 두 손을 쓰지만 모두 오른손이 보다 긴요한 것처럼 오른편 산기슭이 진혈이니라."

노비의 말을 들은 이성계가 말을 달려 두 승려를 쫓아가 만난 뒤 부친의 장지를 추천해 달라고 했다.

이에 노승이 "첫째 혈에는 왕후王, 즉 임금의 자리이고 두 번째 혈은 장상(장군이나 재상)의 자리인데 택하시오." 이에 이성계가 왕후의 혈에 아버지를 묻고 훗날 왕이 됐다는 것이다.

이 이야기는 조선시대 씌어진 《오산설림》《북로룽전지》 등에 수록돼 있다. 《북로룽전지》는 위창조가 쓴 책으로 함경도 내 이성계 선조들의 무덤에 대한 이야기를 모은 것이다. 이성계는 아버지의 장례를 마친 뒤 금오군 상장군 겸 상만호로 임명된 후 상승 장군의 길을 걸었다.

실제로 역사를 보면 이성계는 싸움에서 단 한 번도 패한 적이 없다. 첫 번째가 고려를 배신한 박의를 1361년 9월 토벌한 것이며, 두 번째가 불과 한 달 뒤인 1361년 10월 홍건적 10만이 장악한 개경 탈환을 이성계가 이룬 것이다. 이성계는 또 개경을 탈환한 지 한 달 후 원나라의 심양 승상 나하추를 격파했다.

1370년 1월에는 기병 5000, 보병 1만을 거느리고 압록강을 건너 우라산성을 점령했는데 이 우라산성은 고구려의 오녀산성이라는 해석이 있다. 같은 해 8월 이성계는 또다시 압록강을 건너는데 이번에는 친원파로 고려 조정을 괴롭혔던 기철의 넷째 아들 기새인티무르를 체포하기 위함이었다.

이성계는 북방뿐 남방의 왜구를 상대로 나라 전역을 누볐다.

일제는 황산대첩비를 두동강냈다.

1378년 개경까지 침략한 왜구를 맞아 최영 장군마저 패했을 때
이성계가 구원한 일과 1380년 500여 척의 대선단을 이끌고 진포,
즉 충청남도 서천 앞바다에서 최무선의 화포에 놀라 육지에 상
륙한 왜구를 무찌른 것은 그의 대표적인 전공이다.

당시 왜구는 경상북도 상주의 관아를 불사른 뒤 엿새 동안이
나 술판을 벌였고 다시 전라북도 남원 운봉으로 향했는데 그것
이 고려의 3대 대첩 중 하나인 황산대첩이다. 당시 왜구의 선봉
에는 아지발도라는 용맹한 십대 장수가 있었다. 아지발도는 온

몸을 갑옷으로 감싸고 있었다. 이성계는 여진족 출신의 의형제 이지란에게 말했다.

"내가 투구의 정자를 쏘아서 떨어뜨리면 그대가 즉시 쏘라."

이 말을 마친 뒤 이성계는 첫 화살로 투구의 끈을 끊었고 두 번째 화살로 투구를 벗겨 냈으며 이지란의 세 번째 화살로 아지발도의 숨통을 끊었다.

훗날 이성계가 고려를 멸망시킬 때 맞서며 최후까지 저항했던 목은 이색은 황산대첩 후에 이성계에게 이런 축시를 바칠 정도였다.

'적의 용장 소탕하기를 썩은 나무 꺾듯 하니
삼한의 기쁜 기개 공에게 속해 있네
충성이 태양처럼 빛나니 하늘에 안개가 걷히고
위엄이 청구(고려)에 떨치니 바다에 바람도 걷혔네
몸이 병들어 교외의 영접에 참가하지 못하고
앉아서 새로운 시 지어 뛰어난 공을 노래하네.'

이성계는 신기의 활 솜씨와 함께 무패의 명장이었지만 자세 또한 신중했다고 한다. 우왕이 황산대첩을 기려 황금 50냥을 내렸지만 그는 "장수가 적군을 죽인 것은 직무상 당연한 일인데 신이 어찌 감히 받을 수 있겠습니까"라고 사양했으며 최영이 인사하자

청량산 유리보전의 현판은 고려 공민왕이 쓴 것이다.

"공의 지휘를 받들어 이겼을 뿐"이라고 겸양했다.

이랬던 고려의 대들보가 반역의 흑심을 품은 것은 삼봉 정도전(1342~1398)을 만난 뒤부터였다. 정도전은 형부상서 정운경의 아들이었지만 어머니가 정8품 무관의 서녀여서 벼슬길이 순탄치 않았다. 관직에 진출할 때 거치는 일종의 신분검사인 고신에 걸린 것이다.

1362년 진사시에 합격하고도 고신에서 탈락한 정도전은 1370년에야 성균관박사가 됐으나 이인임의 친원정책을 비판하다가 정몽주, 이숭인 등과 함께 유배됐는데 정몽주 등이 1년 만에 유배를 마친 것과 달리 장장 9년 동안을 유배와 유랑으로 보냈다. 그의 친구들마저 연락을 끊자 이런 일도 있었다.

아내가 유배 중인 남편에게 "평소에 집안에 식량이 떨어지든 땔감이 떨어지든 언젠가는 입신양명해 처자들이 우러러 의뢰하고 집안에는 영광을 가져오리라 기대했는데 겨우 유배나 가 있고 평소에 그 많던 친구들이 지금 어디 갔느냐"는 식으로 힐난한 내용의 편지를 보낸 것이다. 이에 정도전은 이런 답장을 보냈다.

"당신의 말이 모두 맞소. 예전의 내 친구들은 정이 형제보다 깊었는데 내가 패한 것을 보더니 뜬구름처럼 흩어졌소. 그들이 나를 근심하지 않는 것은 본래 세력으로 맺어졌지 은혜로 맺어지지 않은 까닭이오."

나락에 떨어진 뒤에야 정도전은 진짜 세상인심을 알게 됐고 백성들의 실상을 보며 혁명을 꿈꾸게 된다.

싸우면 반드시 이기는 이성계의 경력에서 유일한 흠이 우왕과 최영의 명을 거역하고 압록강의 섬 위화도에서 회군한 것이다. 그 일이 걸렸는지 훗날 조선을 세운 뒤 이성계는 북벌의 꿈을 품고 실제로 그 준비를 정도전에게 시켰다. 그 일을 눈치챈 명 태조 주원장은 정도전의 압송을 수차례 요구했다.

북벌 준비의 주역은 정도전과 남은인데 기록에 남은이 이성계에게 이런 말을 한 것으로 나온다.

"사졸이 훈련되었고 군량이 갖추어졌으니 동명왕의 옛 강토를 회복할 만합니다."

동명왕의 강토란 고구려의 영토를 말한다.《태종실록》에는 다음과 같은 기록도 등장해 북벌 준비가 꽤 이뤄졌음을 짐작할 수 있다.

"정도전이 지나간 옛일에 외이가 중원에서 임금이 된 것을 차례로 들어 논하며 남은의 말이 믿을 만하다고 말하고 또 도참을 인용하여 그 말에 붙여서 맞추었다."

즉 중국 역사상 선비족의 북위와 수당, 거란족의 요, 여진족의 금, 몽골족의 원처럼 중원을 정복하자는 것이었다.

그랬던 이성계의 꿈은 아들 이방원이 왕자의 난을 일으키며 정도전을 주살하면서 수포로 돌아가고 말았다. 앞서 말했듯 이성계는 생애 단 한 번도 싸움에서 패한 적이 없었는데 유일한 패배가 아들과의 정권 다툼이었다. 그것은 자신이 아끼는 부하를 잃고 북벌이라는 야망마저 사라졌기에 더 허망했다.

12장

도선과 무학이 어루만진
2000년 도읍 서울, 그 터의 유전

명칭은 세월 따라 변했지만 지금의 서울이라 불리는 영역이 역사에 등장한 지가 2000년이 넘었다. 정확히 말하면 기원전 18년 고구려 시조인 주몽의 아들 온조가 후계 경쟁에서 밀려나자 어머니 소서노, 형 비류와 함께 남하해 이곳으로 왔다. 온조는 지금의 송파구 올림픽공원 근처에 풍납, 몽촌토성을 쌓고 한성백제를 세웠다.

비류는 미추홀(인천)로 자기 세력을 이끌고 갔으나 비류가 곧 죽자 백성들이 한성백제의 도읍 하남 위례성으로 이주했다. 한국인의 역사에서 서울은 중심에서 밀려난 적이 없다. 그것은 한강을 끼고 있으며 내사산 즉 북악산, 인왕산, 낙산, 남산과 외사산 즉 삼각산(북한산), 관악산, 용마산, 덕양산으로 둘러싸인 천혜의 명당이었기 때문이다.

한성백제는 최고의 전성기를 이룬 근초고왕 때까지 발전을 거듭하다 삼국간 치열한 다툼 끝에 진흥왕 때 신라의 품으로 넘어갔다. 그 뒤 신라는 비약적으로 발전해 삼국을 통일한다. 이후 고려 때 도읍이 송도로 넘어갔지만 11대 문종 때 남경이 설치되며 다시 주목받기 시작했다. 남경은 서경(평양), 동경(경주)에 이은 세 번째 부도가 됐다.

우리가 자동차나 버스나 지하철이나 도보로 무심히 지나치는 서울 곳곳에는 5000년 한국사가 아로새겨져 있다. 그야말로 '터'의 유전이라 하겠다. 고려 문종이 남경을 설치한 데는 설화가 있다. 오늘날 이 산하에 거대한 스케치를 남긴 승려 도선의 《삼각산명당기》다. 이 책은 전해지지 않고 일부 내용이 《고려사》에 기록돼 있다.

"삼각산은 북을 등지고 남을 향한 선경으로서, 거기서 시작한 화맥(산맥)은 세겹 네겹으로 되어 산이 산을 등지고 명당을 수호하고 있으며 앞의 조산은 다섯겹 여섯겹으로 되어 있고, 방계·직계의 고산·숙산·부산·모산은 모두 솟아나서 주인을 모셔 다른 생각이 없다.

좌우에 있는 청룡과 백호는 세력이 서로 비등하여 내외의 인물과 보화는 이곳으로 모여들어 오로지 국왕을 돕고 임자년 중에 이 땅을 개척하면 정사년간에 훌륭한 아들을 낳을 것이며 또 삼각산에 의지하여 제경을 마련하면 9년 되는 해에 사해가 모두 와서 조공하리라."

도선(827~898)은 신라 덕흥왕 2년 전라남도 영암군 월출산 아래에서 태어났다. 도선은 우리 풍수사상의 대가이자 우리가 지금 보는 많은 사찰의 창건자다. 전국을 다녀 보면 사찰을 많이 세운 승려는 대개 도선, 자장율사, 의상대사이다. 도선의 속성은 김씨, 최씨라는 설과 함께 금씨라는 이야기도 있으나 어느 게 정확한지는 알 수 없다.

도선은 15세에 월유산 화엄사로 출가해 중이 됐다. 월유산은 충북 영동과 황간 사이에 있는 산을 말하는데 최근에는 월유산이 지리산이라는 설도 있다. 도선은 불경을 공부한 지 4년 만인 문성왕 8년(846년), 대의에 통달해 신승으로 추앙받았고 이후 수도행각에 나서 동리산 혜철대사에게서 깨달음을 얻었다.

그에게서 무설설·무법법을 배운 그는 운봉산과 태백산에서 수도하다 백계산 옥룡사에 자리 잡았다. 그의 도력이 전국적으로 소문나자 신라 헌강왕이 궁으로 모셨으나 도선은 왕에게 몇 가지 가르침만 줬을 뿐 다시 산으로 돌아왔다. 도선이 전국을 답사하면서 만든 〈삼한도〉에 한반도 산천의 순역이 표시돼 있다고 한다.

고려 태조 왕건(재위 918~943)이 태어날 것을 내다보고 왕건의 아버지에게 왕이 나올 집터를 잡아 주었다는 것이 도선을 유명하게 만들었다. 전해지는 바에 따르면 당시 도선은 백두산에 올랐다가 남쪽으로 내려가면서 송악 근처를 지나다 왕건의 아버지 왕륭이 새로 집을 짓는 것을 보고 이렇게 말했다.

"느릅나무를 심을 땅에 왜 마를 심는가?"

이에 놀란 왕륭이 도선을 극진히 대접하자 도선은 왕륭이 새로 짓는 집 뒤에 있는 뒷산에 올라가 천문과 산수를 살피다 "송악산의 맥은 멀리 임방에 있는 백두산에서 시작돼 수모목간水母木幹으로 내려와 마두에 떨어져 명당을 일으킨 곳이다. 그대는 수명이니 물의 대수를 따라 집을 육육으로 지어 삼십육구를 만들라." 그러면서 도선은 이렇게 덧붙였다.

"송악산이 험한 바위로 되어 있으니 소나무를 심어 바위가 보이지 않게 하면 천지의 대수가 응하여 명년에는 신성한 아들을 낳을 것이니 이름을 건이라 짓는 게 좋겠다."

이 예언처럼 다음해 왕건이 태어나 고려를 세우고 삼국을 재통일했다. 왕건은 877년생이고 도선은 893년에 사망했으니 시기적으로 그럴듯하다.

《도선비기》는 고려, 조선을 거쳐 지금도 영향을 미치고 있다. 실제로 도선이 쓴 것인지 알 수 없는 《도선비기》를 들먹이고 그 제자를 자처하는 이들이 많은 것을 보면 그 도력이 짐작 간다. 왕건이 남긴 훈요십조에 '절을 세우는 데 산수의 순역을 점쳐 지덕을 손박하지 말라'는 내용이 있다. 이 역시 《도선비기》에서 따

도선국사가 세운 전남 영암의 도갑사는 작지만 역사가 깊다.

온 것이다.

　도선이 지은 절에는 하나같이 기이한 전설들이 따라다니는데 그중 백미는 전라남도 화순 운주사의 천불천탑을 단 하룻밤 사이에 세웠다는 것이다. 이런 도선은 사후에 더 명성을 떨쳤다. 효공왕은 그에게 요공선사라는 시호를, 고려 숙종은 대선사, 왕사로 추증했으며 인종은 선각국사로 추봉했다.

　여하간 문종이 남경을 설치하고도 길조가 안 보이자 남경은 다시 경기도 양주에 포함돼 버렸다. 30년 뒤 숙종이 남경을 재설치하기 위해 '남경개창도감'을 설치하고 왕비, 세자, 신하들을 이끌고 남경을 둘러보러 왔다. 숙종은 중서문하성의 건의에 따라 서울을 4분했는데 동쪽이 낙산, 서쪽이 안산, 남쪽이 사평도(용산구 한남동), 북쪽이 북악이었다.

남경은 공민왕 때 재차 새 수도의 후보지가 됐다. 공민왕은 몽골의 원元과 한족의 명이 대륙에서 패권을 다투고 남쪽에서 왜구가 극성을 부리자 천문역학을 담당하는 판서운관사를 남경에 보냈고 왕궁을 지었지만 정작 천도에 이르지 못했다. 전하는 바에 따르면 당시 지은 연흥전이 지금의 경복궁, 천수전이 청와대라고 한다.

정작 남경 천도를 단행한 것은 공민왕의 뒤를 이은 우왕이었다. 홍건적과 왜구가 위아래로 침략해 오자 우왕은 1382년 시중 이자송에게 송도를 지키라고 한 뒤 그해 9월 남경 천도를 감행했다. 하지만 준비가 부족해 이듬해 2월 송도로 돌아오고 말았다. 남경에 대한 우왕의 집념은 여기서 멈추지 않고 5년 뒤인 1387년 북한산성의 형세를 살피도록 했다.

우왕은 또 최영 장군을 보내 중흥산성을 쌓았는데 이것이 지금의 북한산성이다. 고려 마지막 왕인 공양왕도 '개경이 임금을 쫓아낸다'는 도참설에 따라 1390년 남경 천도를 시도해 일부 관서를 옮겼지만 호랑이가 정무를 관장하는 문하부에 뛰어드는가 하면 백성의 불평이 자자해 1년 만에 되돌아오고 말았다. 그런 남경이 진짜 왕조의 수도가 된건 조선 때다.

고려를 멸하고 조선을 세운 태조 이성계는 한때 계룡산을 신도로 생각했으나 "지리적으로 남쪽에 치우쳤고 풍수적으로도 불길하다"는 경기 좌우도관찰사 하륜의 주장에 따라 백악 남쪽, 즉 서울 4대문 안을 새 도읍으로 정했다. 1393년 2월 하륜이 남긴 말은 조선왕조 《실록》에 그대로 옮겨져 있다. 그 내용을 살펴본다.

"도읍은 당연히 나라 가운데 있어야 하는데 계룡산은 땅이 남쪽으로 치우쳐서 동·서·북쪽과 멀리 떨어져 있습니다. 신이 일찍이 부친의 장례를 치르면서 풍수에 관한 여러 서적을 약간 보았습니다. 계룡의 땅은 산은 건방(서북쪽)에서 오고 물은 손방(남동쪽)으로 흘러가는데 이는 송나라 호순신이 말한 '물이 장생을 부수어 곧 쇠퇴할 땅'이라는 것으로 도읍으로는 적당하지 못합니다."

하륜은 풍수에 밝기로 유명했다. 이성계는 권중화, 정도전, 남재 등과 의논하게 하고 고려 왕조의 여러 산릉의 길흉을 다시 조사시키는 한편 하륜에게 천문과 풍수 관련 서적을 여러 권 주면서 새 도읍지를 물색하게 했다. 이에 하륜이 지금의 연세대가 있는 무악의 남쪽 지역을 새 후보지로 추천했다. 이에 권중화와 조준이 무악을 살펴본 뒤 반대했다.

"무악의 남쪽은 좁아서 도읍이 될 수 없다"는 것이었다.

하륜이 재차 반박했다.

"무악의 명당은 좁은 것 같지만 송도 강안전이나 평양의 장락궁과 비교해도 오히려 조금 넓은 편입니다. 또한 고려 왕조의 비록과 중국에서 쓰고 있는 지리의 법에도 모두 맞습니다."

무악에 대해서는 의견이 다양해서 1394년 2월까지 결론을 내지 못했다. 답답해진 이성계가 1394년 8월 무악으로 직접 행차했다. 직접 보니 무악 남쪽이 마음에 들었다. 그런데 윤신달, 유한우 등이 반대했다. 특히 유한우는 "송도의 지덕이 아직 쇠하지 않았으니 궁궐만 새로 짓고 송도를 그대로 도읍으로 삼자"고 했다. 이틀 뒤 이번에는 이성계가 남경의 옛 궁궐터(연흥전·천수전)을 보고 "여기는 어떠냐"고 윤신달에게 물었다.

윤신달은 "우리나라 경내에서는 송도가 제일 좋고 이곳이 다음입니다. 다만 한스러운 것은 건방(서북쪽)이 낮아서 물과 샘물이 마른 것입니다"라고 했다. 이성계가 기뻐하며 "송도라고 어찌 부족한 것이 없겠느냐. 지금 살펴보니 왕도가 될 만하다. 조운(뱃길)도 통하고 각 도까지의 거리도 고르니 인사에도 편리하지 않겠는가"라고 했다.

이성계는 마지막으로 왕사 무학에게 물었다. 무학은 "여기는 사면이 높고 빼어나며 가운데가 평평하니 성읍이 되기에 마땅합니다. 그러나 여러 사람의 의견을 따라 구하소서"라고 답했다.

태조가 왕궁을 어느 방향으로 할지 의논에 부쳤을 때 저 유명한 태조의 핵심 측근 무학대사와 정도전의 논쟁이 시작됐다.

"인왕산을 주산으로, 북악을 좌청룡, 남산을 우백호로 하는 것이 옳다."(무학대사)

"제왕은 남면하고 나라를 다스리는 것이 법도이니 인왕산을 주산으로 하면 궁궐을 남향으로 앉힐 수 없다. 북악을 주산으로 하는 것이 옳다."(정도전)

무학은 1327년 경상남도 합천군에서 태어났으며 박씨다. 《순오지》《지봉유설》《연려실기술》에 이성계의 꿈 해몽에 관련된 일화가 전해지며, 구전설화는 전국적으로 전승되고 있다. 출생설화는 무학의 어머니가 빨래를 하러 갔다가 물에 떠내려오는 오이를 먹고 아이를 배어 낳게 되자 부모가 내다버렸는데 학이 날개로 보호해 살렸다는 것이다.

그가 출가한 이유에 대해서도 여러 설화가 전해지며 무학을 유명하게 만든 것이 동자승 시절에 있었다는 합천 해인사 화재 진압 일화다. 즉 무학이 상추를 씻으러 냇가에 갔다가 해인사에 불이 난 것을 알고 물을 뿌려 불을 껐는데 이를 의심한 스님이 직접 해인사에 가서 그것을 확인했다는 것이다.

민간에 가장 잘 알려진 '무학대사 설화'는 이성계를 만나 조선 왕조의 창업에 관여하게 된 것이다. 《설봉산 석왕사기》에는 고려 우왕 10년인 1384년 전라북도 금마(지금의 익산)에서 함경북도 학성으로 옮겨간 청년 이성계의 이상한 꿈 이야기가 전해진다. 꿈은 1만 집의 닭이 일제히 '꼬끼오' 하고 울고 1000집에서 일제히 다듬이 소리가 났다는 것이다.

이성계가 기이하게 여겨 그 집에 들어갔다가 서까래 세 개를 지고 나왔는데 꽃이 떨어지고 거울이 땅에 떨어져 깨졌다. 이성계는 잠에서 깨 이웃 노파에게 해몽을 부탁했다. 노파는 "아녀자가 그런 꿈을 해석할 수 없다"고 거절하면서 "여기서 40리 떨어진 설봉산 토굴에 있는 이상한 스님께 부탁해 보라"고 권하는 것이었다.

노파의 설명에 따르면 솔잎을 먹으며 칡베옷을 입고 있는데 얼굴이 검어 흑두타라 불리는 중이 9년 동안 꼼짝 않고 수행만 하고 있다는 것이다.

이에 이성계가 찾으니 무학은 "앞으로 임금이 된다는 것을 예고하는 꿈"이라며 "1만 집의 닭울음 '꼬기오'는 높은 지위를 뜻하며 다듬이 소리는 임금을 모실 사람들이 가까이 왔음을 뜻한다"고 했다. 이어지는 해몽 역시 명쾌했다.

"꽃이 떨어지면 열매를 맺게 되고 거울이 깨지면 소리가 나게 되며 서까래 셋을 지게 되면 임금 왕王자가 됩니다." 그러면서 무학은 부탁했다. "오늘 일을 절대 입 밖에 내지 마십시오. 큰일은 쉽게 이뤄지는 게 아닌 만큼 이곳에 절 하나를 세우고 '왕 될 꿈을 해몽한 절'이라는 뜻으로 석왕사라 했으면 좋겠습니다. …"

거기에 그치지 않고 무학은 이성계에게 해몽 값을 톡톡히 받아 낸다.

"너무 서둘러 짓지 말고 3년을 기한으로 잡아 500성인을 모셔다 재를 올리면 반드시 왕업을 이루는 데 도움이 될 것입니다."

이성계는 1년 만에 절을 짓고 오백성재를 올리는 한편 3년 동안 불공을 드렸는데 주위 사람 아무도 이성계가 왜 그러는지 몰랐다.

《청야만집》에 이성계가 즉위한 뒤 종적을 감춘 무학을 찾는 이야기가 나온다. 이성계가 설봉산 토굴의 스님을 찾도록 영을 내리자 세 도道의 방백(도지사)이 황해도 곡산에 이르러 "고달산의 조그마한 암자에 한 고승이 홀로 지내고 있다"는 이야기를 들었다. 세 방백은 산골짜기 소나무 가지에 자신들의 관인을 걸어 놓고 산을 올랐다.

한 스님이 채소밭을 손질하고 있었다. 세 방백이 물었다. "이 암자는 누가 지은 것입니까?" 노승이 답했다. "제가 지었습니다." "뭘 보고 이런 곳을 택하여 절을 세웠습니까?" "세개의 관인 형상을 하고 있는 저 삼인봉 때문이었습니다." "무엇 때문에 삼인봉이라고 부릅니까?" "저 앞 세 봉우리가 삼인의 형국입니다." 그다음 말에 세 방백이 놀랐다.

"만약 이곳에 절을 지으면 삼도의 방백이 골 안의 나무 위에 관인을 벗어 거는 그러한 응험이 있게 됩니다."

삼도 방백들은 노승이 말을 그치자마자 달려가 그의 손을 잡으며 "이분이 틀림없이 무학일 것"이라며 기뻐했다. 이성계가 무학에게 새 도읍지 선정을 요청하자 무학은 한양에 이르러 "인왕산을 진산으로, 백악과 남산을 좌청룡 우백호로 삼자"고 했다.

앞서 말했듯 무학의 제안은 정도전의 반대로 무산됐다. 이에 무학은 무시무시한 예언을 했다.

"내 말을 좇지 않으면 200년 뒤 틀림없이 내 말을 생각할 때가 있을 것이다."

정확히 200년 뒤 조선은 임진왜란이라는 미증유의 국난을 당해 나라가 망할 뻔한 위기를 맞게 된다. 이 이야기 못지않게 잘 알려진 것이 '무학을 꾸짖어 깨우쳐 준 농부'라는 이야기이다.

태조가 무학에게 새 도읍 터를 구해 달라고 부탁하였다. 무학이 한양 땅을 도읍 터로 정한 뒤 대궐을 지으려고 여러 번 시도했으나 번번이 허물어지고 말았다. 상심한 무학이 어느 곳을 지나는데, 한 노인이 논을 갈면서 소를 나무라기를, "이랴, 이 무학이보다 미련한 놈의 소!"라고 했다. 놀란 무학이 노인에게 까닭을 물었더니 이런 답이 돌아왔다.

"한양 땅이 학터인데 등에 무거운 짐을 실었으니 학이 날개를 칠 것 아니냐. 그러니 궁궐이 무너진다. 성부터 쌓으면 학의 날개가 꼼짝 못하므로 대궐이 무너지지 않는다."

헌인릉은 조선 태종 이방원이 묻힌 곳이다.

그 말대로 하니 대궐이 완공됐다. 그 노인은 삼각산 산신령이 었다고 한다. 여기서 변형된 게 무학이 도읍터를 찾는 데 한 노인이 "십리만 더 가라"고 했다는 '왕십리' 이야기다.

신라 때 의상대사가 지었다는 《산수기》에도 이런 이야기가 나온다.

"한양에 도읍을 정하려고 하는 이가 만약 스님의 말을 듣고 따르면 그래도 나라를 연존할 수 있는 약간의 희망이 있다. 그러나 정씨 성을 가진 사람이 나와서 시비하면 5대代도 지나지 않아 임금 자리를 뺏고 빼앗기는 재앙이 있으며 도읍한 지 200년쯤 뒤에 나라가 위태로운 국난을 당하게 될 것이다."

마지막으로 인용할 설화는 500년의 시차를 둔 두 도인 도선과 무학의 기이한 만남이다. 어느 날 무학이 지금의 북한산 백운대로부터 맥을 찾아 만경대에 이르러 다시 서남쪽으로 가다 비석봉, 즉 지금의 비봉에 다다르니 글씨가 새겨진 큰 돌이 보였다. 글씨를 자세히 보니 "무학이 맥을 잘못 찾아 여기에 이르리라"는 것이었다.

한문으로 '무학오심도차'라는 것으로 신라말의 도선국사가 세웠다는 것이다. 무학은 다시 길을 바꿔 만경대로부터 정남쪽으로 걸어가다 백악산 아래 세 개의 산맥이 모여 하나의 들을 이룬 것을 보고 마침내 궁궐터를 정했다. 공교롭게도 그곳은 고려 때 이곳에서 왕기가 서릴 것을 누르기 위해 오얏나무를 심은 곳이었다는 것이다.

물론 이 이야기는 '구라'다. 조선말 대금석학자였던 추사 김정희가 북한산 비봉에 있는 비문을 해석했는데 도선 이야기는 나오지 않고 신라 진흥왕 때 세운 순수비였음을 입증했기 때문이다. 마지막으로, 한양 도성을 쌓을 때의 이야기가 있다. 외성을 쌓을 자리를 놓고 무학과 선비들의 논쟁이 엇갈려 성의 둘레와 원근을 결정하지 못하고 있었다.

그런데 어느 날 밤 천하를 덮을 듯 폭설이 내렸다. 무학과 선비 등이 가 보니 눈이 안으로는 깎이고 밖으로는 계속 쌓여 성의 형상을 이뤘다. 태조 이성계는 무릎을 치며 "눈을 좇아 성을 쌓으라"고 명했다. 이것이 바로 지금의 북한산성이라는 것이다. 이런 무학의 미래를 보는 눈은 그가 1405년 79세의 나이로 사망하기 전에 피를 부르는 사건으로 입증됐다.

1398년 8월 정안군 이방원은 안산군수 이숙번 등과 함께 사병을 동원해 세자 방석과 왕자 방번을 제거했다. 이른바 1차 왕자의 난이었다. 당시 방원의 집은 준수방, 즉 경복궁의 서문인 영추문과 가까운 종로구 통인동 137번지였다. 반면 그의 필생의 라이벌이던 정도전은 수송동 146번지 지금의 종로구청 자리에서 살았다.

정도전은 그곳을 백자천손의 명당터라 하여 수진방이라 명명했지만 백자천손은커녕 이방원의 무력 앞에 당대에 비명횡사했다. 그날 정도전의 소실 집에서 함께 술잔을 기울이던 남은, 세자 방석의 장인 심효생 역시 불의의 기습을 받고 황천으로 떠났다. 당시 정도전의 소실 집은 옛 한국일보사 맞은편 미국대사관 직원사택 자리다.

13장

신생국 조선을 설계한 두 노비 이야기

중국 베이징北京 자금성이나 영국 버킹검궁, 프랑스 베르사유 궁을 보고 감탄하지만 사실 세계적인 궁궐의 도시는 대한민국의 수도 서울이다. 경복궁, 창덕궁, 창경궁, 경운궁, 경희궁 같은 5대 궁궐이 한 공간에 모인 건 우리가 유일하다. 경운궁은 지금의 덕수궁으로, 일제가 개칭한 것이다.

여기에 창덕궁·창경궁 맞은편에 종묘가 있다. 한마디로 살아 있는 제왕과 저세상으로 간 임금들이 이승과 저승의 지척에서 교감하는 묘한 도시가 서울인 것이다. 우리 궁궐은 화려하지도 초라하지도 않은데 이 전통은 백제 때부터 유래됐다. 김부식이 쓴 《삼국사기》 백제본기에 온조왕 15년, 즉 기원전 4년의 백제 궁궐에 대한 기록이 나온다.

"새로 궁궐을 지었는데 검소하지만 누추하지 않았고 화려하지만 사치스럽지 않았다."

조선의 궁궐에 대한 아이디어는 대개 삼봉 정도전의 머릿속에서 나왔다. 고려가 멸망한 후 새 왕국 조선의 수도 한양의 설계와 경복궁 건립을 주도한 그는 분명 《삼국사기》에 등장한 백제 궁궐에 대한 기록을 숙독했던 게 분명해 보인다.

"궁원제도가 사치하면 반드시 백성을 수고롭게 하고 재정을 손상시키는 지경에 이르게 될 것이고 누추하면 조정에 대한 존엄을 보여줄 수 없게 될 것이다. 검소하면서도 누추한 데 이르지 않고 화려하면서도 사치스러운 데 이르지 않도록 하는 것이 아름다운 것이다. 검소란 덕에서 비롯되고 사치란 악의 근원이니 사치스럽게 하는 것보다 차라리 검소해야 할 것이다."

이쯤 되면 정도전의 미학은 당대 최고 수준이었다고 해도 과언이 아니다. 그런데 우리가 알고 있는 조선의 수도 한양의 설계자 정도전 뒤에는 박자청(1357~1423)이라는 인물이 있었다. 박자청은 원래 황희석의 가인, 즉 머슴이었는데 내시로 출사했다가 1392년 조선이 건국되자 중랑장으로 승진했으며 나중에 참찬의정부사까지 승진했다.

어떻게 이런 일이 가능했을까. 조선은 역사상 드물게 노비의 수가 가장 많았던 나라다. 노비 문제로 망한 고려를 교훈 삼아 조선 태조와 태종은 능력 있는 노비를 등용하는 데 인색하지

창덕궁 내 금천교가 익살스럽다.

않았지만 그 이후 신분제는 더 강고해졌다. 그렇다면 박자청은 어떻게 연어가 거센 물결을 거슬러 상류로 올라가듯 출세가도를 달렸을까. 《조선왕조실록》을 따라가 본다.

〈세종실록〉에 세종 5년 11월 9일, 즉 박자청이 죽은 해에 박자청 졸기가 나온다. '황희석의 가인으로 내시로 출사했다가 낭장에 올랐다.' 여기 등장하는 황희석은 고려 말의 무관으로 한때 승려로 출가했다가 우왕 때 벼슬을 한 인물이다. 그는 1388년 이성계를 따라 요동정벌에 나섰다가 위화도 회군에 찬성해 1389년

'회군 공신'에 책봉됐다.

박자청의 이름이 실록에 등장하는 것은 조선 태종 7년, 황희석이 중군도총제라는 벼슬을 제수받았을 때 '박자청은 황희석의 보종, 즉 수행원 출신이다'라는 기록이 처음이다. 이것을 보면 박자청은 이성계 휘하에 있던 황희석을 따라다니다 이성계의 눈에 띄었음을 짐작할 수 있다. 조선 태조 2년, 즉 1393년 박자청은 결정적인 출세의 기회를 잡는다.

그날 박자청은 궁궐을 지키는 입직군사였는데 이성계의 이복 동생이자 개국 1등 공신인 의안대군 이화가 입궐하려 했다. 그때 박자청은 "태조의 소명이 없었으니 입궐할 수 없다"고 앞을 막고 나섰다. 화가 난 이화가 박자청의 얼굴을 발로 걷어찼으나 박자청은 끝까지 그의 출입을 막았다. 이 일이 며칠 후 이성계에게 알려졌고 이성계는 이화를 불렀다.

"옛날에 주아부의 세류영에서는 장군의 명령만 듣고 천자의 조서도 통하지 않았다고 하는데 지금 박자청이 대군을 막은 것은 진실로 옳은 일이고 네가 한 행동은 잘한 게 못 된다"며 꾸짖었다. 주아부는 중국 한나라 개국공신 주발의 아들로 세류영이라는 군영을 책임지고 있었는데 한漢 문제가 그곳을 방문했을 때 일어난 일이었다.

당시 세류영을 지키던 군사는 황제가 왔음에도 "군중에서는 장군의 명만 듣는다"고 했다. 그제서야 황제는 장군에게 조서를

창덕궁의 회랑은 정연한 건축미를 보여준다.

내려 자신이 왔음을 밝히고 세류영에 들어갔다. 그뿐 아니라 주
아부는 천자 앞에서도 "갑옷을 입은 사람(군인)은 절을 하지 않
으니 군례로 대신하겠다"고 밝혔다. 주변 사람들은 그를 '진정한
장군'이라고 칭송했다.

　이 일이 있은 후 이성계는 박자청을 일약 정4품 호군으로 승
진시켰다. 이후에도 박자청은 이성계가 군막에 머물 때마다 새
벽까지 자지 않고 순찰을 돌면서 경호를 게을리하지 않았다. 이
성계는 감동했을 것이다. 일본의 도요토미 히데요시가 추운 겨

울날 오다 노부나가의 신발을 품속에 안고 체온으로 따뜻하게 데워 감동시킨 일화와 비슷해 보인다.

결국 이성계는 박자청을 1395년 원종공신으로 책봉했다. 노비 출신으로 공신의 반열에 오른 것이다. 그런데 박자청의 진짜 재주는 이것이 아니었다. 실록에는 태종 이방원이 이런 말을 했다는 기록이 나온다.

"박자청을 사람들이 미워하는 것은 토목 역사 때문이다."

이게 무슨 말일까? 이어 태종은 박자청이 완성했거나 진행하는 토목공사를 거론한다.

"박자청이 만든 송도(개성)의 경덕궁과 한양의 창덕궁은 내가 거처하는 곳이요, 모화루와 경회루는 사신을 위한 곳이요, 개경사와 연경사는 세상을 떠난 내 어머니를 위한 곳이다. 성균관을 짓고 행랑을 세우는 것 또한 나라에서 그만둘 수 있는 일이겠느냐?" 그러면서 태종은 박자청을 처벌하자는 주장에 개탄했다.

"박자청은 부지런하고 삼가서 게을리하지 않은데 도리어 남에게 미움을 받으니 불가한 일이 아니냐?"

그렇다면 박자청은 대체 무슨 죄를 지었길래 왕까지 나서 변호를 하게 만든 것일까. 1412년 5월 14일 형조는 태종에게 공조판서였던 박자청의 죄를 청했다. 공조판서는 정2품의 고관인데 그가 받은 혐의는 종5품 부사직 이중위를 폭행했다는 것이었다.

즉 박자청이 도성 축조 공사를 감독하고 있는데 이중위가 말을 타고 지나가며 인사를 하지 않았다. 화가 난 박자청이 이중위를 때렸다는 것이다. 이에 박자청은 "때리지 않았다"고 항변했다. 목격자들도 전부 "이중위를 때리지 않았다"고 했다. 그런데도 형조는 오히려 "대신(박자청)에게 아부하는 자들도 모두 죄를 주어야 한다"고 태종에게 주청했던 것이다.

태종은 이 해프닝의 본질이 '신분관계'였음을 알고 있었던 것 같다.

"박자청은 외롭고 혼자인 사람으로 대가거족이 아닌데 어찌 그에게 붙을 사람이 있겠는가? 박자청은 태조 때부터 성실하게 오랫동안 근무해서 지위가 대신에 이르렀는데 사소한 일 때문에 사헌부, 사간원, 형조(이를 삼성이라 한다)가 모두 나서는가? 그대로 두는 것이 마땅하다."

박자청이 세운 건물은 앞서 말한 송도의 경덕궁, 한양의 창덕궁과 모화루, 경회루, 개경사, 연경사 외에 경복궁 남쪽에서 종묘까지 이어지는 행랑, 동대문 밖에서 말을 키우는 마장(지금의 마장동이란 이름이 여기서 유래했다), 연희궁, 태조의 건원릉, 태조의 정비인 신의왕후가 묻힌 제릉, 용산 군자감, 청계천 준설과 호안 공사, 한양 도성, 살곶이다리 등이 있다. 이 건물들에 하나같이 에피소드가 있다.

첫 번째 소개할 것은 1412년 경회루를 지을 때 얘기다. 박자청이 전무후무한 2층 누각 경회루를 지은 것은 태조의 명에 의해

서였다. 태조는 원래 정전인 경복궁에 거처해야 했는데 그곳에서 왕자의 난이 일어나는 등 피비린내가 가시지 않아 '경복궁은 음양의 형세에 합하지 않는다', 즉 터가 불길하다며 박자청에게 창덕궁을 지으라고 했다.

신하들이 반대하고 나서자 비로소 이성계는 속내를 털어놓았다.

"내가 어찌 경복궁을 헛것으로 만들고 쓰지 않겠는가. 조정의 사신이 오는 것과 성절(중국 황제의 생일)의 조하하는 일 같은 것은 반드시 이 경복궁에서 하기 위해서 때로 기와를 수리하여 기울고 무너지지 않게 하는 것이다."

그러면서 태조는 박자청에게 경회루를 짓게 하고 연못을 팠는데 물이 나오기는 하지만 가득 차지 않았다. 이에 박자청은 연못의 물을 모두 빼낸 다음에 물이 스며든 곳을 검은 진흙으로 메우면 물을 고이게 할 수 있다는 방안을 내놓았다. 한마디로 건축에 관한 한 기지가 넘치는 인물이었던 것이다.

지금의 경회루가 있기 전 원래 습지였던 그 자리에는 연못과 서루라는 누각이 있었다고 한다. 그 서루가 부실공사였는지 기울기 시작했다. 〈경회루기〉에는 새로 2층 누각을 짓게 된 경위가 나온다. 〈경회루기〉를 쓴 사람은 하륜이었다.

"경복궁 제거사가 궁궐 서루가 기울어 위험하다고 알려오니 전하 태종께서 그곳으로 나가서 보고는 '누각이 기운 것은 땅이 습

경회루

하고 기초를 견고하게 하지 않았기 때문이다'라고 하셨다. 이에
박자청 등에게 '농사철이 가까워 오니 노는 자들을 시켜 빨리 수
리토록 하라'고 지시하셨다. 이에 박자청 등은 지형을 살펴 조금
서쪽으로 옮겨 그 터 위에 옛 모습보다 약간 넓혀 새로 만들고
또 땅이 습한 것을 염려하여 누각의 둘레에 못을 만들었다."

　문제는 누각이 완공된 뒤였다. 태종은 직접 경회루에 올라가
본 뒤 "나는 옛 모습대로 하려고 했는데 너무 지나치지 않은가?"
라고 하니 박자청은 "후일에 또 기울 염려가 있어 이와 같이 했

습니다"라고 말했다. 화려한 경회루가 마음에 들었는지 태종은 술자리를 베풀어 박자청을 위로하고 종친과 부마를 불러 공사에 참여한 600여 명에게 술을 내려주었다고 한다.

두 번째는 태종의 정실 원경왕후 민씨가 1420년 사망했을 때다. 장지가 헌릉으로 정해졌다. 이에 박자청은 마전 나루터에 부교를 설치하자고 주장했다. 마전 나루터란 훗날 인조가 남한산성에서 나와 청 태종에게 항복했던 삼전도를 이른다. 부교 설치 제안에 대해 대신들이 일제히 반대했지만 결국 부교는 만들어졌고 장례행렬은 한강을 평지처럼 건너 무사하게 장례를 치렀다. 뒤늦게 박자청을 칭찬하는 말들이 나왔다.

세 번째 공사는, 그야말로 불도저 같은 그의 집념이었다. 박자청은 성균관 문묘를 넉 달 만에 완성했는데 새벽부터 저녁 늦게까지 현장을 지키며 인부들을 닦달했다. 이 때문에 그를 폄하하는 기록도 있다.

"성품이 가혹하고 각박해 어질게 용서하는 일이 없었다. 미천한 데서 일어나 다른 기능은 없고 토목공사를 감독한 공으로 지위가 재부에 올랐다."

그는 '빨리빨리'로 상징되는 한국인 DNA의 원형이었는지 모른다. 박자청이 남긴 마지막 작품이 태종의 헌릉을 조성하는 일이었다. 앞서 헌릉 자리에는 태종의 원경왕후가 묻혀 있었는데 1422년 산릉도감의 제조를 맡은 박자청은 공사를 위해 인부 1

창덕궁에서 가장 볼만한 곳이 후원의 규장각이다.

만명을 요구했지만 기근이 심해 경기도에서 2000명만 동원하고, 나머지 일은 소에게 맡겼다.

박자청은 자신을 끝까지 믿어 줬던 태종의 헌릉 조성에 마지막 힘을 쏟았고 이듬해 67세의 나이로 생을 마감했다. 박자청이 죽자 세종은 3일간 조회를 정지하고 그를 위한 제문을 지어 내렸다. 그런가 하면 익위공이라는 시호를 내렸는데 이는 위엄 있고 행동이 민첩했다는 뜻이다. 그의 삶은 양반들의 질서 속에 오늘날의 문화재를 만든 일생이라고 하겠다.

또 다른 조선의 노비 출신 건설자 장영실(1390~?)은 원래 중국 핏줄이었다. 《조선왕조실록》 세종실록편에 따르면 그의 아버지 장성휘는 원元나라 유민으로 쑤저우 항저우 사람이고 어머니는 조선 동래현의 기생이었다. 그의 생몰 연대는 정확하지 않으나 장영실의 아산 종친회에 따르면 1385년 혹은 1390년 태어났다고 한다.

장영실의 집안은 어머니가 고려에서 조선으로 넘어가는 혼란기에 관노로 전락했다. 그랬던 그가 태종의 눈에 띄어 재주를 인정받았다. 어릴 적부터 치밀한 두뇌의 소유자였고 관찰력 또한 뛰어났으며 기계의 원리 파악에 남다른 재주가 있었다. 그가 기계 등을 만들고 고치는 일에 능통하고 무기나 농기구 제작, 수리에 능숙했다는 이야기가 태종에게 전해졌다.

태종은 그를 궁궐에서 일하게 했는데 장영실이 관직에 오른 것은 세종 때였다. 세종은 제련 및 축성, 무기, 농기구의 수리에 뛰어난 장영실을 곁에 두고 자신이 꿈꿨던 천문기기 제작 등 과학진흥에 그를 참여시켰다. 관노 출신인 그의 등용이 상식 밖의 일이었기에 문무文武 대신들이 한사코 반대했지만 세종은 그의 재주를 눈여겨보고 대신들을 설득하는 데 성공했다.

동래현의 관노가 '상의원 별좌'가 된 것은 기적 같은 일이었다. 상의원 별좌란 임금의 의복을 만들고 대궐 안의 재물과 보물을 관리하는 관서로 태조 때 세워졌다. 이에 대한 기록이 《조선왕조실록》에 나온다.

"안승선에게 명하여 영의정 황희와 좌의정 맹사성에게 의논하기를, 행사직 장영실은 그 아비가 본디 원나라 소항주 사람이고 어미는 기생이었는데 공교한 솜씨가 보통 사람에 비해 뛰어나므로 태종께서 보호하시었고, 나도 역시 이를 아낀다.

임인·계묘년 무렵에 상의원 별좌를 시키고자 하여 이조판서 허조와 병조판서 조말생에게 의논하였더니 허조는 '기생의 소생을 상의원에 임용할 수 없다'고 하고 조말생은 '이런 무리는 상의원에 더욱 적합하다'고 하여 두 사람의 의견이 일치하지 아니하므로 내가 굳이 하지 못하였다가 그 뒤에 다시 대신들에게 의논한즉, 유정현 등이 '상의원에 임명할 수 있다' 하여 내가 그대로 따라서 별좌에 임명하였다.

장영실의 사람됨이 비단 공교한 솜씨만이 있는 것이 아니라 성질이 똑똑하기가 보통에 뛰어나서 매양 강무할 때에는 나의 곁에 가까이 모시어서 내시를 대신하여 명령을 전하기도 하였다."

세종은 장영실을 1421년 윤사웅, 최천구 등과 함께 중국에 보내어 천문기기의 모양을 배워 오도록 했다. 귀국 후 장영실이 1423년에 천문기기를 제작한 공을 인정받아 노비의 신분에서 벗어났고 마침내 앞서 말한 것처럼 상의원 별좌에 임명된 것이다. 장영실은 1432년부터 6년 동안 천문기기 제작 프로젝트에 참여했다.

그때 만들어진 것이 수력에 의해 자동으로 작동되는 물시계인 자격루(1434년)와 옥루(1438년)였다. 세종은 이를 보고 장영실을 각별히 총애했다. 이때 제작된 옥루는 해가 뜨고 지는 모습을 모형으로 만들어 시간, 계절을 알 수 있고 천체의 시간, 움직임도 관측할 수 있는 장치로, 흠경각을 새로 지어 그 안에 설치했다.

장영실은 또한 천문 관측을 위한 기본 기기 대간의와 소간의, 휴대용 해시계인 현주일구, 천평일구, 방향을 가리키는 정남일구, 혜정교와 종묘 앞에 설치한 공중시계인 앙부일구, 밤낮으로 시간을 알리는 일성정시의, 규표 등을 잇달아 개발해 냈다.

시간을 재는 것은 삼국시대부터의 관심사였다. 백제는 6세기에 누각전을 설치하고 누각박사를 둬 물시계로 시간을 관측했다. 통일신라 때는 천문박사, 누각박사라는 기술 관리가 있었다. 천문박사는 태양과 별 등 하늘의 일을 맡았고 누각박사는 물시계 관측이 주요 임무였다. 고려도 태사국이 역법과 누각의 일을 맡았다.

기록에 의하면 장영실은 모두 3종류의 물시계를 만들었다. 첫 번째 것이 1424년에 만든 것인데 〈세종실록〉에 의하면 "중국의 제도를 참고하여 구리로서 경점의 기를 부어 만들었다"고 기록돼 있다. 이것은 자동시계가 아닌 단순하게 물방울이 떨어지는

창덕궁과 창경궁의 경계다.

양을 측정하여 시간에 따른 부피 증가로 시간을 알 수 있는 장치였던 것으로 보인다.

10년 후인 1434년에 만든 것이 두 번째 물시계인 자격루다. 이것은 자동시보 장치가 붙어 스스로 움직이는 물시계이다. 즉 경루와 같이 눈금으로 시간을 알 수 있는 물시계에 시, 경, 점에 따라 종, 징, 북이 울리고, 인형이 나타나 몇 시인지 알려주는 것으로 경복궁 남쪽의 보루각에 설치되었던 것이다.

구성은 4개의 파수호, 2개의 수수호, 12개의 살대, 동력전달장치 및 시보장치로 구성돼 있다. 파수호에서 흘러나오는 물은 수수호로 들어가서 살대를 들어올린다. 이것은 처음 만든 경루와 같은 원리이다. 살대가 떠오름에 따라 이 부력이 쇠구슬과 지렛대에 전달되어 구슬이 떨어지면서 시각 알리는 장치를 움직이게 한다.

즉, 파수호보다 높은 곳에 목인 3명이 있다. 각각 시각을 알리기 위해 종을 치고, 경을 알리기 위하여 북을 치며, 점을 알리기 위해 징을 치는 것이다. 목인보다 낮은 곳에 평륜이 있고 둘레에 12지신이 있었다. 만약 자子시가 되면 자시를 맡은 신이 자시의 시패를 들고 솟아올라 왔다가 내려가는 식이었다.

이 공을 인정받아 장영실은 1433년 호군으로 승진했다. 장영실 또한 금속활자 발명에도 기여했다. 1434년 이천이 총책임자였던, 구리로 만든 금속활자인 갑인자의 주조에 참여했는데 갑인자는 약 20여만 자로 하루에 40여 장을 찍을 수 있었다. 천문기기 제작 이후 금속활자 개발에 몰두하던 장영실은 어처구니없이 미스터리한 사건으로 낙마하고 말았다.

53세 때였던 1442년 3월 세종이 온천욕을 위해 경기도 이천을 다녀올 때 임금을 호위하던 기술자 가운데 최상급자가 정3품 상호군 장영실이었다. 그런데 세종이 타고 있던 어가가 갑자기 부서지고 말았다. 가뜩이나 노비 출신 장영실의 출세에 못마땅해하던 조정에서는 이를 호기로 삼았다. 그들은 장영실에게 임금에 대한 불경죄를 씌웠다.

의금부가 장영실에게 곤장 100대를 때리고 파직을 구형했으나 세종은 곤장을 80대로 줄여 줬을 뿐이었다. 가마가 부서진 데 대해 매끼 고기 반찬이 없으면 수저를 들지 않았다는 세종의 뚱뚱한 몸무게 탓이라는 주장도 있다. 그런데 이후 조선의 위대한 과학자 장영실은 역사에서 연기처럼 사라져 버리고 말았다. 삼사三司의 간언으로 사형당했다는 설도 있다.

14장

조선 문종 암살(?)사건과
사라진 안견의 〈몽유도원도〉

조선시대 519년 동안 나라를 다스린 왕이 스물일곱 명이다. 그때 백성들의 평균수명은 40세 언저리고 왕의 평균수명도 그들과 별 차이 없는 45세 정도다. 이 통계는 조금 이상하다. 최고의 영양과 최상의 의료서비스를 받은 왕이 단명한 데는 이유가 있었을 것이다.

조선 개국 후 네 번째 왕까지 오십 이전에 사망한 왕은 없다. 태조(74세), 정종(63세), 태종(56세), 세종(54세)이 그랬다. 그렇다면 조선시대 왕의 평균수명이 확 낮아진 것은 몇몇 요절한 왕들 때문이라는 추론이 가능하다. 과연 조선시대 당시 사십 이전에 죽은 왕은 11명이나 된다.

요절한 사유는 과도한 방사 때문이었다. 궁궐 안 여자가 다

제 차지니 과도한 욕심은 역시 화를 부른다. 8대 왕 예종은 왕비와 정사를 즐기다 20세에 복상사했다. 13대 명종도 비슷한 사유로 33세에 세상을 떴다. 24대 헌종도 술과 여자로 세월을 보내다 23세에 사망했다.

질병으로 사망한 왕도 꽤 된다. 28명의 자식을 둘 만큼 왕성한 정력을 자랑하던 9대 성종이 38세에 사망했을 때 공식 진단은 등창과 폐병이다. 10대 연산군은 괴질로 죽었고, 12대 인종은 이질을 앓다 황천으로 떠났다. 18대 현종은 학질과 과로로 34세에 사망했고, 25대 철종은 폐결핵으로 33세에 삶을 마쳤다.

장희빈의 아들인 20대 경종은 게장을 먹다 어처구니없이 37세로 승하하고 말았다. 이 외에 단명한 왕은 5대 문종(39세)과 6대 단종(17세) 부자다. 단종은 삼촌인 수양대군(세조)이 왕위를 찬탈한 뒤 후환을 우려해, 강원도 영월 청령포에서 사사되고 말았다.

단명한 왕들은 삶이 짧아서인지 대개 국민들의 뇌리에 뚜렷한 기억을 남기지 못했다. 그런데 5대 왕 문종의 요절은 '역사에 가정은 없다'지만 조선의 운명을 송두리째 바꾸고 만다. 그의 죽음이 아쉬운 이유는 그가 우리 역사상 최고 성군인 세종이 심혈을 기울여 키운 최고의 왕재였기 때문이다.

문종이 왕위를 이은 것은 세종 사후인 1450년 2월 22일이다. 태종 14년에 태어나 37세가 될 때까지 문종은 왕위 계승을 준비했는데, '대리청정' 형식으로 국정에 참여한 것은 30세인 1443년

안견의 몽유도원도다. 일본에서 발견됐다.

부터다. 이 기간 문종은 '훈민정음' 창제, 전세법 제정, '용비어천가' 완성 등에도 기여했다.

《조선왕조실록》에 따르면 문종은 어릴 때부터 아버지 세종을 닮아 시와 글씨를 잘 썼다고 한다. 1425년 5월, 그는 지금 '망원정'으로 이름이 바뀐 '희우정'에서 집현전 학사들에게 귤을 선물했는데, 귤이 담긴 쟁반에 다음과 같은 시를 남겼다. 희우정은 세종의 둘째 형인 효령대군이 지은 정자다.

'향나무는 코에만 향기롭고
고기는 입에만 맞으나,
동정귤은 코에도 향기롭고

입에도 다니 내가 가장 사랑하노라.'

문종은 조선 4대 명필로 유명한 안평대군과 자웅을 가리지 못할 만큼 서예에도 능했다. 《조선왕조실록》에 쓰인 기록이 있다.

"문종은 조맹부의 서체를 좋아했는데 여기에 왕희지의 서법을 섞어 써서 등불 아래에서 쓰더라도 정밀하고 기묘한 것이 입신의 경지였다. 그 글을 얻은 사람이 천금처럼 여겼다."

문종은 무예를 싫어한 아버지와 달리 무와 천문지리에 통달했다.

"활로 과녁을 쏠 때에도 지극히 신통해서 매번 명중시켰다. 천문을 잘 봐서 천둥이 언제 어디에서 칠 것이라고 말하면 뒤에 반드시 맞았다. 세종과 거둥하실 때 (세종이 문종에게) 천변을 물으셨는데 말하면 반드시 맞았다."

문무를 겸전한 문종은 즉위하자마자 진법 훈련을 참관하던 중 군기감에 지금의 다연장로켓포와 비슷한 화차를 만들 것을 명했다. 이 화차 실험에 갑옷을 입힌 허수아비를 사용했는데, 70~80보 밖에서 화살이 허수아비를 모두 명중함은 물론 방패까지 꿰뚫는 위력을 발휘했다.

"북쪽 오랑캐에 대한 정보가 해마다 연달아서 그치지 않았다. 임금이 강무에 예리한 뜻을 가져서 군사를 대비하는 일에 생각이 두루 미치지 않은 것이 없었다. 또 직접 진법을 검열하니 무

사들이 모두 그 능력이
뛰어나게 되었다."(《문종
실록》 1년 1월 16일)

문종이 묻힌 동구릉의 전경이다.

"주상이 임영대군 이
구에게 화차를 제조하
라고 명했다. 수레 위에
거치대를 설치하고 중
신기전 100개나 사전총통 50개를 꽂아두고 심지에 불을 붙이면
서 연달아 발사했다."(《문종실록》 1년 2월 13일)

이 기록만 보면 화차는 동생 임영대군이 만든 것 같지만 실록
은 문종이 실제 고안했다고 전한다. 화차는 평지에서는 두 사람
이 끌고, 비탈에서는 두 사람이 끌고 한 사람이 밀며, 험한 곳에
서는 두 사람이 끌고 두 사람이 밀면 움직일 수 있었다. 문종은
평시에 화차가 필요 없다는 대신들에게 핀잔도 주었다.

"화차는 본래 적을 방어하는 무기다. 평상시 쓰지 않으면 반드
시 무용지물이 돼 스스로 허물어질 것이다. 일이 없을 때는 각
관청에 나눠줘서 여러 물건을 운반하게 하다가 사변이 있으면
화포를 싣고 적을 방어하도록 하라."

그러나 몇몇 지방에 화차 20량씩 배치하려던 뜻은 대신들의
반대로 꺾이고 말았다.

문종은 나라를 지키기 위한 지도의 중요성을 인정한 왕이다. 그는 예조참판 정척이 만든 〈양계지도〉의 부족한 부분을 예리하게 지적하기도 했다. 조선 후기 김정호가 〈대동여지도〉를 만들었을 때 칭찬은커녕 '나라 정보를 적에게 노출시킨다'는 이유로 핍박받은 것과 비교하면 그릇부터가 달랐다.

문종은 진법 관람을 즐겼는데, 함길도 절제사 출신 김종서와 의논해 '신진법'을 만들며 이렇게 말했다.

"군사는 주장의 절도에 달려 있는데, 조선군은 깃발과 북으로 지휘하고 임기응변하는 데 방법이 없다. 내가 옛 진서를 보니 조선군은 서로 끌고 합치는 것이 통하지 않으니 고치는 것이 옳다."

그런데 문종의 '건강'에 그림자가 엄습한다. 사실 세종은 임종 직전까지 문종의 건강을 염려했다. 그 유교를 영의정 하연이 세종이 승하한 다음 날 문종에게 상기시켜 줬다.

"(상을 치르더라도) 3일 안에는 죽을 조금 먹고, 3일 후에는 밥을 조금 먹어야 병에서 벗어나 생명을 보전할 수 있을 것이다."

문종에게 가장 큰 화근은 식사가 아니라 고질인 종기였다. 갖은 의술을 시행해도 종기가 사라지지 않자 사헌부 지평 이의문은 어의들이 얼렁뚱땅 의술을 편다는 의혹까지 제기했다. 그는 노중례, 전순의 등 어의가 의서를 두루 살피지 않는다고 했다.

집권 2년 차인 1452년 5월 5일, 종기는 문종의 목숨을 위협할 정도로 심해졌다. 때마침 일본 사신들이 한양에 도착했는데, 문

종은 종기 때문에 그들
을 만날 수 없었다. 사신
을 홀대한다는 말이 나
올 것 같았다. 대신들이
경복궁 사정전에 모였다.
어의 전순의가 왕을 진
단한 결과를 듣기 위해
서였다.

강원도 영월에 있는 단종이 묻힌 장릉이다.

왕을 진단한 결과가 좋지 않으면 시약청을 꾸리는 게 순서다.
시약청은 왕이나 대비, 왕비가 병났을 때 구성하는 임시기구로,
영의정이 책임자인 도제조가 되고 좌의정·우의정이 부제조가 되
며, 내의원에 속한 모든 의원이 편입돼 비상근무 하는 진료체계
다. 이는 어의의 독단적인 처방을 막기 위함이다.

전순의는 "환후가 어떠신가"라는 질문에 이렇게 말한다.

"종기 난 곳이 매우 아프셨으나 저녁에는 조금 덜하셨고 농즙
(고름)이 흘러나왔습니다. 콩죽을 드렸더니 성상께서 기뻐하시면
서 '음식 맛을 조금 알겠다'라고 말씀하셨습니다."

전순의의 말에 대신들이 기뻐했다. 시약청을 꾸리자는 이야기
가 쏙 들어갔다.

원래 전순의는 세종에 의해 발탁된 인물이다. 천인 출신으로,
세종의 아들 금성대군의 병을 낫게 하자 세종이 기뻐하며 그에

게 옷을 하사했다. 그는 《의방유취》 발간에 기여하기도 했다. 세종은 전순의를 대마도로 보내 일본 의술을 공부할 수 있는 기회도 부여했다. 한마디로 전순의는 내의원의 간판 어의였다.

한편 전순의는 세종에게 처벌받은 적도 있다. 세종이 숨지기 석 달 전인 1449년 12월, 세종은 황보인, 정인지 등을 불러 "내의 전순의 등은 동궁(문종)의 질병을 치료하는 데 삼가지 않았으니 참상 이상의 직첩을 빼앗고 조교로 삼는 것이 어떠냐"고 물었다. 참상은 종6품 이상, 조교는 종9품이었다.

'삼가지 않는다'는 말은 의서 처방대로 치료하지 않았다는 뜻이다. 신하들이 더 강한 벌을 내리자고 주장했지만 세종은 직급을 강등시키는 데서 끝내고 말았다. 세종은 이들을 강등시킨 채 원직에 복직시키지 않고 세상을 떴다. 그런 전순의 등을 복직시킨 왕이 바로 문종이니 묘한 인연이다.

문종은 세상을 뜨기 한 달 전 전순의에게 안마를 하사했다. 세종과 신빈 김씨 사이에서 태어난 밀성군 이침의 병을 완쾌시킨 데 따른 포상이었다. 그때 밀성군은 겨우 13세였다. 이처럼 어린아이의 병까지 잘 고치던 전순의가 자신을 돌봐준 문종의 병은 제대로 치료하지 않았다.

1452년 5월 6일, 문종의 세자(단종)는 아버지의 쾌차를 위해 신하들을 명산대천으로 보내 기도를 올리게 했다. 그런데 묘하게도 수양대군은 지금의 청와대 비서실장 격인 강맹경과 함께 지금의 돈암동에 있는 흥천사로 갔다. 흥천사는 태조가 신덕왕후 강씨를 위해 세운 절이었다.

이 부분은 당시에도 논란이 됐다. 차도가 있다는 전순의의 말에 따라 시약청이 꾸려지지 않았으므로 문종의 병 수발과 치료의 총책임은 도승지인 강맹경의 몫이었다. 그래서 의정부에서 "성상이 편안하지 못한 때에 도승지가 궁궐을 비우는 것은 있을 수 없다"고 힐난하자, 강맹경은 우부승지 권준에게 자기 일을 맡겼다.

5월 8일, 전순의는 문종의 증세가 계속 좋아지고 있다고 주장했다.

"주상의 종기에서 농즙이 흘러나와서 지침이 저절로 뽑혔습니다. 오늘 처음으로 찌른 듯이 아프지 아니하니 예전의 평일과 같습니다."

여기서 '예전의 평일과 같다'는 말은 병이 다 나았다는 뜻이다. 그런데 실상은 전순의의 말과 달랐다.

5월 14일 상황이 급변했다. '성상의 병세가 위급해졌다'는 전갈이 퍼지자 수양대군, 안평대군, 도승지 강맹경, 직집현 김예몽, 의관 전순의 등이 그제야 《의방유취》를 들쳐보기 시작했다. 문종의 병은 예나 지금이나 종기였는데, 상태가 악화되어서야 의서를 펼쳐놓고 약을 찾았다.

더 놀라운 것은 그 의서를 상고하는 자리에 다른 대신들은 일

절 모습을 드러내지 않았다. 그것은 수양대군과 도승지 강맹경이 대신들에게 임금이 위급하다는 연락을 하지 않았기 때문이다. 이날의 《문종실록》에는 문종의 죽음과 관련해 의문을 일으킬 수 있는 중요한 단서가 남아 있다.

"무릇 의료에 관한 모든 일과 기도하는 모든 일은 강맹경이 수양대군과 안평대군에게 여쭌 후 두 대군의 말을 받아 의정부에 고한 후 시행했다."(《문종실록》 2년 5월 14일)

이것은 열두 살 세자(단종)를 제치고 문종의 두 동생인 장성한 수양대군과 안평대군이 치료를 주도했다는 뜻이다. 조선은 종친의 정치 개입을 엄격히 금지했다. 이러한 상황에 왕의 병 치료를 장성한 종친들이 주도하는 것은 더욱 말이 안 되는 처사였다. 며칠 전까지 두 대군과 함께 왕이 쾌차한다던 어의 전순의가 의서를 뒤지는 사이 문종은 그날 오후 5시 강녕전에서 세상을 떠나고 말았다.

문종의 갑작스러운 죽음은 많은 의혹을 낳았다. 수양대군이 실권을 쥐고 있을 때 편찬한 《문종실록》에도 사관들은 의혹을 제기했다.

"대궐 안팎이 서로 통하지 않은 가운데 오직 내의 전순의, 변한산, 최읍만이 날마다 나아가 진찰했지만 모두 용렬한 의원들이어서 병세가 어떤지도 알지 못하면서 해롭지 않을 것이라고 여겨 임금에게 활 쏘는 것을 구경하게 하고 사신에게 연회를 베풀게까지 했다."

"의정부와 육조에서 날마다 임금의 안부를 물으면 전순의는 '임금의 옥체는 오늘은 어제보다 나으니 날마다 좋아지고 있습니다'라고 답했다."

"의정부와 대신들이 임금의 병환이 위급한 때를 당해서 의정부에 앉아서 사인을 시켜 문후했을 뿐 한 번도 임금을 뵙고 병을 진찰하기를 청하지 않고 용렬한 의관에게만 맡겨 놓았으니 그때 사람들의 의논이 분개하고 한탄하였다."(이상은 《조선왕조실록》 번역본에서 인용)

자신이 치료하던 왕이나 왕비가 세상을 뜨면 어의들은 보통 형식적인 처벌을 받았다. 그런데 이번에는 의금부가 치료과정에 의혹이 있다며 공식적으로 문제 제기를 하고 나섰다. 그들은 "세종 때는 어의들이 대신들과 의논했는데, 이번에는 증세의 경중도 말하지 않고 쓰는 약도 대신들에게 묻지 않았다"고 했다.

사흘 뒤 의금부는 강력 처벌을 주청했다.

"전순의는 주범이니 중하게 처벌해 목을 베고 변한산과 최읍은 종범이니 장 100대에 유배 3000리에 처하소서."

단종은 전순의의 목을 베는 대신 전의감 청지기로 직을 낮췄고, 변한산과 최읍은 전의감의 아전으로 강등시켰다. 그러자 사헌부·사간원, 양사가 나섰다.

"옛날 허나라의 세자 지가 약을 먼저 맛보는 것을 하지 않자

'춘추'는 시역, 즉 임금 죽인 죄를 가했습니다. 지금 전순의, 변한 산, 최읍은 특별히 가벼운 법전을 따를 것이 아니니 청컨대 율에 의해 죄를 결단하소서."

그런데 도승지 강맹경은 단종에게 "양사의 언관들을 꾸짖으라"고 권했다. 선왕의 죽음에 의혹이 있으면 낱낱이 밝히는 게 원칙인데, 오히려 양사의 언관들을 비판하는 것은 도승지로서의 자세가 아니었다. 그로부터 8개월 뒤 단종은 전순의 등을 모두 복직시켰다. 이에 사헌부가 '전순의의 복직에는 문제가 있다'며 문종의 죽음을 재조사하고 나섰는데, 놀라운 사실들이 뒤늦게 드러났다.

"허리 위의 종기에서 가장 기피하는 것이 몸을 움직이는 것과 꿩고기입니다. 전순의는 문종께서 활 쏘는 것을 구경하게 하고 구운 꿩고기를 기피하지 않고 올렸습니다. 종기의 고름이 짙어지면 침으로 찌를 수 있으나 짙어지지 않으면 찌를 수 없는데, 전순의가 침으로 찌르자고 고집해 죽음에 이르게 했습니다."

하지만 '문종 암살의혹사건'은 수양대군이 일으킨 쿠데타로 다시 미궁에 빠지고 만다. 단종의 비극은 아는 이가 워낙 많아서 달리 언급할 필요가 없을 것 같다. 다만, 수양대군이 단종의 생모인 현덕왕후 권씨와 문종의 묏자리를 선정하는 데 깊숙이 개입한 것은 예사롭지 않아 보인다.

현덕왕후 권씨는 1441년 단종을 낳은 뒤 산후통으로 사망했다. 당대의 명풍수 최양선이 권씨의 장지를 경기도 안산으로 정했다. 그러자 외눈박이 풍수로 전농시의 종으로 있던 목효지가 이의를 제기하고 나섰다. 목효지는 대담하게도 세종에게 상소를 올려 권씨 장지의 그릇됨을 고했다.

상소 요지는 '내룡이 얕고 약하며 길 때문에 끊어진 곳이 열 군데나

단종의 안타까운 최후는 영화로 자주 만들어졌다.

되어서 낳은 아이가 녹아버린다. 최양선이 정한 장지는 장자나 장손이 일찍 죽는 악지이니 다른 곳으로 이장해야 한다'는 것이었다. 장손이 일찍 죽을지 모른다는 말에 세종이 재조사를 명했는데, 이때 수양대군이 조사를 주도했다.

수양대군이 목효지를 비난했지만, 목효지는 자기 생각을 굽히지 않았다. 결국 세종은 능 자리는 놔두고 시신이 놓이는 위치만 바꾸는 것으로 타협했다. 그런데 목효지가 이번에는 문종의

능 자리도 문제가 있다며 단종에게 쪽지를 보내는 데 성공한다. 문종 능의 위치가 정룡, 정혈이 아니라고 했다.

단종은 이번에는 목효지가 보낸 쪽지를 도승지 강맹경에게 보였다. 강맹경은 즉각 목효지를 비판했다. 이에 단종이 의정부에 이 문제를 넘기자, 이번에는 수양대군이 나서 자신이 정한 능지를 그대로 쓰자고 고집했다. 영의정 황보인이 풍수에 능한 대신들을 보내자, 목효지는 마전현 북쪽과 장단현 북쪽을 지목했다.

그러자 수양대군은 "목효지는 불경죄를 지었으니 국문하고 벌을 줘야 한다"고 단종을 몰아세웠다. 숙부의 반발이 심하자 단종은 물러설 수밖에 없었다. 그런데 수양대군이 정한 문종의 장지를 9척쯤 파자 물이 솟아 나왔다. 수양대군은 할 수 없이 문종의 장지를 태조 이성계의 건원릉 동쪽 언덕으로 바꿨다.

목효지처럼 수양대군에 맞선 이는 또 있었다. 사대부 이현로였다. 단종이 즉위하자, 이현로가 말했다.

"백악 뒤에 궁을 짓지 않으면 정룡(종손)이 쇠하고 방룡(방계 자손)이 흥합니다. 태종과 세종은 모두 방룡으로 임금이 되셨고, 문종은 정룡이라서 일찍 세상을 떠나셨습니다."

이 말을 전해 들은 수양대군은 이현로를 찾아가 주먹으로 두들겨 팼다. 자신이 왕이 될 길을 가로막았으니 화가 머리끝까지 치밀었을 것이다. 이런 해괴한 일이 일어나자 영의정 황보인, 좌의정 김종서는 '구타당한 사람을 처벌하는 것은 부당하다'고

했으나 수양대군과 강맹경은 이현로를 지방으로 유배시키자고 했다.

불길한 조짐이 계속되자 수양대군은 1453년 10월 10일 한명회, 권람 등을 불러 반역의 기치를 들었다. 그날 수양대군은 자신이 가장 두려워한 김종서를 없앤 후 궁궐로 가서 단종을 협박해 대신들을 궁으로 불러모았다. 그리고 나서 한명회가 만들어놓은 생살부에 따라 황보인, 이양, 조극관 등 충신들을 궁궐에서 줄줄이 죽여버렸다.

수양대군의 '계유정난'은 조카 단종과 유능한 두 신하 황보인·김종서를 한꺼번에 몰살시킨 만행이었다. 세종의 18남 4녀 가운데 셋째 아들로서, 문화적 소양이 가장 높은 안평대군과 그 아들마저 형 수양대군에 의해 불귀의 객이 되고 말았다.

안평대군은 서예로 명성이 높지만 당대 최고의 회화 수장가였다. 지금으로 치면 최고의 컬렉터였다. 안평대군의 수장품에 대해서는 신숙주가 쓴 《보한재집》의 '화기' 부분에 잘 나타나 있다. '화기'는 1445년 안평대군이 자신이 수집한 222점의 수장품을 보여주며 기록으로 남기라고 해 쓴 것이다.

"비해당(안평대군의 당호로 세종이 직접 지어줌)이 서화를 사랑해 남이 한 장의 편지, 한 조각의 그림이라도 갖고 있다는 말을 들으면 반드시 후한 값으로 구입해 그중에서 좋은 것을 선택해서 표구해 수장했다.

하루는 모두 내어서 나 신숙주에게 보이며 말하기를 '나는 천성이 이것을 좋아하니 이 역시 병이다. 끝까지 탐색하고 널리 구하여 10년이 지난 뒤에 이만큼 얻게 되었는데 아, 물이라는 것은 완성되고 훼손되는 것에 때가 있고 모이고 흩어지는 것에 운수가 있으니 오늘의 완성이 다시 후일에 훼손될 것을 어찌 알며 그 모이고 흩어지는 것도 역시 기약할 수 없는 것이다.(…) 그대는 나를 위하여 기를 지으라' 하였다."

신숙주가 분석한 바에 따르면 안평대군의 수장품은 당나라 오도자의 불화, 송나라 곽희의 산수화, 원나라 조맹부의 묵죽화 등 중국 5대 왕조에 걸친 화가 35인의 산수화 84점, 화조화 76점, 누각인물화 29점, 글씨 33점이다. 그리고 안견의 〈팔경도〉 〈묵매죽도〉 등 30여 점도 있었다. 신숙주는 안견을 이렇게 평했다.

"우리나라에서 한 사람을 얻었으니 안견이다. 지금 호군 벼슬에 있는데 천성이 총민하고 정박하며 고화를 많이 열람하여 다 그 요령을 터득하고 여러 사람의 장점을 모두 모아서 절충하여 통하지 않는 것이 없으나, 산수가 더욱 그의 장처로 옛날에 찾아도 그에 필적할 만한 것을 얻기 드물다. 비해당을 따라 교유한 지 오래되었기 때문에 그의 그림이 가장 많다."

지금 가치로는 도무지 돈으로 환산할 수 없을 귀중한 문화재가 안평대군의 사망과 함께 뿔뿔히 흩어져 찾을 길이 없다. 안평대군의 아들 이우직은 진도로 유배돼 사사됐고, 집과 재산은 몰수됐다. 그런 파란을 거쳐 안견의 최고작인 〈몽유도원도〉는 일본으로 건너갔고, 국보 238호 〈소원화개첩〉은 2001년 도난당한 뒤 아직까지 행방이 묘연하다.

"아, 물이라는 것은 완성되고 훼손되는 것에 때가 있고 모이고 흩어지는 것에 운수가 있으니 오늘의 완성이 다시 후일에 훼손될 것을 어찌 알며 그 모이고 흩어지는 것도 역시 기약할 수 없는 것이다"라고 신숙주가 예언한 것처럼, 수양대군은 조선의 귀중한 문화 전체를 제 욕심 때문에 망쳤다.

15장

격암 남사고와 십승지

강원도 영월에서 김삿갓 면을 향해 달리면 경상북도 봉화와 충청북도 단양이 지척이다. 동강과 서강이 갈라지기 전 남한강 자락에 '가재골'이란 마을이 있다. 자동차 전용도로에서 보면 남한강 쪽인데 우뚝 선 바위산이 앞을 가로막고 있다. 그 안으로 들어서면 작은 마을이 나타난다.

거주하는 가구 수는 15호 남짓, 강원도의 향토사학자들은 이곳이 격암 남사고(1509~1571)가 말한 십승지 가운데 가장 북쪽에 있는 곳이라고 말한다. 가재골은 워낙 물이 맑아 가재가 많다고 해서 붙여진 이름인데 가재골 못지않게 김삿갓면 역시 사람들의 접근이 쉽지 않은 오지다.

널리 알려졌다시피 김삿갓의 본명은 김병연이다. 과거 시험장에서 자신의 할아버지를 준열하게 비판하는 글을 썼다가 뒤늦게 이 사실을 알고 평생을 방랑했던 시인은 이곳에서 컸다. 그의 어머니가 몰락한 집안의 대를 잇기 위해 찾고 찾았던 곳이어서 그런지 요즘도 세상과 담을 쌓은 곳이다.

김삿갓은 전라남도 화순에서 종명했다. 그의 무덤 터가 화순에 남아 있는데 몇 년 뒤 그의 아들이 아비의 유골을 이곳으로 옮겨 묻었다. 김삿갓 무덤 뒤 오솔길 너머에 그의 후손들이 살고 있다. 그들을 보기 위해 한참 차를 끌고 가다 포기했다. 타이어가 터질 것 같은 길 때문이었다.

십승지는 오랜 전란에 시달린 이 땅의 민초들이 찾던 이상향을 말한다. 전쟁의 영향을 받지 않고 질병의 침입에도 끄떡없으며 자연재해에서도 무탈한 복지가 바로 십승지다. 십승지라는 말이 맨 처음 등장한 것은 《정감록》이다. 이 정감록이라는 예언서는 정체불명의 책이다. 저자도, 집필연도도 알 수 없으며 무엇이 정본이며 이본인지도 알려지지 않았다. 흔히 《정감록》의 저자로는 도선국사 혹은 중국 촉나라의 도인 정감, 조선초 정도전이 꼽히지만 확증이 없다.

전해지는 바에 따르면 중국 촉의 도인 정감이 완산백의 둘째 아들 이심, 셋째아들 이연과 함께 조선 산하를 둘러본 뒤 조선의 국운과 미래를 예언하고 문답을 나눈 것을 기록한 것이 《정감록》이라고 한다. 이때의 조선은 고조선을 말하는 듯하다. 《정

강원도 영월에 있는 십승지 가운데 하나인 가재골이다.

감록》은 감결, 삼한산림비기, 화악노정기, 구궁변수법, 동국역대
본궁음양결, 무학비결, 도선비결, 남사고비결, 징비기, 토정가장
비결, 경주이선생가장결, 삼도봉시, 옥룡자기 등이 망라된 것이
다. 이 이름에서 알 수 있는 것이 있다.

　첫째, 도선비결이나 옥룡자기는 도선국사를 말함이요, 둘째
무학비결은 무학대사를 지칭하는 것이요, 셋째 삼도봉은 정도전
의 호 삼봉에서 온 것이 아닌가 여겨지며, 넷째 남사고비결은 격
암 남사고를 말하고, 다섯째 토정은 이지함을 말한다는 것이다.

전문가들은 《정감록》이 임진왜란·병자호란 이후 완성됐다고 본다. 《정감록》에 등장하는 지명이 조선 중기의 것이기 때문이다. 역성혁명을 예언한 《정감록》은 세조·성종 때 분서목, 즉 불태운 책 명단에 나와야 하는데 《정감록》은 등재돼 있지 않다.

이 수수께끼 같은 책 《정감록》에서 가장 관심을 끄는 부분은 앞으로 들어설 왕조에 대한 예언뿐 아니라 사람들이 삼재, 즉 전쟁이나 기근이나 괴질을 피할 수 있는 십승지를 거론했다는 것이다. 십승지에는 몇 가지 특징이 있는데 하나같이 북쪽엔 없고 남쪽에 위치해 있다는 것이다.

예를 들어 "사람의 씨를 구하려면 양백지간이어야 한다"는 말이 있다. 이것은 태백산맥과 소백산맥 사이를 말하는 듯하다. 《정감록》에 수록된 '도선비기'에 다음과 같은 무시무시한 말도 등장한다.

"정축년에 평안도와 함경도는 오랑캐의 땅이 되고 시체가 산더미처럼 쌓일 것이다."

그러면서 "곡식 종자를 구하려면 삼풍지간이어야 한다"고 했다. 이것을 풍기·무풍·연풍이라고 생각지만 《정감록》엔 두리뭉실한 표현이 많다. 《정감록》에 등장한 여러 십승지를 가장 정확하게 표현한 이가 있다. 격암 남사고 선생이다. 남사고 선생은 인류 최대의 예언가라는 프랑스의 노스트라다무스(1503~1566)와 생몰연대가 매우 비슷하다. 남사고 선생이 말한 십승지는 어디일까.

울진을 가는 산 위에서 바라본 구주령이다.

　첫째, 경북 영주 풍기의 소백산 아래 금계촌이다.

　둘째, 경북 봉화 화산 소령의 소라국 옛터로 태백산 아래 춘
양면에 있다.

　셋째, 경북 예천 금당동 북쪽 금당실마을이다.

　넷째, 경남 합천 가야산 아래 만수동 주위 이백리다.

　다섯째, 충북 보은 속리산 중항 근처다.

　여섯째, 충남 공주시 유구·마곡 두 물길 사이 백리다.

　일곱째, 전남 남원 운봉 두류산(지리산) 아래 동점촌 백리안

이다.

여덟째, 전북 무주 무풍 북쪽 덕유산 근처다.

아홉째, 전북 부안 호암 아래 변산의 동쪽이다.

열째, 강원도 영월 정동쪽 상류다.

이것을 보면 경북이 세 곳, 전북이 두 곳, 경남·충북·충남·전남·강원도가 각각 한 곳이며 각각 태백산·소백산·속리산·지리산·변산·태화산이라는 명산을 끼고 있다. 놀랍게도 남사고 선생이 꼽은 십승지는 지금도 여전히 개발되지 않은 채 남아 있다.

강원도 영월 정동쪽 상류를 봤으니 이번에는 남원 운봉으로 가 본다. 남원 운봉은 해발 500여m 되는 고지에 있다. 지리산 자락이 끝나는 곳인데 동서남북이 모두 산으로 둘러싸여 있고 그 안에 드넓은 분지가 펼쳐져 있다. 이 마을에서는 최근 '십승지 면장회의'가 열렸다.

남원과 가까운 전북 무주 덕유산 근처와 부안 호암은 예로부터 풍수가 예사롭지 않다는 말이 많았던 곳이다. 특히나 부안 호암은 조용헌씨 같은 동양학자들이 '기가 세고 도를 닦기에 제격인 곳'이라고 말했을 정도다. 충남 공주 유구·마곡 사이 백리에는 유명한 사찰이 있다. 마곡사다.

격암 남사고 선생의 고향은 경북 울진군 근남면 수곡리다. 증조부 남호 선생은 울릉도를 토벌할 때 공을 세운 무장이었으나

십승지 가운데 한 곳인 경북 예천의 금당실 마을이다.

할아버지 남구주는 정4품 의정부 사인, 아버지 남희백은 이조좌
랑을 지낸 문인 가정이었다.

남사고 선생의 호 격암에서의 '격'은 대학에 나오는 격물치지
의 격자를 따온 것이다. 어렸을 적 그의 집안이 가난해 서당이
나 서원을 다니지 못하고 선생님 없이 오로지 독학으로 책을 읽
고 오묘한 학문의 경지를 터득했다고 한다.

남사고는 과거시험에 여러 번 응시하고도 실패해 벼슬길에 오
르지 못하자 천거를 통한 등용을 꾀했다. 대표적인 게 강원도관

찰사에게 보낸 편지다. 거기 '연래치소 문전지(요즘은 문 앞을 쓸기가 부끄럽기도 하거니와) 항리하무 결화인 (내 심정 헤아려 주는 사람도 어찌 이다지도 없습니까)'라는 구절이 있다.

결화인이라는 말은 중국 고사에 나오는 '결화녀'를 빗댄 것이다. 옛날에 한 시어머니가 부엌에 걸어 둔 고기가 없어지자 며느리가 훔쳐 먹었다고 의심해 쫓아냈다. 며느리는 길을 가다 아는 이에게 하소연했다. 그랬더니 그가 시어머니에게 이렇게 말했다.

"어젯밤 우리집 개가 고기를 물고 오자 서로 먹으려고 싸워 두 마리 모두 죽었습니다."

이 말을 듣고 나서야 시어머니는 며느리에 대한 오해를 풀었다고 한다.

하소연이 통했는지 남사고는 55세 때인 명종대에 9품 사직참봉을 시작으로 선조 때 관상감의 천문교수(6품)에 임명됐다. 그는 평소 역학을 연구했는지 천문교수로 일할 때 완역도 같은 천체의 도식을 직접 그려 벽에 붙여 놓았다고 한다.

그의 고향 울진 주변에서는 남사고 선생이 득도한 과정에 대해 여러가지 전설이 전해진다. 그중 몇 가지만 소개하자면 다음과 같다. 어느날 남사고가 울진의 명승인 불영계곡의 불영사로 가는 중에 스님 한 분과 동행했다. 스님은 돌연 "장기를 둘 줄 알거든 나와 내기를 하자"고 했다.

두 사람이 나무 그늘 아래에서 한참 장기를 두는데 갑자기 기합소리와 함께 스님이 사라졌다. 한참 있자니 없어졌던 스님이 땅속에서 서서히 고개를 내미는 것이었다. 그런데도 남사고가 태연히 앉아 있자 오히려 스님이 "무섭지 않으냐?"고 물었다. 선생이 "무엇이 무섭냐"고 되묻자 스님은 "내가 많은 사람을 시험해 보았지만 모두 놀라 기절하였는데 너만 이렇게 대담하였다"고 말했다는 것이다.

그의 수제자 남세영의 기록에 의하면 "나(남세영)의 어머님이 선생과 인척인 관계로 가끔 나의 편에 안부를 전하면 반드시 절하고 받으며 혹시 무슨 일을 나의 편으로 묻기라도 하면 꼭 엎드려서 아뢰었다"고 적었다. 그만큼 존경했다는 뜻이다.

또 다른 설화에는 남사고가 젊었을 때 풍악산(금강산)에 놀러 갔다가 신승을 만나 석실로 인도돼 세 권의 책을 받았다고 한다. 사람들은 신승이 바로 정희량이며 세 권의 책이 비서라고 여겼다. 정희량(1469~?)은 연산군에게 경연에 충실히 임하라고 간했다가 미움을 받은 인물로 갑자사화가 일어날 것을 예언한, 음양학에 밝은 인물이라고 한다. 그는 어머니의 묘를 지키다 홀연히 사라져 당대 사람들에겐 미스터리한 인물로 기억되고 있다.

조선 중종 시절 송도 출신의 도인 전우치와 얽힌 전설도 전해진다. 대사성을 지내던 낙봉 신광한이 전우치를 만나 이야기를 나누던 중 기묘사화 당시 자신이 조광조파로 몰려 삼척부사로 좌천됐을 때를 회상한다. 신광한이 울진 불영사를 관람하고 주천대에서 땀을 식힐 때 지나가던 준수한 청년을 만났다. 그가 남사고였는데 남사고가 앞날을 걱정하는 자신에게 다음과 같이 이야기했다. '이구후사장!' 이것은 18년 후 신광한이 대사성으로 중용될 것을 예언했다는 것이다.

이야기를 듣던 전우치는 빙그레 웃으며 남사고가 소년이었을 때 만난 적이 있다며 그가 천자의 주성인 자미성의 기운을 받은 기재라고 말한다. 사람들이 화담(서경덕·1489~1546)이나 북창선생(정렴·1509~1546)과 비교해 달라고 하자 전우치는 "화담은 현인이며 북창선생은 이인이요 남사고는 도인이 될 그릇"이라 한 뒤 "속명만 버리면 신선이 될 재목"이라고 했다.

그런가 하면 남사고가 열다섯 살 때 불영계곡에서 높은 바위 절벽 위에 앉아 있는 운학도인을 만났는데 운학도인이 그를 보고 "삼원명경의 점괘 대로 과연 동방의 기재가 여기 있었구나"라고 감탄했다는 이야기도 있다. 남사고는 운학도인에게서 낡은 책 두 권을 받았는데 그것이 바로 복서(점괘)와 상법(관상)에 관한 책과 천문과 역학을 기록한 비서였다는 것이다. 이 책을 주면서 운학도인은 다음과 같은 무서운 단서를 달았다고 한다.

"이 비서를 받기에 앞서 반드시 마음에 새겨둬야 할 것이 있다. 책에 적혀 있는 내용들은 모두 천기에 관계된 내용들이어서 사적인 감정을 가지고 아무에게나 발설하게 되면 집안의 대가 끊기는 화를 입는데 그래도 비서를 받겠느냐"는 것이었다.

남사고는 주저하다 비서를 받아 수년에 걸쳐 공부했다. 상법을 익혀 관상으로 사람들의 앞날을 점치고 복서를 터득해 길흉화복을 예언한 것이다. 그런가 하면 풍수지리에 도통해 간룡 장풍 득수 정혈의 묘를 깨쳤다. 남사고의 명운은 부친 남희백의 묘를 정할 때 다하고 만다. 그의 부친 묘는 근남면 수곡리 대현산 중턱에 있었는데 남사고는 부친을 명당에 모시기 위해 아홉 번이나 이장했지만 끝내 실패했다는 구천십장의 전설이 그것이다. 장사를 마치고 보니 묏자리가 아홉 마리의 용이 여의주를 놓고 다툰다는 구룡쟁주의 명당이 아니라 아홉마리의 뱀이 개구리 한 마리를 놓고 싸우는 구사쟁와의 혈이었다는 것이다.

남사고는 자신의 눈을 의심할 수밖에 없었다. 이후 아홉 번을 이장했지만 그래도 명당을 찾을 수 없었지만 열 번을 이장하면 횡액을 당한다는 풍수지리학의 가르침에 따라 명당 찾기를 포기한 것이다. 사람들은 이것이 천기를 누설하면 대가 끊기리라는 운학도인의 예언이 적중했다고 보고 있다.

남사고의 최후 역시 운학도인과 연결된다. 그가 종6품 관상감 천문학교수로 재직하던 어느날이었다. 집으로 돌아와 역서를 읽다 문득 인기척을 느껴 뒤를 돌아보니 운학도인이 문 밖에 서 있었다. 운학도인은 "이제 시간이 다 됐으니 내가 줬던 비서 두 권을 거두어 가야겠다"며 "천기를 누설한 준비는 돼 있느냐"고 힐난했다.

놀라서 보니 남사고는 꿈을 꾸고 있었던 것인데 도인이 준 비결 2권은 서고에서 사라지고 없었다. 다음 날 관상감정으로 있던 이번신이 "어젯밤 별자리를 살펴보니 태사성이 어두워졌다"고 하자 남사고는 "그 별의 운명이 바로 내 명운"이라고 했다.

며칠 후 남사고는 사표를 내고 한 줄의 시를 남기고 낙향했다. 〈강물 남쪽에 경치가 좋은데 너무 늦기 전에 그곳에서 살아보리라 水南山色好 歸計莫樓遲.〉

과연 울진 남수산 자락으로 돌아온 남사고는 사표를 낸 지 1년 후인 1571년 63세로 세상을 떠났다.

세상을 떠난 후, 남사고에겐 액운이 찾아왔다. 생전에 1년 넘게 남사고가 봐 둔 못자리를 파헤치는 땅속에서 물이 솟구치는 것이었다. 명당이라고 봐 뒀던 장소가 풍수지리에서 제일 기피하는 수맥 자리였던 것이다. 남사고는 다른 자리에 묻혔고 그의 아들 대에서 남사고의 후손은 끊겼다.

남사고가 유명해진 것은 그가 남긴 예언이 적중했기 때문이다. 그 첫 번째가 조선시대 최대의 사건이라 할 만한 선비들의 '동서 분당'에 대한 것인데 이 이야기는 유몽인이 지은 《어우야담》이라는 책에 기록이 남아 있다. 1575년 남사고가 이산해를 만났다.

남사고는 한양의 서쪽 안산과 동쪽 낙산을 가리킨 뒤 말했다. "조정에서 분당이 있을 것이오. 낙이란 각 마로 끝에 가서 헤

속리산 인근에 있는 십승지 마을이다. 돌들이 쌀가마니 형상을 하고 있다.

어지며 안은 혁 안이라 개혁 후 편안해지지요."

말대로 서인은 조선 말기까지 정권의 주류를 이뤘으며 동인은 훗날 대북·소북으로 찢어졌다.

남사고는 명종의 사망과 선조의 즉위도 예언했다고 한다. 그는 남산에 올라 "왕기가 흩어져 사라지는구나. 사직동으로 옮겨지리라"라고 되뇌었다. 그의 예언처럼 명종은 후손 없이 사망하고 16세 된 하성군 균이 보위를 이어받았는데 그의 집이 사직동에 있었다.

이수광이 지은 《지봉유설》과 이긍익의 《연려실기술》에는 남사고가 임진왜란을 예고해 적중시켰다는 이야기가 실려 전해진다.

"임진년에 백마를 탄 사람이 남쪽에서 조선을 침범하리라!"

과연 그의 말대로 왜군의 선봉이었던 가토 기요마사는 백마를 타고 있었다.

격암 남사고가 말한 십승지 으뜸은 경상북도 풍기 금계촌이다. 이 마을 입구에는 '정감록마을'이라는 돌비석이 서 있다. 풍기는 제주도처럼 돌·바람·여자가 많은 '삼다의 고장'인데 놀라운 것은 거란·몽골의 외침과 임진왜란, 6·25 때도 피해를 안 봤다는 사실이다.

지금은 비율이 낮아졌지만 한때 주민의 70%가량이 이북 출신이라는 점도 기이하다. 이북 사람들이 해방 후 공산당의 횡포를 피해 월남할 때 《정감록》에 나오는 풍기를 찾아 대거 이주했기 때문이라는 것이다. 이때 이들이 들고 온 게 베틀과 인삼이다.

베틀로 시작한 게 지금 저 유명한 풍기 인견의 시발점이 됐고 인삼농사로 풍기인삼은 이름을 날리게 된 것이다. 금계촌에 서면 뒤로는 소백산이 병풍처럼 막아서고 좌우로 야트막한 산들이 마을을 감싸고 있는데 사과나무밭이 많은 게 인상적이다.

십승지마을 가운데 두 번째로 꼽히는 봉화는 지금도 오지 중의 오지다. 그중에서도 춘양마을은 임진왜란 때 《징비록》의 저자인 서애 류성룡 선생의 형인 겸암 류운용 선생이 가솔을 이끌고 피란 갔던 곳으로 지금도 흔적이 남아 있다. 겸암선생은 안동 하회마을에서 이곳으로 와 아무 피해도 받지 않았다는데 교통수단이 발달한 지금도 안동에서 봉화 춘양마을까지 가는 것은 만만치 않다.

더구나 춘양마을 근처에 태백산 사고가 있는 것은 예사롭지 않다. 조선시대에는 전란 등을 피해 가장 안전한 곳에 실록을 나눠 보관했다. 춘양마을 인근에 태백산 사고가 있다는 것은 이곳이 십승지 가운데 한 곳이라는 반증이 된다.

세번째가 안동에서 가까운 예천 금당실마을이다. 이 마을 북쪽에는 나지막한 산이 있는데 그곳에는 주민들을 위한 운동시설과 현대식 정자가 있다. 그 바로 아래에는 마을을 지킨다는 노거수가 아직도 웅장한 자태로 마을을 보고 있다. 그곳에서 보면 금당실마을은 분지형이며 산들이 마을을 빙 둘러싼 형상인데 특이하게도 2010년 이웃 안동에서 전국으로 번진 구제역 파동이 이곳에만은 미치지 못했다고 한다.

금당실에는 임진왜란 때 명나라 장수 이여송과 얽인 일화도 있다. 이여송이 마을 지형을 보고 깜짝 놀란 뒤 "(마을 뒤편) 오미봉의 산세를 보아하니 금당실에서 인재가 많이 날 모습이다. 장차 중국에 해를 끼칠 것이니 무쇠말뚝을 박아 산의 맥을 끊어라"라고 지시했다는 것이다. 실제로 금당실마을에서는 조선시대 대과에 급제한 사람만 15명이나 됐다고 하며 지금에도 법조계와 금융계에 많은 인재를 배출했다.

충북 보은 속리산은 누구나 한 번쯤 가 봤을 장소다. 이 산은 보은·괴산과 경북 상주의 경계에 있다. 몇 가지 설화만 소개하자면 속리산은 고려시대 홍건적이 침입했을 때 안동으로 몽진 왔던 공민왕이 개경으로 가던 중 넉달이나 머물렀던 곳이며 조선 중기 최고의 명장이라 할 임경업장군이 경업대·입석대에서 무예를 익혔다는 전설도 서려 있다.

공민왕이 머물렀다는 관기리는 사실 속리산과 거리가 있으며 주변에는 구병산(해발 876m)이 북쪽을 병풍처럼 둘러싸고 있다. 관기리 옆에는 적암리가 있는데 이곳에 있는 촌로로부터 "여기는 옛날부터 피란지처"라는 말을 들었다.

"북한의 미사일이 구병산에 막혀 이곳에 미치지 못한다고 합니다. 그래서 88서울올림픽 때 이곳에 국가기간방송망의 송신탑이 설치됐지요. 6·25가 났을 때는 이북사람들이 물밀 듯이 밀려 오기도 했고요. 지금은 다 떠나고 노인들만 남았지만요."

특이한 것은 구병산을 끼고 있는 마을 한가운데 시루봉이 서 있는 것이다. 마치 떡시루와 같은 형상인데 놀랍게도 이 주변에 는 시루봉이라는 이름의 산만 최소 5개가 있다는 것이다. 이름 만으로 봐도 뭔가 범상치 않은 지역임에 틀림없다.

16장

우리 산하 속의 관우, 그와 맞서는 최영 장군

전 국민에게 무와 충과 의리와 재물의 화신으로 숭앙받는

인물이 있다. 인간이 받을 수 있는 최고의 찬사를 이렇게 홀
로 누린 경우는 역사에 없다. 관우(?~219)다. 진수의 《삼국지》 촉
서 '관장마황조'전은 이렇게 시작된다. '관장마황조'란 유비를 보
좌한 오호장군 관우, 장비, 마초, 황충, 조운을 이른다.

"관우는 자가 운장이고 본래 자는 장생이며 하동군 해현 사람
이다. 망명하여 탁군으로 달아났다. 유비가 고향에서 병사들을
모을 때 관우는 장비와 함께 그를 호위했다. 유비는 잠잘 때도
두 사람과 함께했으며 정이 형제 같았다. 여럿이 모이는 자리에
서 관우와 장비는 늘 유비 곁에 서 있었고 유비와 전쟁터를 돌
아다니며 고난과 험난함을 피하지 않았다."

관우에 대한 대표적인 칭송 두 가지를 들어본다. 먼저 관우의 필생의 적이었던 조조가 관우가 자기가 베푼 후의에도 불구하고 유비를 향해 떠날 때 한 말이다. 측근들이 쫓아가 후환을 없애자고 했으나 조조는 말했다.

"이는 자신의 주인을 위한 행동이니 뒤쫓지 마라."

훗날 관우는 조조를 죽일 기회를 잡았으나 이때의 은덕을 잊지 않고 조조를 살려서 보낸다.

또 한 사람은 희대의 천재 제갈량이었다. 관우가 형주를 지킬 때 마초가 투항해 왔다. 관우는 일찍이 마초에 대해 아는 바가 없었기에 제갈량에게 편지를 써 마초의 재능과 인품이 누구와 비교할 만한지 물었다. 제갈량은 자존심이 남달랐던 관우의 성품을 아는지라 다음과 같은 답신을 보냈다. 이것은 소설 《삼국지연의》가 아니라 정사 《삼국지》에 나오는 기록이다.

"맹기(마초)는 문무를 고루 갖추었으며 용맹함이 보통 사람을 뛰어넘는 당대의 걸출한 인물로서 한나라의 경포나 팽월 같은 부류로 익덕 장비과 나란히 선두를 다툴 수 있지만 미염공 당신의 걸출함에는 미치지 못합니다."

미염공은 수염이 아름답다는 뜻으로 관우가 좋아했던 별명이다. 제갈량마저 이랬을 정도니 관우의 자존심의 높이를 엿볼 수 있다.

《삼국지》의 저자 진수는 《삼국지연의》의 작자와 달리 관우나

동묘의 전경이다.

제갈량을 추앙하지 않았다. 관우를 "국사의 풍모를 지녔지만 굳
세고 교만해 실패했다"고 했고 제갈량은 "세상 다스리는 이치는
관중, 소하와 비교할 만하나 해마다 군대를 움직이고도 실패한
것은 임기응변의 지략이 장점이 아니었기 때문"이라고 했다. 즉
좋은 행정가일 뿐 전략가는 아니라는 뜻이다.

　이런 관우가 '관왕'으로 추모됐던 게 12세기 때부터였다. 북송
의 황제 휘종은 만주의 금나라로부터 잇따라 침략당하자 1107
년 관우를 관왕으로 부르며 무신으로 추앙했다. 죽은 관우의 영

혼을 불러내 나라를 보호하기 위한 몸부림이었다. 관우는 16세기에 왕에서 관제, 즉 황제로 격상됐다. 만주의 누르하치가 명나라를 괴롭힐 때였다.

명 황제는 1593년 관우의 고향인 해주와 관우의 목이 묻혀 있다고 전해지는 낙양에 공자를 모시는 문묘 수준으로 관왕묘를 조성했다. 이로부터 중국 전역에 관묘를 짓는 열풍이 불었는데 그 숫자가 30만 개라고 한다. 중국인들은 관묘뿐 아니라 새해 춘절 때 대문에 관우 초상을 붙이며 가정집에 개인 관우 사당을 만든 경우도 부지기수라고 한다.

중국이 아닌 해외에 관왕묘가 처음 생긴 게 1598년이다. 조선이었다. 그해 전라남도 완도 근처에 있는 고금도와 경상북도 성주에 관묘가 세워졌다. 고금도에 관묘가 생긴 것은 임진왜란 당시 명나라 제독 진린이 충무공 이순신 장군과 함께 근처에서 왜에 대승을 거둬, 7월 이를 기념하기 위해서였다. 고금도 관왕묘는 지금 충무사라는 사당으로 바뀌었다.

그해 11월 조명 연합수군은 퇴각하는 왜군을 상대로 노량해전에서 승리했다. 이 싸움에서 충무공이 사망하자 시신을 고금도 월송대에 안치했다가 83일 후에 충무공의 고향인 충청남도 아산으로 운구했다. 진린은 고금도를 떠나며 섬사람들에게 많은 재물을 주며 관왕묘 관리를 부탁했다.

진린은 일부 역사소설에서 충무공의 공을 가로채고 욕심이

많은 인물로 그려졌지만
충무공을 '경천위지', 즉
하늘과 땅을 경영하는
재주가 있고 '보천욕일',
즉 찢어진 하늘을 꿰매
고 흐린 태양을 목욕시
킨 공로가 있다고 선조
에게 칭송했던 인물이다.
그 진린이 명으로 돌아
가 1607년 광동도독으로
있다가 사망하고 말았
다. 그의 나이 64세 때다.

관왕도의 하나로 충청도 식이다.

　1644년 명이 청에 망
하자 중국 광동성에 살
고 있던 진린의 손자 진영소가 수병 5명과 함께 패망한 조국 명
을 떠나 고금도로 왔다. 진영소는 고금도의 경주 이씨와 결혼해
살다가 해남으로 이사했다. 이후 조선에 정착한 진린의 후손들
이 '광동 진씨'가 됐는데 주로 해남 산이면 황조 마을에 살고 있
다고 한다.

　성주 관왕묘는 명 장수 모국기가 세웠다. 한번 관왕묘가 조성
되자마자 명 장수들은 조선 곳곳에 관왕묘를 만들었다. 설호신

이 1598년 경북 안동, 남방위가 1599년 전북 남원에 관왕묘를 세운 것이다. 지방에서 시작된 관왕묘 세우기 열풍이 한양을 지나칠 리는 없었다. 1598년 울산성 전투에서 부상당해 한양으로 온 진인이 숭례문 밖에 주둔할 때였다.

서애 유성룡 선생이 쓴 《서애선생문지》 제16권 《잡저》에 다음과 같은 기록이 나온다.

"명나라 유격대장 진인이 있었는데 힘써 싸우다가 적의 탄환을 맞고 실려 서울에 돌아와 병을 조리했다. 그는 우거하고 있던 숭례문 밖 산기슭에 묘당 한 채를 건립하고 가운데에 관왕과 제장의 신상을 봉안했다."

이것은 서울의 남쪽에 있다고 해서 훗날 남관왕묘(남묘)로 불렸다.

그렇다면 남관왕묘는 지금 어떻게 됐을까. 남묘의 정확한 위치는 '옛 서울시 중구 도동1가 68번지 옛 남묘파출소 뒤'라고 기록돼 있다. 서울 남대문파출소에 연락해 보니 남묘파출소는 현재 남산 트라팰리스 건물 주차장 자리이며 남묘는 현재 밀레니엄 서울 힐튼호텔 주차장 자리라고 한다. 남묘는 재개발로 1979년 1월 현재의 동작구 사당동 180-1번지로 이전했다.

숭례문 밖에 남관왕묘가 세워진 지 1년 뒤 이번에는 동관왕묘가 만들어졌다. 1599년 명의 경리장수 양호의 후임으로 온 만세덕이라는 장수가 만든 것으로, 그는 조선 조정의 도움 요청에

서울 사당동으로 옮겨진 남묘의 석물들이다.

도 불구하고 전쟁 복구사업을 뒤로한 채 동관왕묘, 즉 지금의 동묘를 만들었다. 유본예가 쓴 《한경지략》이라는 책에 이런 기록이 나온다.

"신종 황제가 4천 금을 신 만세덕에게 주면서 조서를 내려 말하기를 '관공의 신령은 중국에서 이름이 났는데 왜적을 평정할 때도 공험이 있었으니 조선에서도 모시도록 하라'고 했다. 이에 선조가 예조에 분부하여 홍인문(동대문) 밖에 관왕묘를 세우게 했고 2년 뒤에 준공했다."

선조는 원래 터 대신 훈련원이나 청계천 영도교 가까이에 잡으라고 지시했다. 당시 사관은 이를 비판하는 기록을 남겼다.

"관왕묘의 역사는 매우 허무맹랑한 일로 한번 짓는 것도 그릇된 일인데 금지하지 못했고 이제 또 동쪽 교외에 토목공사를 크게 일으키니 전쟁에서 겨우 살아남은 백성들이 어떻게 살아갈 수 있겠는가."

보물 142호인 동묘에는 관우상을 비롯한 조각 16점, 〈일월오봉도〉〈운룡도〉 등 그림 7점 등이 있다.

동묘의 관우상은 매우 규모가 큰데 그에 대해서도 기록이 전해지고 있다

"동묘의 주조상을 만들 때 10개 풍로에서 구리 3800근을 다 녹여 부어도 상이 되지 않았다. 명나라에서 온 한빈과 우리나라 동장들이 울부짖으며 종을 깨어 헌 구리 300근을 더 그러모아 녹여서 만들었다."

이렇게 만든 관우상은 무게가 2.4톤이며 높이가 2.5m인 거상이다.

이후 동묘는 중국 사신들의 단골 방문지가 됐다. 동묘에는 모두 22개의 현판이 걸려 있는데 이 가운데 17개가 명에서 온 사신들이 쓴 글이라고 한다. 이후 광해군은 동묘를 수리하고 매년 봄가을 경칩과 상강에 제례를 지내도록 했으며, 수직 군사를 두어 잡인들의 출입을 금하고 제례 때는 반드시 무관 대신들이 제

남묘를 외롭게 지키고 있는 개다.

관을 맡도록 했다. 광해군 이후 동묘에 관심을 보인 왕은 숙종이었다. 숙종은 1691년 왕릉에 다녀오다 동묘를 처음 둘러보고는 비망기를 남겼다.

"아! 관왕의 충의는 참으로 천고에 드문 것이다. 이제 한번 들러서 유상을 본 것은 무사를 격려하기 위함이지 한 차례 놀며 구경하자는 뜻이 아니었다. 너희 장사들은 모름지기 이 뜻을 본받아 충의에 더욱 힘써 왕실을 지키도록 하라."

관왕묘를 통해 충의를 지키려는 숙종의 뜻은 영조에게도 이어졌다. 영조는 재임 중 17번이나 관왕묘에 갔으며 동묘비까지 세우게 했다.

"아! 비석을 세우는 일은 비록 한 가지이지만 추모하는 감회는 세 가지다. 그 하나는 과거 명나라가 임진왜란 때 나라를 구해준 은혜이며 두 번째는 관왕의 일월처럼 빛난 충의이며 세 번째는 선조대왕을 추모하는 마음이다."

정조는 아예 관왕묘 참배를 체계화시켰다. 그는 관왕묘에 숙종, 영조, 사도세자, 자신의 글을 비석으로 세우고 비각까지 만들었다. 고종은 동묘를 사직단, 선농단, 선잠단과 함께 국가가 관리하고 철마다 제사 지내는 사묘로 만들었다. 그뿐 아니라 1883년에는 서울 북쪽 옛 홍덕사 터에 '북관왕묘', 1904년에는 서대문밖 천연동에 '서관왕묘'까지 세웠다.

북관왕묘의 옛터는 서울과학고등학교 앞 서울올림픽 기념 국민생활관 자리이며 서관왕묘의 정확한 위치는 현재의 천연동사무소 부근으로 알려졌다. 고종이 거기다 《삼성훈경》《과화존신》이라는 관우 신앙 관련 경전까지 국문으로 번역하자 이 땅에는 관왕묘 건립 붐이 일었다. 1897년에만 국가가 공인한 관왕묘가 동래-인천-강화도 등 10곳이었다.

민간에도 관우 붐이 일어 서울의 육의전, 방산시장, 동대문시장 등의 상인들이 재복을 빌기 위해 방산동, 장충동, 보신각 옆에 관왕묘를 세웠는데 보신각 옆 관왕묘는 동서남북묘와 같은 반열인 중묘라고 불렸다. 관우 신앙이 갑자기 퍼진 것은 북송이 금, 명이 후금에 시달릴 때처럼 일제에 시달리는 조선의 운명을 관우에 의존해 보려는 몸부림이었다.

또 다른 이들은 조선 말기 유교가 이데올로기적 위치를 상실하면서 천도교, 증산교, 금강대도, 선음즐교 등이 의지할 데 없는 민중을 대상으로 교세를 확장해 나가던 것과 같은 맥락이라고 풀이하기도 한다. 황현의 《매천야록》을 비롯한 구한말 언론에서는 느닷없는 관우 숭배 신앙으로 인해 웃지 못할 일들이 많이 벌어졌다고 기록하고 있다. 그중 몇 가지를 살펴본다.

"임오군란 때 중궁(명성황후)은 충주에 숨어 있었는데 한 무당이 복위할 때를 날짜까지 틀리지 않고 맞히자 그녀를 북관제묘에 거하도록 하고 굿이나 제를 주관하게 했다. 중궁이 병이 있을 때 치료하면서 머리가 아프면 머리를 만지고 배가 아프면 배를 만지는데 손이 닿자마자 병세가 호전되었다. 그래서 그녀를 잠시도 곁에서 떠나지 못하게 하고 언니라 부르거나 북묘부인이라 일컬었다."

이 북묘부인이 바로 최순실 사태 때 유명해진 진령군이다.

내친김에 진령군과 관련된 웃지 못할 에피소드 몇 개를 소개한다. 경상도 김해 사람 이유인은 무관을 꿈꾸며 상경해 진령군을 북한산으로 유인했다. 그리고 귀신으로 변장시켜 놓은 시정잡배들을 호령에 따라 출현시켰다. 신통력이 뛰어나다고 자부했던 진령군마저 여기 속아 넘어가 이유인을 수양아들로 삼고 북묘에 함께 거처했는데 추문이 이어졌다.

진령군과 이유인은 고종과 명성황후에게 "금강산 일만이천 봉에 쌀 한 섬과 돈 열 냥씩을 바치면 나라가 편안해진다"고 했다. 쌀 일만이천 섬과 돈 12만2000냥이 날아간 것이다. 그런가 하면 북묘는 벼슬과 돈을 노리는 양아치들로 문전성시를 이뤘다. 염치 없는 자들이 자매나 양아들 맺기를 원했는데 《매천야록》에는 조병식, 윤영신, 정태호가 심하게 보챘다고 한다.

이어서 당시 언론의 관우 열풍에 대한 보도를 살펴본다.

"3년 전 삼개 사는 임공리라는 사람은 각 궁의 나인과 문안 부잣집 여인들을 유인하여 돈 수십만 냥을 거두어 삼개 망재산 밑에 관공 사당을 설치해 이번에 마쳤다."《독립신문》 1896년 5월 26일 자)

"삼청동 사는 최윤봉의 처가 관왕의 제자를 사칭하고 신상으로 부녀자들을 유혹하고 있다."《황성신문》 1899년 10월 23일 자)

덧붙여 기록할 것이 관우의 위세를 틈타 제갈량을 모시는 묘사까지 등장했다는 사실이다. 보통 와룡묘, 혹은 무후사로 불리는데 대표적인 것이 중구 예장동에 있는 와룡묘다. 이 와룡묘는 조선시대 말 명성황후가 을미사변으로 일제에 잔혹하게 살해당한 뒤 고종의 곁을 지킨 엄비가 세웠다고 하는데 그 이전부터 와룡묘의 존재를 보여주는 기록이 있다.

《선조실록》에 따르면 선조는 1605년(선조 38) 평안도 영유현에 공식으로 와룡묘를 짓게 하였다고 하며 그뒤로도 역대 제왕이 관원을 보내어 제를 올리거나 제문을 지어 보낸 예도 있다. 와룡묘 외에 무후묘는 서울 용산구 보광동 419번지에서 볼 수 있다.

이렇게 조선 사람들이 매달렸던 관왕묘였건만 1907년 고종이 일제에 강제 퇴위당하면서 관왕묘 역시 직격탄을 맞고 말았다. 서묘와 북묘

최영장군은 무당들에 의해 신격화됐다.

는 폐사됐고 모든 의식에 쓰이던 물품들이 동묘로 옮겨졌다. 북묘는 1913년 민간에 매각됐고 서묘 자리에는 고아원이 들어섰다. 반면 성주, 안동, 남원 등에 산재해 있던 관왕묘들은 온전히 그 명맥을 유지하고 있다. 그런데 관우는 무슨 영험한 효력이 있기

에 전 세계 무당들뿐 아니라 평범한 백성과 제왕들에게조차 우상이 된 것일까. 본래 무당들은 각자가 '몸주'를 모시는데 신통력 있는 몸주는 조건이 따른다.

첫째로 살았을 때 신통력이나 용력이 초인적이어야 한다. 보통 사람은 죽어 귀신이 돼도 겨우 이매망량이 될 뿐이다.

둘째, 죽을 때 가능한 한 원통하게 죽어야 한다. 그래야 한恨을 품고 저승에 가지 못하고 이승 주위를 떠도는 것이다. 관우는 두 조건을 완벽하게 충족시키는 인물이었다. 그래서 그는 '삼계 해마대제신위 원진천존 관성제군'이라는 긴 이름, 통칭 관성제군으로 추존된 것이다.

그렇다면 여기에 맞설 만한 우리 인물은 없을까? 국내 무속인들 사이 관우에 버금갈 정도로 숭앙되는 인물이 세 명 있다. 바로 고려 말 최영 장군과 조선 초 남이 장군, 임경업 장군이다. 《고려사절요》 '최영 졸기'에 이런 기록이 있다.

"공은 한 나라를 덮었으나 죄는 온 천하에 가득하다."

이 말은 이성계의 위화도 회군에 찬성했던 간대부 윤소종이 적은 말이다. 그는 자신의 말을 세상 사람들이 명언으로 여겼다고 했지만 이는 세상 사람이 아니라 친명사대주의 유학자들에게만 명언이었을 뿐이라고 역사학자 이덕일은 평가하고 있다. 그가 쓴 《조선왕조실록》에는 다음과 같은 글이 나온다.

"고구려 기마무사의 혼을 이은 고려무장 최영은 형을 받을 때도 말과 안색이 태연자약했다. 최영은 죽음을 앞두고 말했다. '내가 조금이라도 남에게 해가 되는 일을 했다면 내 무덤에 풀이 날 것이고 그렇지 않다면 풀이 나지 않을 것이다."

실제로 원통하게 죽임을 당한 그의 무덤에는 풀이 나지 않았다고 전한다.

최영 장군이 죽던 날 개성 사람들은 장사를 파했다. 먼 곳에서나 가까운 곳에서나 최영의 죽음에 대해 들은 사람들은 길거리의 아이들이나 골목의 부녀자들까지 모두 눈물을 흘렸다. 그의 시신을 길에 던지자 지나가던 자들이 모두 말에서 내렸으며 도당에서는 부의로 쌀과 콩 150석과 포 250필을 내렸다. 추모 물결이 고려 전역을 뒤덮은 것이다.

스물일곱의 나이에 병조판서를 지냈던 남이 장군은 간신 유자광의 무고로 사지를 묶어 수레가 반대 방향으로 끄는 거열형을 당했고 임경업 장군 역시 중국 대륙을 종횡하는 파란 많은 삶을 살다가 간신 김자점에 의해 옥사했지만 국내 무당들의 절대다수는 최영 장군을 모시고 있다.

무속신앙에서는 '최영 장군신'을 '최일 장군 신'이라고 부르기도 하는데, 그가 죽은 경기도 고양 지방을 중심으로 한 중부지방의 무속에서는 그를 산신과 동격으로 모시고 있다. 특히 개성 덕물산에 장군당이라는 최영 장군 신당이 있으며 속칭 최영사라 불렸다. 현재 최영 장군의 묘는 경기도 고양시에 있다.

17장

취가정과 비운의 의병장들

전라남도 광주광역시에서 담양으로 넘어가는 야트막한 고개 오른편으로 광주댐이 있다. 광주 시민들의 식수를 담당하는 곳으로 무등산 국립공원 일원이다. 담양에서 광주댐으로 흘러 들어가는 꽤 큰 개울을 '자미탄'이라고 하며 그 일대를 '원효계곡'이라고 부른다.

한서 천문지에 따르면 자미는 북두성 북쪽의 별 이름으로 천제의 거처, 즉 황궁이라고 한다. 지명치고는 최상이라고 아니할 수 없다. 자미탄 주변은 그야말로 한국 정자 미의 정화가 집대성된 곳이라고 불러도 손색이 없는 곳이다.

16세기 호남 사림문화를 화려하게 꽃피웠던 소쇄원·식영정·환벽당·독수정·풍암정·면앙정·명옥헌이 있으며 멀지 않은 전남 장성에 요월정 원림이 있으니 그 주인들은 하나같이 교우였다. 어린 시절 송강 정철이 멱을 감았다는 환벽당 옆에 다른 정자가 있는데 사연이 기구하다.

앞면 3칸 규모로 온돌방을 두고 있는 이 정자는 임진왜란 때의 대표적인 의병장 김덕령(1567~1596)과 관련이 있다. 정철의 제자 권필이 친구 허균과 함께 밤늦도록 술을 마시다 잠을 자는데 꿈에 김덕령이 나타났다. 옥사한 그가 "너무 억울하다"고 노래를 부르는 것이다.

아마 꿈에 김덕령이 나타난 이유는 당대의 기재인 허균과 함께 비운의 삶을 살다 간 김덕령 이야기를 했기 때문인지도 모른다. 죽어서도 고향 주변을 서성이던 김덕령의 혼은 자신의 결백을 알아준 후배들에게 넋이라도 보여 억울함을 하소연하고 싶었을 것이다. 그의 노래는 이렇다.

취해서 부르는 이 노래 들어주는 이 없네
꽃과 달에 취하는 것도 바라지 않고
높은 공을 세우는 것도 바라지 않네
공을 세우는 것도 뜬구름이고
꽃과 달에 취하는 것도 뜬구름
취해서 부르는 이 노래
아무도 내 마음 알아주는 이 없네

김덕령 장군 생가 근처에는 우람한 왕버들나무가 있다.

다만 긴 칼 들고 밝은 임금 받들고저

– 김덕령의 취가

술 취한 김덕령의 하소연에 권필은 그에 화답하는 시를 지어
원혼을 달랬다고 한다. 1890년에 처음 세워진 이 정자는 6·25 때
불에 타 없어졌다가 1955년에 다시 세웠으며 최근에 보수공사를
마쳤다. 정자 안에는 설주 송문회가 쓴 현판과 송근수의 취가정
기 등이 걸려 있다.

정군께서 지난날 금빛 창을 잡았건만

장한 뜻 도중에 꺾이니 어찌된 운명인가

지하의 영령께서 한이 그지없어

취하여 부르신 노래 아직도 생생하네

　　　　　　　　　　　　　　　 — 권필의 답가

광산 김씨인 김덕령의 자는 경수이며 시호는 충장이다. 별칭은 신장, 충용장, 익호장군이다. 김덕령은 1567년 취가정 부근의 광주 충효동 성안 마을에서 김붕섭과 직장 반계종의 딸인 어머니 남평 반씨의 아들로 태어났다.

20세에 형 덕홍과 함께 우계 성혼의 문하에서 성리학을 수학했는데 어려서부터 무등산에서 말타기와 칼쓰기 등 무예를 익혔다고 한다. 그의 이름이 빛난 것은 1592년 4월 임진왜란이 일어난 뒤다.

전쟁이 나자 김덕령은 의병을 일으키려 했으나 노모의 봉양 때문에 뜻을 이루지 못했다. 형 김덕홍이 금산 전투에서 전사하고 노모가 1593년 8월 세상을 떠나자 어머니의 상중에도 담양부사 이경린, 장성현감 이귀 등의 권유로 담양에서 의병을 일으켜 그 세력을 크게 떨쳤다.

감동한 선조가 김덕령을 격려해 달라는 장성현감 이귀, 담양부사 이경린의 추천을 받고 표창을 내렸으며 형조좌랑의 직함과

취가정의 내부 모습이다.

함께 충용장의 군호를 받았다. 1594년 1월 김덕령은 의병을 이끌고 담양을 출발해 해안가로 올라오는 왜군을 격퇴한 뒤 진주에 주둔했다.

조정은 여러 도의 의병을 김덕령 휘하에 뒀다. 1594년 선조가 왜병에 잡힐 것에 대비해 세워진 광해군의 분조 휘하 무군사에서 김덕령은 익호장군이라는 칭호와 함께 군기를 수여받았다. 선조는 다시 초승장군의 군호를 내리기도 했다.

김덕령의 의병은 군율이 엄격했다. 1596년 도체찰사 윤근수의 종이 탈영하자 그 행방을 캐기 위해 종의 아버지를 잡아들였다. 이때 윤근수가 선처를 부탁했으나 김덕령은 거절하고 종의 아버지에게 매를 때려 숨지게 했다. 화가 난 윤근수가 김덕령을 체포했으나 왕명으로 풀려났다.

김덕령은 3년간 별다른 전공을 올리지 못했고 군율마저 엄격해 불만을 품은 의병들이 많았다. 부하 장졸들에게 가혹한 군율을 시행했다는 이유로 체포, 구금됐지만 우의정 정탁의 탄원으로 석방됐다. 정탁은 이순신도 구명한 바 있다. 김덕령의 군율이 엄격했다는 사료는 여러 곳에 나온다.

1596년 2월 19일 선조를 만난 권율은 김덕령이 용력은 뛰어나지만 지나치게 군율을 엄격히 적용해서 곤장을 치거나 귀를 잘랐기 때문에 사람들이 도망쳤다라고 말했으며 조경남이 쓴 〈난중잡록〉에서도 '김덕령이 함부로 사람을 죽이고 다녔다'며 비판한 대목이 나온다.

김덕령의 공적에 대해서는 긍정론과 부정론이 있다. 기록에는 김덕령이 선조의 명을 받고 경상도로 넘어가 진해, 고성 방면을 방어했다고 하며 오희문의 〈쇄미록〉에는 김덕령 휘하의 별장 최강이 고성에서 40여 명을 이끌고 왜군과 교전해 90여 명을 죽였다고 한다.

1594년 9월 2일 왜군이 경남 고성에 등장하자 김덕령이 사로잡혔던 남녀 50여 명을 구출했다는 기록도 있다. 1694년 펴낸

김덕령 장군의 정려비각이다.

〈김충장공유사〉와 1799년 호남 출신 의사들의 행적을 모아 기록한 〈호남절의록〉에는 김덕령이 경남 의령에서 곽재우군과 함께 적을 기습해 절반을 익사시켰다는 기록도 있다.

1596년 7월에 김덕령의 목숨을 앗아간 원인이 된 사건이 터졌다. 충청도 홍산 지역 근처에서 왕족 이몽학이 난을 일으킨 것이었다. 김덕령은 의병을 모집해 이몽학의 난을 진압하려 충청도로 갔으나 반란이 곧 진압되고 말았다. 그런데 반군을 문초하던 중 뜻밖의 일이 일어났다.

최, 홍, 김이라고 적힌 패가 나와 반란군 일당을 문초하는데 고문을 견디다 못한 한 명이 "최는 최담령, 홍은 홍계남, 김은 김덕령이다"라며 명망 있는 장수들의 이름을 분 것이다. 이 말을 한 신경행은 무과에 급제한 정식 장수였으나 김덕령의 막하에서 종군했던 것을 불만으로 여기던 자였다.

김덕령은 워낙 명성이 높아 반란군들이 군사를 모을 때 그의 이름을 도용한 경우가 많았다. 이몽학의 난이 일어나기 2년 전에 터진 송유진의 난 때도 반란 수괴 사이에서 김덕령의 이름이 거론되었다는 언급이 나오는 것이다.

이 일이 이몽학의 난 때도 반복됐는데 반군이 김덕령, 홍계남, 곽재우, 고언백 등이 합류하고 이덕형이 중앙에서 호응할 것이라고 선전한 것이다. 선조는 곽재우, 홍계남, 고언백 등은 모두 무혐의로 불문에 부쳤지만 김덕령은 관계자 증언이 많아 선전관을 보내 그를 한양으로 압송했다.

선조는 신경행의 무고에 마침내 8월 4일 반란수괴 이몽학과 내통했다는 죄명으로 한양으로 압송해 친히 김덕령을 국문하기 시작했다. 선조가 6회 연속 직접 형문을 가했으나 김덕령은 억울함을 호소할 뿐이었다. 《선조수정실록》에는 김덕령 처리를 두고 벌어진 일이 나온다.

서애 류성룡은 김덕령의 죄를 신중히 따지자고 했으나 김덕령과 앙숙이 된 윤근수의 형제였던 판중추부사 윤두수는 엄벌을 주장했다. 수백 번의 고문을 받고 김덕령은 정강이뼈가 다 부러졌고 고문 후유증으로 눈을 감고 말았다. 죽음을 직감한 김덕령은 〈춘산에 불이 나니〉라는 시조를 남겼다.

춘산에 불이 나니 못다 핀 꽃 다 붙는다.
저 뫼 저 불은 끌 물이나 있거니와
이 몸에 (연기없는) 불이 나니 끌 물 없어 하노라.

'연기없는 불'이라 함은 모함을 받고 억울한 죄명을 뒤집어썼음을 암시하는 것이다. 또한 당시 사람들은 김덕령이 역모를 꿈꾸거나 권력에 대한 사심私心이 없었음을 보여주는 증거로 그가 진중에 있을 때 지은 시 〈군중작〉을 들기도 한다.

가야금 타고 노래하는 건 영웅이 할 일이 아니지
칼춤은 옥장(군막)에서 추어야지
다음에 전쟁이 끝나고 고향에 돌아간 뒤
강호에서 낚시나 하지 또 무엇을 찾으랴

– 김덕령의 〈군중작〉

훗날 신원이 됐지만 김덕령의 묘는 문중의 무덤과 멀리 떨어져 있었는데 1965년 광산 김씨 문중의 무등산 이치로 묘가 옮겨

질 때 관을 여니 여전히 살이 썩지 않고 있었다는 믿지 못할 전설이 전해져 내려오고 있다. 김덕령이 생전에 입었던 갑옷 등은 현재 무등산 충장사에 전시돼 있다.

김덕령이 옥사했다는 소식을 듣자 부인 이씨는 벼랑에서 투신했으며 아들 김광옥은 전북 익산군 용안면에 숨어 본관을 용안으로 고치고 신분을 감추고 생활하였다. 그 뒤 김광옥은 외삼촌인 이인경의 부임지인 평안북도 안주군 운곡면 쇠꼴이로 이주해 핏줄을 이어 갔다고 한다.

1661년에 김덕령의 관작이 복구되고 1668년 증 병조참의에 추증됐다. 1681년에 다시 증 병조판서로 추증되고 정조 때인 1788년 증 의정부좌참찬에 추증되고 부조특명이 내려졌다. 숙종 때인 1678년 광주 벽진서원에 제향됐는데 이듬해 의열사로 사액됐다.

슬픔으로 잔을 멈추고 깊은 생각에 잠겼는데
시내의 다리가 안개비 속에 아득하구나
봄 언덕에 달리던 용마는 채찍이 끊어졌고
가을 물에 용처럼 날던 칼날은 녹슬었구나
옛 유업을 이어 정자를 세우니
전해 내려온 이 마을에 새빛이 나는구나
고기 잡는 늙은이는 그때 일을 알까?

- 김만식 〈창립취가정유감〉

선조 때는 임진왜란이라는 미증유의 전란에 이순신 장군을 제외하고는 싸울 때마다 패하는 관군과 달리 혜성처럼 등장한 의병장들이 수난을 겪기도 했다. 의병장 김덕령, 곽재우, 이산겸이 모두 역모사건에 연루됐다. 선조가 존경받는 의병장들을 라이벌로 생각했기 때문이다.

사실 김덕령의 경우 공적이 있느냐 없느냐 논란이 있지만 김덕령이 거병할 당시 상황을 보면 거병 자체가 남들이 흉내내지 못할 용기였음을 알 수 있다. 김덕령이 거병했을 때 금산 전투에서 의병장 고경명과 앞서 말했던 김덕령의 형 김덕홍이 전사했다.

관군과 함께 전투에 임했는데 관군이 갑자기 도망쳐 버린 것이다. 진주 전투에서도 의병장 김천일이 왜군 10만에 밀려 패배한 뒤 아들과 함께 강에 투신해 자결하고 말았다. 이때 26세의 젊은 의병장 김덕령이 나타나 엄한 군율로 썩어 빠진 관군과 비교가 된 것이다.

홍의장군이라 불리며 왜군들의 간담을 서늘케 했던 곽재우 역시 의령, 창녕, 정암진 전투 등에서 혁혁한 공을 세웠으며 임진왜란의 3대 대첩 가운데 하나인 진주성 전투에서 진주목사 김시민을 지원하기도 했다. 더구나 곽재우는 임진왜란 최초의 의병장 중 한 명이기도 했다.

더구나 재산이 많았던 곽재우는 임진왜란이 일어나자 재산을 모두 털어 의병을 모은, 오늘날로 치면 '노블레스 오블리주'를 실천한 선비라고 할 수 있다. 이런 곽재우도 이몽학의 난 때 붙잡힌 반군들이 분 주모자 명단에 나와 문초를 받기도 했다. 김덕령의 옥사는 곽재우의 삶을 바꿨다.

조선왕조에 더 이상의 미련을 버린 것이다. 임진왜란 후 선조가 내린 공신 목록을 보면 선조를 따라 의주까지 도망친 대신 80여 명은 공신 리스트에 있지만 전투에서 목숨을 걸고 싸운 진짜 공신은 18명에 불과했다. 이런 풍조는 지금까지 이어지고 있는 한민족의 악습이 된다.

비록 무죄로 풀려났지만 곽재우는 모든 벼슬을 사양하고 낙향하는 길을 택했다. 이후 정유재란이 일어났을 때도 그는 나라가 자기 힘을 필요로 할 때만 나섰을 뿐 벼슬을 한사코 사양하고 낙향하는 쪽을 택했다. 곽재우는 초야에 묻혀 도가의 도를 닦다 세상을 떠나고 만다.

정암, 즉 솥바위는 조선 말기 한 도사가 그곳을 지나다 남긴 예언으로 다시 유명해졌다.

"이 솥바위 주변 이십리에 조선을 대표할 갑부 셋이 태어난다"고 했는데 과연 삼성 이병철 사주, LG 구인회 사주, 효성 조홍래 사주가 솥바위 근방에 살았던 것이다.

또한 GS그룹 창업자인 효주 허만정 선생은 일제 강점기 대표적인 노블리스 오블리주를 실천한 인물로 큰 기업을 일궜을 뿐

경북 의령에 있는 정암루이다. 의령관문 옆 언덕 위에 있다.

아니라 이병철·구인회·조홍래 사주에게도 여러모로 도움을 주었
으며 진주 일대에 거액을 쾌척해 학교를 짓고 독립운동을 지원
했던 것이다.

  지금 솥바위 옆에는 거대한 의령관문과 홍의장군 곽재우 장
군의 동상이 우뚝 서서 유유히 흐르는 남강을 바라보고 있다.
조선 중기의 노블리스 오블리주였던 곽재우 장군은 자신의 뜻
이 후세에 의해 유지되고 있음을 하늘에서 뿌듯하게 바라보고
있을 것이다.

곽재우의 연전연승에 관군은 그를 시기했는데 대표적인 인물이 왜군을 피해 도망 다녔던 경상도 관찰사 김수였다. 김수는 개인적인 감정으로 곽재우에게 누명을 씌웠는데 초유사 김성일이 사정을 알고는 조정에 특별히 건의해 석방시키기도 했다.

이몽학의 난 이후 은둔하던 곽재우는 1597년 명나라와 일본의 강화회담이 결렬되고 정유재란의 조짐이 엿보이자 경상좌도 방어사에 임명돼 현풍에 석문산성을 건축하기 시작했으나 산성이 완공되기도 전에 전쟁이 재발하자 창녕 화왕산성으로 옮겨 성을 수비했다.

곽재우는 이후 밀양·영산·창녕·현풍 등에서 일본군을 막는 데 큰 공을 세웠다. 이어 사촌형 곽재겸 등과 함께 화왕산성을 쌓고 성곽을 수비했는데 전란이 끝나자 경상좌도 병마절도사에 특별승진시키려는 것을 사양하고 고향으로 낙향했다.

이몽학의 난에 앞서 2년 전 일어난 송유진의 난 때는 의병장 이산겸(생몰년 미상)이 목숨을 잃고 만다. 이산겸은 토정비결로 유명한 토정 이지함 선생의 서자로, 한국학중앙연구원에는 그에 대한 짤막한 기록이 다음과 같이 나온다.

1592년(선조 25) 임진왜란이 일어났을 때 충청도 보령에 거주하는 서얼 출신으로서 의병장 조헌의 부하로 들어갔다. 조헌이 사망한 뒤 휘하의 병사들을 모아 평택과 진위 사이에서 주둔하였고 이후 건의대장 심수경의 통제를 받았다. 그 후 부대를 해산한 뒤 김덕령의 휘하로 들어가게 되었다.

이후 1594년(선조 27) 비변사의 보고를 받은 왕의 명령으로 체포되었다. 이는 임진왜란이 계속되면서 나라가 어지러운 틈을 타서 충청도 지방에서 백성과 병졸들을 포섭하여 민란을 일으킨 송유진을 친국했을 때 이산겸을 지목하여 민란을 주도한 인물이라고 말하였기 때문이다.

국문 과정에서 그의 지인들 모두가 역모한 사실이 없었다고 진술하였다. 계속하여 형신을 당하였지만 반역한 사실을 인정하지 않았으며 결국 몸이 심하게 망가진 뒤에야 하옥되었다.

취가정에 얽힌 김덕령의 사연과 곽재우·이산겸의 이야기는 왜 우리나라가 물질적인 성장을 이뤘음에도 강국으로 성장하지 못하는가에 대한 한 가지 답을 주고 있다. 나라 위해 목숨 바친 이들은 홀대하고 교묘한 꾀로 일신의 영달을 좇은 이들은 성공하니 이 어찌 정의가 살아 있다고 말할 수 있으랴.

18장

임경업 장군과 순천 낙안읍성

전라남도 순천의 명물 가운데 하나가 낙안읍성이다. 읍성 가운데 맨 처음 사적 302호로 지정된 이곳은 풍광이 특이하다. 낮은 담장 안쪽으로 초가집들이 줄지어 있고 뒤편을 금전산이 막아주고 있다. 해발 668m 금전산의 이름은 '돈(Money)'이라는 뜻인데 멀리서 보면 바위 모양이 쌀 가마니를 포개 놓은 듯하다.

한국에는 모두 24개의 읍성이 있다. 그중에서 제법 이름난 곳이 낙안읍성-고창읍성-해미읍성이다. 낙안읍성은 삼한시대 마한에 속했으며 백제시대 때는 파지성으로 불리다 고려 때 낙안군으로 개명됐다. 이곳에 처음 토성이 생긴 것은 조선 태조 6년, 즉 1397년이다. 남해안에 상륙한 왜구를 막기 위해서였다.

그로부터 300년이 지난 1626년, 이 토성을 석성으로 증축한

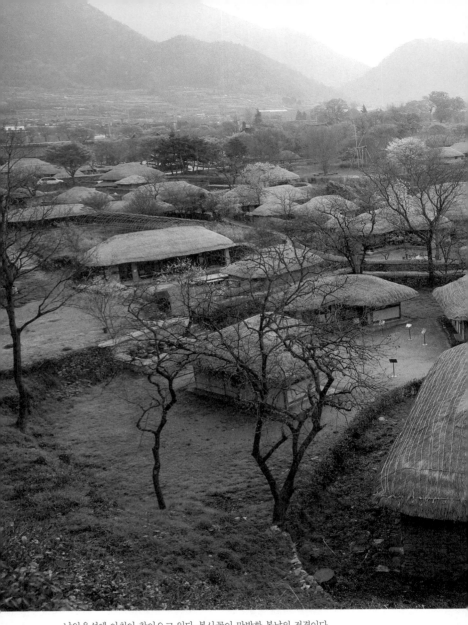

낙안읍성에 아침이 찾아오고 있다. 복사꽃이 만발한 봄날의 전경이다.

인물이 있다. 충민공 임경업(1594~1646) 장군이다. 장군은 낙안 군수로 부임하자 평야지대에 있는 낙안읍성을 높이 4m, 너비 3~4m의 자연석으로 쌓았다. 성곽의 총 길이는 1410m인데 얼마 나 견고하게 쌓았는지 400년 지난 지금도 건재하다.

지금도 많은 주민이 실제로 생활하고 있는 낙안읍성은 양반 들이 거주하는 안동 하회마을과 달리 옛 서민들의 주거양식을 고스란히 보여주고 있다. 툇마루와 부엌, 토방과 지붕, 장독대와 돌담이 모나지 않게 나지막이 연결돼 이곳을 찾은 이들은 "지 금은 찾기 힘든 어린 시절 고향의 향수를 느낄 수 있다"고 찬탄 한다.

임경업 장군은 말하기에 앞서 짚어봐야 할 부분이 있다. 선조 (1552~1608)와 인조(1595~1649)다. 불과 40여 년 차이로 태어나고 사 망한 두 임금은 조선사에 기록된 양대 비극의 주인공이다. 선조 는 일본과 임진왜란(1592)-정유재란(1597)을 벌였고 인조는 청의 침입으로 정묘호란(1627)과 병자호란(1636)을 겪었다.

임진왜란부터 병자호란까지 44년으로 조선의 국력은 피폐해 졌고 정조 등의 짧은 르네상스가 있었지만 조선은 결국 멸망했 다. 비극적인 역사는 같지만 두 왕에게는 결정적 차이가 있었다. 선조는 비록 일본에 쫓겼을 뿐이지만 인조는 삼전도에서 세 번 절하고 아홉 번 머리를 조아리는 삼배구고두의 치욕을 당한 것 이다.

忠愍公林將軍遺像

임경업 장군의 초상이다. 명나라 화가가 그려 우리 양식과 다르다.

명지대 한명기 교수의 《병자호란》에는 두 사람의 '차이'가 명료하게 적혀 있다. 선조의 주변에는 천하의 충신과 명장들이 잡초처럼 무성했던 반면 인조의 곁에는 천하의 간신과 졸장들이 모기떼처럼 득실댔다는 것이다. 그러했던 인조시대에 유일한 명장名將이 이번에 다룰 낙안읍성의 건축자 임경업 장군인 것이다.

임경업 장군의 출생지에 대해서는 지방마다 주장이 다르다. 서울 송파구 문정동에서는 '문정동 29-7번지'가 장군의 출생지라고 송파지에 적어놓았다. 문정동 로데오 거리 뒤편에 지금도 수백 년 된 느티나무 두 그루가 서 있는데 이곳이 장군의 출생지이며 부근에 조부의 산소가 있었다는 것이다.

강원도 부론면 손곡리에도 기념비가 서 있다. 소설 《홍길동》의 저자인 교산 허균許筠의 스승 격인 이달이라는 인물이 있다. 그의 호가 손곡이어서 이곳도 손곡이라 불리는 듯한데 이달 기념시비 바로 옆에 이곳이 임경업 장군의 출생지임을 밝히는 추모비가 서 있다. 그런데 백과사전류에는 충북 충주가 그의 고향이라 나온다.

아마 서울시-강원도-충청북도가 저마다 임경업 장군의 고향이 자기 땅이라고 내세우는 것은 그가 명장이자 비극적으로 최후를 마쳤으며 그를 둘러싼 전설이 많기 때문일 것이다. 여기서 몇 가지를 소개해 본다. 먼저 장군이 출생하기 전 할아버지가 돌아가셨는데 세 명의 승려가 찾아와 명당을 지정해 줬다는 이

임경업 장군을 기리는 충렬사는 박정희 대통령의 지시로 복원됐다.

야기다.

　승려들이 말했다. "닭의 알을 밤에 산에다 묻고 새벽에 그 알이 장닭이 되어 우는 곳이 명당이니 그곳을 산소로 삼으시오." 과연 날이 밝으니 장닭이 울어 후손들은 조부의 묘를 손쉽게 얻게 됐다고 한다. 이런 조부를 둔 임 장군은 어렸을 적부터 범상치 않은 인물이었다고 한다. 장군은 병정놀이를 좋아했는데 이런 일이 있었다.

　하루는 고관이 자신이 쌓아놓은 모래성을 지나려 하자 고함을 질러 통행을 막았다는 것이다. 이런 일도 있었다. 어느 과부의 아들이 병정놀이 소집에 응하지 않자 군율에 따라 처벌한다며 다스리다 그만 죽이는 통에 장군의 아버지가 그 죄로 관아에 잡혀갔다는 것이다. 믿기 어렵지만 그만큼 당찬 성격의 소유자였음을 알 수 있다.

임경업 장군의 고향이 세 곳이나 된 것은 이러한 상황 때문이다. 설화 때문인지 장군의 가족은 서울에서 원주, 원주에서 충주로 이사를 갔다는 것이다. 물론 충주에서는 그런 설을 부인하며 충주 달천 인근에서 태어났다고 주장한다. 여하튼 충청북도 일대에는 임경업 장군과 관련된 장소가 여럿 있는데 대표적인 게 속리산이다.

속리산 정상 부근에는 임경업 장군이 무예를 닦았다는 경업대가 있다. 그 맞은편의 입석대는 장군이 혹독한 수련 끝에 힘을 얻어 번쩍 일으켜 세웠다는 바위다. '걸빵바위' '멜빵바위' 설화도 유명하다. 속리산 입구 내속리파출소 앞에서 북동쪽 묘봉 능선에는 누군가 가져다 놓은 것 같은 커다란 바위가 놓여 있다. 자세히 살펴보면 바위에는 짐을 짊어지기 위해 멜빵을 건 것 같은 두 줄이 선명하다.

장군은 속리산에서 독보대사를 모시고 7년간 무예를 닦았는데 속세를 떠나 무술을 연마한 지 6년째 되던 해에 오랑캐들이 쳐들어왔다. 의분에 찬 장군이 수련을 중단하고 하산하려 하자 독보대사가 말렸다.

"네 무예가 남들과 비교해 출중한 것은 사실이나 아직 멀었다. 지금 하산하면 큰 뜻을 이루지 못할 것이다."

장군은 대사가 자길

낙안읍성 안에 있는 임경업 장군의 사당이다.

인정하면 하산키로 하고 앞서 말한 입석대를 세웠다. 그런데도 대사는 고개를 저으며 입석대보다 몇 배 더 큰 바위를 멜빵을 이용해 짊어지더니 순식간에 경업대에서 금강골–정법대–신선대–문장대를 거쳐 지금 자리에 갖다놓았다. 이 '걸빵바위'를 보고 장군은 하산을 포기하고 1년을 더 수련했다고 한다.

장군은 24세 때 무과에 급제했으며 무명을 날린 것은 인조 즉위 초인 1624년 일어난 이괄의 난 진압이 이유다. 원래 인조 즉위에 공헌했던 이괄은 자신이 평안도 병마절도사에 임명되자 푸대접받았다고 여겨 반란을 일으켰다. 이괄은 난을 일으킨 지 15일 만에 임진강을 건넜고 인조는 수원으로 몽진을 해야만 했다.

이런 이괄의 군사를 임경업이 길마재, 즉 서대문구 안산에서 장만과 함께 격파했다. 사기가 떨어진 이괄의 잔당은 경기도 광주로 향하다가 장만–정충신–남이흥 등의 추격을 받고 흩어졌으며 이괄은 4월 1일 살해됐다. 3월 11일 난을 일으켜 한양을 점령하는 등 기세를 올렸지만 20일 만에 야망이 수포로 돌아간 것이다.

광해군을 밀어내고 즉위한 인조의 입장에서 임경업은 '구세주'나 다름없었다. 인조는 임경업을 반란군 토벌 1등 공신에 책록했다. 1627년 정묘호란 때 좌영장이던 임경업은 활약할 기회를 얻지 못했다. 군사를 이끌고 강화도로 갔지만 이미 화의가 이뤄진 것이었다. 임경업은 1630년 평양중군으로 검산성－용골성을 쌓았고 가도에 주둔한 명군을 감시했다.

1633년 청북방어사 겸 영변부사로 백마산성과 의주성을 수축했으며, 명나라에 반란을 일으킨 공유덕 등의 무리를 토벌하여 명나라로부터 벼슬을 받기도 하였다. 장군은 의주에 있는 백마산성을 다시 쌓기도 했다. 장군이 가는 곳마다 성을 쌓은 것은 정묘호란에 이은 후금의 재침을 예상했기 때문이다.

장군은 1634년 모함을 받고 파직됐다가 2년 뒤인 1636년 무혐의로 복직됐다. 그로부터 얼마 지나지 않아 병자호란이 일어났다. 백마산성에 웅거한 장군은 청군의 진로를 막고 원병을 청했으나 김자점의 방해로 뜻을 이루지 못했다. 임경업을 피한 청군은 한양으로 돌입했고 결국 인조는 남한산성에 들어갔고 청군에 포위됐다.

그로부터의 하회는 모두 아는 바다. 인조는 청 황제에게 굴욕을 당했고 나라는 결판났다. 제대로 싸움 한 번 못 해보고 임금이 무릎을 꿇었다는 소식을 접한 임경업은 땅을 치며 통곡했다. 병자호란 후 임경업의 삶은 격랑 속으로 빠져들어 간다. 조선을 속국으로 만든 청은 조선군을 동원해 명을 치려했다.

이로 인해 친명파였던 임경업은 명과 싸우기 위해 출전하면서도 이것이 자신의 본심이 아님을 명에 알리는 전략을 구사해야 했다. 1640년 안주목사로 있을 때 청나라의 명령으로 가도에 주둔한 명군을 치기 위해 출병했지만 명과 내통해 선봉장을 피하고 청 장수 심세괴를 선봉장에 서게 했다. 싸움 도중 섬세괴는 전사한다.

이런 일이 반복되다 가도에 주둔하던 명 지휘관 홍승주가 청에 투항하면서 임경업의 내통사실이 청에 알려졌다. 임경업은 체포돼 청으로 압송될 뻔했으나 황해도 금교역에서 탈출했다. 청 태종은 전국에 반청 세력 소탕령을 내린다. 임경업은 1643년 명으로 망명을 시도했지만 청군에 붙잡혔다. 이번에도 임경업은 탈출해 승려 행색으로 명으로 건너갔다. 1643년의 일이다. 명은 임경업에게 부총병의 직위를 하사하고 청 공격에 나섰다. 그런 중 청군이 북경을 함락하고 청 태종이 산해관에 입성하자 명군 총병 황룡은 겁을 먹고 달아났다.

명군을 이끌던 임경업은 석성에 주둔하며 저항했지만 명 숭정제가 자금성 뒤 경산에서 목을 매 자결했다는 소식이 들리자 명군은 지리멸렬 흩어졌다. 결국 임경업은 청군에 체포돼 북경으로 압송됐다. 청 태종은 임경업을 자신의 부하로 삼기 위해 설득을 시도했지만 임경업은 끝내 이를 거부해 심양으로 압송됐다.

그 시기 조선에서는 좌의정 심기원 모반사건이 일어났다. 김자점 등 간신들은 임경업이 심기원 모반사건에 연루했다며 사실을 조작했고 이에 인조는 청 순치제에게 임경업의 환국을 요청했다. 순치제가 이를 수용해 임경업은 조선으로 귀국했지만, 1646년 6월 17일 열린 친국 과정에서 무죄가 밝혀졌다.

하지만 임경업을 시기하던 김자점은 "임경업이 나라를 배신하고 남의 나라에 들어가 국법을 위반했다"며 형리를 시켜 그를 장살했다. 임경업 사후 김자점도 몰락했지만 복권은 늦어졌다. 북벌을 주장하던 송시열, 윤휴 등이 집권했지만 청의 눈치를 보느라 복권이 된 것은 숙종 때인 1697년에야 이뤄졌다.

임경업은 천하의 간신 김자점에 의해 목숨을 잃기 전 이렇게 외쳤다고 한다.

"천하의 일이 아직도 끝나지 않았는데 나를 죽이는 것은 큰일을 그르치는 것이 아니냐." 이때 그의 나이 53세였다. 이 소식을 들은 인조는 "그대여, 나는 죽이려 하지 않았는데 어찌 갑자기 세상을 떠났느냐?"라고 탄식했으니 참으로 못난 왕이다.

여기서 흥미로운 대목이 김자점의 죽음이다. 김자점은 1649년 인조가 죽고 효종이 등극하자 탄핵의 대상이 돼 1650년 영의정

낙안읍성의 봄

에서 파직당하고 강원도 홍천으로 유배됐다. 이에 앙심을 품은 김자점은 청에 밀사를 보내 "조선이 북벌을 꾀한다"고 고했다. 이런 사실이 드러나 김자점은 1651년 전라남도 광양으로 다시 유배됐다.

김자점의 최후는 아들 김익의 역모가 이유였다. 김익이 수어 청 군사와 수원 주둔군을 동원해 송시열·송준길을 제거하고 숭선군을 추대하려 했다는 역모가 밝혀진 것이다. 김자점은 거열형이 아니라 사지를 토막 내고 마지막에 목을 자르는 능지처참에 처해졌는데 이는 그가 심기원을 죽일 때 쓴 방법이었다.

충북 충주시에는 임충민공 충렬사가 있다. 이 충렬사는 1697년 복권된 장군을 모시기 위한 것으로 영조 때인 1726년 세워졌다. 영조는 이듬해 사액을 내리고 제사를 모시게 했으며, 정조는 1791년 친히 글을 지어 비석에 새겨 전하게 했다. 이것이 '어제달천충렬사비'로 충렬사 앞마당 비각에 보존되고 있다.

어제달천충렬사비 옆에는 또 다른 비가 있다. 부인 이씨에게 내린 정려비다. 임경업이 금교역에서 탈출한 후 청은 그의 아내를 심양으로 끌고 갔다. 이에 부인 이씨는 "우리 주인은 대명의 충신이요, 나는 그 충신의 아내다. 오랑캐의 옥중에서 욕을 보며 남편의 충절을 욕보일 수가 있는가?"라고 하며 자결했다.

나란히 서 있는 어제달천충렬사비와 정려비 뒤에는 유물전시관이 있다. 많은 귀중한 전시물 가운데 눈길을 끄는 게 두 가지다. 하나는 영조가 내린 현판이다.

두 번째가 임경업 장군이 호신용으로 가지고 있던 추련도다. 길이 101cm, 폭 6cm인 추련도는 보존상태가 훌륭하며 양날에 칠언절구가 있다.

'시절이여, 때가 오면 다시 오지 않나니時呼時來否在來 / 한번 나고 죽는 것이 모두 여기 있노라一生一死都在筵 / 대장부 한평생 나라 위한 마음뿐이니平生丈夫報國心 / 석자 추련검을 십 년 동안 갈고 닦았노라三尺秋蓮磨十年'

추련은 '가을에 피는 연꽃'이라는 뜻이다. 연꽃은 본래 7~8월에 피는데 다른 연꽃이 다 죽고 가을에 피는 연꽃은 대장부의 의연한 기상을 보여주는 것이다. 안타까운 것은 호신용인 추련도와 함께 임경업 장군이 실전에서 사용했던 용천검이 잘 보존되다 일제시대 때 누군가에 의해 사라졌다는 것이다.

기록에 따르면 용천검에도 추련도처럼 칠언절구가 새겨져 있다고 한다. 이 절구는 추련도의 그것보다 훨씬 더 웅혼하고 사내답다.

'석 자 되는 용천검에 만 권 되는 책이로다三尺龍泉萬卷書 / 황천이 나를 냈으니 그 뜻이 무엇인가皇天生我意何如 / 산 동쪽에 재상 나고 산 서쪽에 장수 난다山東宰相山西將 / 너희가 장부라면 나도 또한 장부로다彼丈夫兮我丈夫'

19장

전남 담양의 관방제림과
이몽룡·성춘향 로맨스의 미스터리

《춘향전》《홍길동전》《심청전》을 흔히 한국의 3대 고전소설이라고 한다. 그런데 공교롭게도 이 한국 3대 고전소설의 주인공들이 다 전라도 출신이다. 원전에 나온 것도 있고 이 고장이 '우리 마을에서 태어났다'고 주장하는 것도 있다. 딱히 시비 걸 일은 아니지만 우리 국민이라면 누구나 알 만한 문학작품의 배경이 호남인 게 재미있다.

《춘향전》의 주인공 성춘향은 전라북도 남원이 고향이다. 남원에서 유명한 광한루에 가면 실제로 춘향사당이 있다. 《홍길동전》의 주인공 홍길동은 전라남도 장성이 고향이다. 장성에 홍길동 생가가 어마어마한 규모로 복원돼 있다. 이에 질세라 전남 곡성에 가면 '심청이 마을'이 있는데 이것은 개인이 만든 한옥이다.

성춘향과 이몽룡의 러브스토리의 무대는 남원인데 실제로 이몽룡의 모델이 된 인물을 만날 수 있는 곳은 전라남도 담양이다. 담양에서 유명한 관광지의 하나인 죽녹원 앞 관방제림을 이몽룡의 실제 모델이 만들었다는 것이다. 이몽룡의 실제 모델이 태어난 곳은 경상북도 봉화이니 요즘으로 치면 '영호남 커플'인 것이다.

전남 담양은 최고의 자연도시다. 40여 년 전 고 박정희 대통령이 산림녹화 정책을 펴자 여기에 메타세쿼이아 나무가 심어졌다. 메타세쿼이아가 선택된 이유는 하나다. 속성수였기 때문이다. 세월이 흘러 나무들은 도시를 살리는 자원이 됐다. 아마 나무를 심은 이들은 꿈에도 이런 생각을 하지 못했을 것이다.

담양은 어느 때 가도 좋지만 추색 완연한 가을이 제격이다. 가을에는 매년 세계대나무박람회가 열린다. 세계대나무박람회는 요란한 선전만큼 기대에는 미치지 못한다. 박람회장에 세워진 캠프는 대부분 국내 대나무 관련 회사들의 제품 홍보, 판매장과 다름없다. 개중에는 대나무와 관계없는 한복·발마사지기 코너도 있다.

외국관도 있는데 대나무의 효능, 대나무와 인간의 관계 같은 내용을 기대했지만 외국 기업인지 불분명한 업체들의 홍보물만 난무하고 있다. 왜 '세계'라는 말까지 붙였는지 알 수 없는 노릇이다. 이런 실망감을 박람회장 옆 죽녹원이 단번에 청량하게 씻

대나무숲의 힘찬 기상이 느껴지는가?

어준다.

파란 대밭의 광경이 매우 인상적인 죽녹원이 있는 산의 원래 이름은 성인산이라고 한다. 바로 옆에는 담양향교가 내려다보인다. 성인산의 규모는 5만여 평에 달하는데 죽녹원으로 조성되기 전까지는 담양의 특산물인 죽세공품의 재료를 조달하는 대나무 밭에 불과했다고 한다. 관리도 엉성해 볼품없는 야산이 2003년 5월 일변한다.

담양군이 대나무 정원으로 조성하자 죽녹원은 전국적으로 유명해졌고 메타세쿼이아 길과 함께 담양의 상징이 됐다. 고 박 대통령의 산림녹화에 이은 지방자치단체장의 훌륭한 결정이라 하겠다. 울창한 대밭에는 2.2km의 산책로가 있는데 이름이 다 재미있다. 운수대통길−죽마고우길−철학자의 길 같은 것들이다.

관람객들은 운에 굶주렸는지 운수대통길을 즐겨 찾는다. 죽녹원은 산 위에서 바라보는 조망도 일품이다. 높은 위치에 자리해 담양의 또 다른 상징인 메타세쿼이아 길이 한눈에 보인다. 직접 걸을 때와 위에서 내려다보는 메타세쿼이아 길의 느낌은 사뭇 다르다. 죽녹원을 걷다 보니 낯익은 인물이 눈에 띄었다.

고 노무현 대통령 부부가 방문했을 때의 사진이 있는데 옆에는 당시 비서실장이던 문재인 대통령이 서 있다. 죽녹원에서 본 담양의 경치 중 관심을 끈 것은 죽녹원과 메타세쿼이아 길 사이 하천과 주변 제방의 나무들이다. 영산강 상류를 둘러싼 제방에

전남 담양에 있는 관방제림이다.

심은 나무에는 공식 명칭이 있다. 천연기념물 제366호로 지정된 관방제림이다.

관방제림 길은 늦가을에 가면 낙엽이 수북이 깔려 있다. 세상 어떤 화가가 그린 채색화보다 더 화려한 낙엽이 관광객들의 발 길에 바삭바삭 밟혀 내는 소리를 들을 수 있을 것이다. 그 길로 접어드는 순간 입구에 서 있는 표석의 내용이 흥미를 자극한다. 표석에 쓰인 글을 따라서 읽어본다.

관방제림은 말 그대로 관(정부)이 만든 제방을 보호하기 위한 나무라는 뜻이다. 2km에 달하는 숲에 200~300년 된 노목들로 가득한데 종류는 푸조나무, 팽나무, 개서어나무 등이다. 북으로 추월산과 용추봉, 남으로 덕진봉과 봉황산, 동으로 광덕산에 둘 러싸인 영산강 상류, 담양천은 해마다 홍수를 겪었다.

그러던 1648년, 인조 26년에 이 고을 부사가 치수를 위한 대담 한 결정을 한다. 담양천변에 제방을 쌓고 그 위에 나무를 심는 것이었다. 나무가 뿌리를 내리면 제방도 튼튼해지고 나무 자체 로도 물의 범람을 막는 역할을 한다고 판단한 것이다. 바로 그 부사의 이름이 성이성(1595~1664)이다.

본관이 창녕인 성 부사의 행적은 《인조실록》《국조방목》《영 남인물고》 등에 등장한다. 그의 아버지는 승지를 지낸 성안의인 데 아들 성이성은 1610년 진사가 됐지만 광해군 때는 벼슬길에 나가지 않았다. 인조반정이 일어난 후인 1627년에야 비로소 과

거를 치러 식년문과 병과에서 급제했는데 당대의 반골이었다고 한다.

성이성은 사간원정언—홍문관의 부수찬·부교리—사헌부지평을 지낸 뒤 1637년 사간원헌납이 됐는데 인조반정의 공신으로 국정을 농단한 세도가 윤방·김류·심기원·김자점에 대해 '오국불충의 죄를 저질렀다'고 직언하기도 했다.

성이성의 대찬 면모는 그 한 해 전인 1636년 병자호란이 일어났을 때도 확연히 드러난다. 그는 인조가 남한산성에 고립돼 있을 때 왕을 구하기 위해 친구들과 함께 출전하기도 했는데 길이 막혀 더 이상 남한산성에 접근할 수 없게 되자 경상감사 휘하로 들어갔다.

대쪽같은 성격 때문에 중앙에서 승진이 좌절된 성이성은 진주—강계—담양—창원 등 5곳의 외직을 돌았는데 그중 하나가 담양부사였다. 1648년 성이성이 쌓은 제방은 200여 년 뒤인 1854년 담양부사 황종림이 보수했다. 관방제라는 이름이 생긴 것은 황종림이 연인원 3만명을 동원해 이곳을 다듬은 뒤의 일이다.

성이성은 고을마다 송덕비가 세워졌는데 강계부사 때는 이 고장의 특산물인 인삼에 붙는 삼세를 면제해 줘 '관서활불'로 불리기도 했다고 한다. 혼자 글 읽기를 좋아하고, 찾아오는 이들은 지위의 높고 낮음을 가리지 않았으며, 재물에 초연해 늙어서는 생활에 곤란을 겪기도 했다.

성이성은 1695년(숙종 21년) 조선시대 공직자로서는 최고의 영예인 청백리로 선정되기도 했다. 성이성이 《춘향전》의 모델이라는 사실은 꽤 알려져 있다. 이것은 후손들이 성이성의 호 계서를 따 만든 《계서선생일고》와 역시 후손이 지은 《필원산어》 등을 한 대학교수가 《춘향전》과 비교한 바에 따른 것이다.

성이성의 부친은 1607년 남원부사로 발령 났다. 당시 13세였던 성이성은 아버지를 따라갔다. 성이성은 아버지가 광주목사로 떠날 때까지 5년간 남원에서 살았다. 당시 성의성은 17세, 《춘향전》 속 이몽룡이 춘향이를 만난 것은 16세 때로 그려진다. 벼슬길에 오른 성이성은 네 차례나 암행어사로 제수되는 '암행어사' 전문 관리였다.

그는 전국을 순회 감찰하면서 남원에 두 번이나 들렀다. 흥미로운 것은 성이성이 남긴 〈호남암행일지〉에 나온 자신의 호남 방문 루트와 《춘향전》 속 이몽룡의 루트가 흡사하다는 것이다. 또한 《춘향전》 속에서 암행어사 이몽룡이 탐관오리의 잔치 때 간담을 서늘하게 만들었던 시와 비슷한 시도 성이성이 남긴 기록에 등장한다.

이런 것들로 미뤄보면 성이성이 이몽룡의 모델이라는 추측은 상당히 그럴듯해 보인다. 어쨌든 성이성의 고향인 경북 봉화에서는 이미 오래전부터 성이성의 생가를 보존하고 있다. '재단법인 이몽룡(성이성) 기념사업회'라는 것도 있다고 한다. 아무래도 지자

체의 관광객을 끌기 위한 필사적인 노력의 일환 아닌가 싶다.

경북 봉화에 있는 계서당은 국가 지정 중요 민속문화재로 1613년에 건립된 것인데도 상당히 보존이 잘 돼 있다. 봉화가 오지여서 각종 전란을 잘 피했기 때문이 아닌가 싶다. 그런데 여기서 또 다른 의문이 생겨난다. 그렇다면 춘향은? 그의 뒤를 캐려면 전북 남원의 광한루에 가야 한다.

지금 광한루는 예전

전북 남원에 있는 촉석루 한켠에는 춘향이 사당이 있다.

과 달리 '광한루원'으로 이름이 바뀌었다. 광한루원은 기억에 생생한 곳이다. 1984년 대학 4학년 때 졸업여행을 다녀온 곳이기 때문이다. 첫날 전주에서 비빔밥을 먹고 남원에 들러 광한루를 본 뒤 여수에서 하룻밤을

묵고 다음날 부산을 거쳐 서울로 돌아오는 2박 3일짜리 졸업여
행이었다.

그로부터 30년이 훨씬 지난 뒤에 광한루원에 갔는데 30년 전
본 광한루는 변함이 없었지만 그 뒤편에 작은 사당이 있는 것이
었다. "그때도 이런 사당이 있었나?" 하는 의문이 들었는데 안으
로 들어가 보니 한 여성의 초상화가 있고 현판엔 '열녀 춘향사'
라는 글씨가 보였다. 이 사당은 1931년 지어졌다고 한다.

그렇다면 내가 대학 졸업여행 때 남원에 갔을 때도 분명 있었
을 것이다. 사당은 남원 유지인 강대형·이현순이 세울 것을 주장
했으며 남원·진주·평양·개성 등의 기생들로부터 돈을 모금해 지
었다고 한다. 사당이 건립된 것은 1931년 3월 1일이며 그해 6월
20일 단옷날 준공식과 함께 처음 춘향이에게 제사를 지냈다.

이들이 춘향사당을 지은 것은 '충절'을 기리기 위해서인데 춘
향이가 정절을 지켰는지 이몽룡을 유혹했는지에 대해 시각이 엇
갈린다. 정문에는 단심이라는 글이 걸려 있고 사당 정면에는 '열
녀 춘향사'라 쓰인 현판이 있으며 사당 안에는 춘향의 영정이
있다.

현재의 영정은 당대의 화가 이당 김은호가 그린 것을 송요찬
전 내각수반이 기증한 것이다. 남원에는 춘향사당만 있는 것이
아니다. 광한루원 한편에는 1992년 만든 춘향관이 있다. 내부에
《춘향전》 고서와 당시 생활을 보여주는 자료, 풍속화 등이 있다.

남원시는 매년 4월 말부터 5월 초에 춘향제를 여는데 올해가 92회째다.

그뿐이 아니다. 남원시 주천면 호경리, 즉 88올림픽 톨게이트를 빠져나와 구례 방향으로 가다 보면 육모정 교차로가 나오고 여기서 주천 방향으로 가면 국립공원 매표소에 닿기 전 춘향묘를 볼 수 있다. 묘가 1995년 조성된 데는 사연이 있다. 1962년 지금의 춘향묘 위치에서 '성옥녀지묘'라는 지석이 발견됐다.

이에 흥분한 남원시는 이곳이 춘향의 무덤으로 생각하고 묘를 만든 것이다. 100여 개의 계단을 오르면 봉분이 보이는데 앞에는 '만고열녀 성춘향지묘'라는 글씨가 보인다. '성옥녀'는 누구일까? 옥녀라는 여인에게 성이성이 자신의 성씨를 부여해 '성옥녀'라 부른 게 아닐까 하는 상상을 해보지만 안타깝게도 성옥녀에 대해서는 더 이상 알려진 바가 없다.

한마디로 미상의 인물 무덤을 춘향묘로 만든 것이다. 그런데 남원시민의 상당수가 '춘향이는 실존했다'고 믿고 있다. 그래서 관련 내용을 알아보니 원래 춘향이는 미인이 아니고 천하의 박색으로 삼십 넘도록 결혼을 못 했으며 어머니는 관기 월매였다는 설화가 여럿 있다. 그중 하나를 살펴본다.

춘향이 어느 날 남원 시내를 흐르는 요천에서 빨래를 하다 도령을 만나 연정을 품다 상사병에 걸렸다. 월매는 자기 딸을 위해 도령을 광한루로 유인한 뒤 춘향의 하녀인 향단이를 말쑥하게

꾸며 도령에게 보냈고 술을 강권해 취하게 만들었다. 다음날 도령이 일어나 보니 옆에는 천하 박색 춘향이가 있는 것이었다.

놀란 도령은 사태를 수습하려 비단 수건을 정표로 준 뒤 한양으로 가는 아버지를 따라 떠난 뒤 연락을 끊었다. 지금이나 조선시대나 신분의 귀천이 있었기 때문이었다. 이에 상심한 춘향이는 도령이 준 비단 수건을 이용해 광한루에서 목매 죽었다는 것이 설화의 내용이다.

그런데 다른 설화들도 하나같이 춘향이는 못생겼다고 하니, 이것도 하나의 진본이 여러 이본을 만든 것 아닌가 하는 생각을 해본다. 또 다른 설화의 줄거리도 앞선 설화와 비슷하지만 결말 부분이 다르다. 춘향이가 도령에 대한 원한을 품고 죽자 남원에는 3년이나 흉년이 들었다는 것이다.

당시 이방이 《춘향전》을 지어 원혼을 위로했더니 비로소 흉년과 재앙이 사라졌다고 하지만 이 역시 설화에 불과하다. 이런 것을 보면 성이성이 아버지를 따라 남원에 머물 때 한 처녀와 로맨스를 가졌고 그것이 훗날 성이성이 암행어사 시절 재차 알려지면서 구전 민담으로 내려오다 《춘향전》이 된 것 아닐까 싶다.

담양의 관방제림에서 늦가을의 정취를 만끽하다 성이성에서, 다시 이몽룡으로, 무대를 남원으로 옮겨 광한루와 춘향이를 되짚어보면서 든 생각이 있다. 전남 장성에서 '홍길동 생가'와 그가 실존 인물이었다는 내용을 봤을 때도 그랬다. 우리 지자체들

은 1995년 지방자치제가 실
시된 이후 지역발전을 위해
안간힘을 쓰고 있다.

그것은 당연한 일이다.
그러기 위해 관광수입을
늘리려 하고 그 방편으로
자기 지역과 연관된 소재
를 활용하는 것도 충분히
이해할 수 있는 것이다. 다
만 안타까운 것은 콘크리
트로 어마어마한 건물을
지어놓고 소프트웨어는 부
실하다는 공통점을 가지고

광한루에서 발견한 춘향이의 캐릭터다.

있다는 점은 부인할 수 없을 것이다.

이렇게 규모를 키우는 것은 다음번 당선을 위한 업적 과시용
전시 행정의 일환일 것이다. 차라리 자료가 없다면 소박한 자연
이라도 보게 해줬으면 오히려 사람들이 관심을 가지지 않을까
싶다. 예산을 잔뜩 쏟아부어 아무도 찾지 않는 기괴한 유령건물
을 만드느니 자연을 벗삼아 우리가 잘 아는 문화의 주인공들을
잠시 만날 기회를 준다면, 그게 웰빙을 지향하는 현대사회의 흐
름과도 맞지 않을까?

2부
—

역사 속의
우리 선비

20장

김상헌과 최명길과 남한산성의 비극

1623년 3월 13일 두 사람의 팔자가 굉음을 울리며 뒤바뀌었다. 광해군(1575~1641)과 능양군(1595~1641)이었다. 광해군은 그날 조선의 15대 군주에서 물러났고 능양군은 16대 군주가 됐다. 이후 광해군에게는 폐주 혹은 혼주라는 말이 늘 따라다녔다.

'인조반정'이라고 불린 이 쿠데타는 광해와 능양 사이에 얽힌 원한 때문에 시작됐다. 광해와 능양의 아버지이자 할아버지인 선조는 아홉 후궁 사이에서 열세 명의 아들을 뒀다. 광해는 선조와 공빈 김씨 사이에서 태어난 둘째 아들이었고 능양은 선조와 인빈 김씨 사이에서 난 정원군의 맏아들이었다.

공빈과 인빈은 선조의 총애를 놓고 경쟁하던 사이였다. 공빈은 광해를 낳고 2년 만에 세상을 떴다. 이후 인빈은 선조의 사랑을 독차지했다. 어머니의 후광 때문인지 인빈이 낳은 신성군을 선조는 아꼈다. 인빈에 대한 선조의 애정이 깊어갈수록 인빈의 오빠 김공량의 위세도 높아져 갔다.

이때 임진왜란이 터졌다. 임진왜란은 어머니를 일찍 여읜 광해군에겐 기회가 됐다. 첫째, 신성군이 피란 도중 죽었다. 둘째, 선조는 파천하기 직전 광해군을 왕세자로 지명했다. 셋째, 광해군은 왕세자가 된 것은 물론 분조 활동을 통해 자신의 능력을 과시하면서 자신의 입지를 굳혔다.

분조란 말 그대로 전쟁 상황에서 조정을 둘로 나누는 것이다. 한쪽이 적에게 피해를 입을 경우를 대비하기 위함이었다. 광해군은 의주 쪽으로 파천한 선조와 달리 함경도−강원도−황해도 등을 떠돌며 관군들에게 전투를 독려하고 의병을 모집하는가 하면 흩어진 민심을 다독였다.

전쟁이 끝나자 상황이 다시 일변했다. 1602년 선조가 인목왕후와 재혼해 영창대군을 낳자 차기 왕권의 행방이 다시 묘연해진 것이다. 왜란 때의 공신 정곤수는 1600년 선조에게 재혼을 하지 말라고 호소한 바 있다. 정비가 들어서 아이를 낳으면 광해군의 입지가 흔들릴 게 뻔했기 때문이다.

정곤수의 우려는 사실이 됐다. 더구나 명나라가 광해군을 첩자, 즉 첩의 자식이자 차자, 즉 둘째 아들이라는 이유를 들어 왕세자로 승인해 주지 않자 광해군은 1608년 아버지 선조가 세상

남한산성에는 우리의 한이 서려 있다.

을 뜰 때까지 극심한 스트레스에 시달렸다. 광해는 왕위에 오르자마자 대권 후보들을 제거했다.

1613년 선조와 인목대비 사이에서 태어난 영창대군이 희생됐다. 1615년에는 정원군의 3남 능창군이 모반 혐의를 받아 죽임을 당했다. 그 충격 때문인지 1619년 정원군이 세상을 떴다. 동생과 아버지의 죽음을 지켜본 인조, 즉 능양대군은 1620년 무렵부터 사람들을 모았고 3년 뒤 거사에 성공했다.

여기서 잠시 1623년 3월 23일, 즉 세상이 뒤바뀐 날의 광경을 살펴본다. 인목대비가 능양군에게 옥새를 넘겨주면서 쿠데타는 인조반정으로 승격된다. 이후 인목대비는 광해군에 대한 원한을 쏟아내기 시작했다. 그를 '역적의 수괴'라 부르며 죽이겠다고 나섰다. 도승지 이덕형이 연산군 때의 일을 거론하며 말렸지만 그것은 불난 집에 기름을 쏟아붓는 격이 되고 말았다.

"역괴(광해군)는 부왕을 시해하고 형을 죽였으며 부왕의 첩과 간통하고 그 서모를 죽였으며 적모(인목대비)를 유폐하여 온갖 악행을 구비했다. 어찌 연산과 비교할 수 있겠는가!"

이후 발표된 인목대비의 교서 가운데 주목할 부분이 있다. 인목대비는 '광해군의 죄악' 열 가지를 열거했는데 외교 문제에 대해 이렇게 말했다.

"선조는 임진왜란 당시 명이 도와준 '재조지은'을 잊지 못해 죽

경북 안동 풍산읍에 있는 양소재다.

을 때까지 명이 있는 서쪽을 등지고 앉은 적이 없었다. 광해는
배은망덕하여 천명을 두려워하지 않고 오랑캐에게 성의를 베풀
었으며 심하 전투 때는 전군을 오랑캐에게 투항시켰고 황제가
칙서를 내려도 구원병을 파견하지 않아 예의의 나라 조선을 오
랑캐와 금수로 만들었다."

　재조지은이란 '거의 멸망하게 된 것을 구원하여 도와준 은혜'
란 뜻이다. '심하 전투'란 1619년 후금의 왕 누르하치가 명을 정벌
할 때 강홍립의 원군 1만5000명이 명을 도와 후금과 싸우는 척

하다 광해군의 지시로 후금에 투항한 일을 말한다.

이런 인식은 당시 조선의 조정에 뿌리 깊게 박혀 있었다. 망해가는 명에 대한 의리를 지키고 융성하는 후금, 즉 청을 무시하고 배척하면서 조선은 나라가 사실상 멸망할 정도의 타격을 입게 된다. 임진왜란—정유재란이 끝난 지 30여 년 만에 일어난 정묘호란—병자호란은 여러모로 비교된다.

임진왜란—정유재란 때는 선조 주변에 문무의 인재가 넘쳤다. 문신 쪽에서는 류성룡·이원익·이항복·이덕형 같은 이들이 지모를 짜냈고 무신 쪽에서는 이순신·권율 같은 덕장·맹장이 즐비했으며, 홍의장군 곽재우처럼 전국에서 의병들이 들불처럼 일어나 망해가는 나라를 부축했다.

반면 정묘호란—병자호란 때 인조 주변에는 변변한 재목이 없었고 간신들만 그득했다. 임경업을 제외하면 별다른 장수가 없었으며 의병 또한 왜란 때와 비교해 그 규모가 형편없었다. 이는 인조라는 인물 자체의 능력이 할아버지 선조에 비해 모자랐고 나라가 두 차례 왜란으로 거덜 났기 때문이다.

그런데 조선에서 왕이 바뀔 때 명의 사정은 어땠을까. 1623년 3월 13일 《희종실록》에 이런 기록이 나온다. '바다를 통해 모문룡의 진영으로 군량을 수송하는 데는 한계가 있으니 모문룡 스스로 둔전을 경작하도록 하는 것이 절실합니다.' 이 모문룡은 두고두고 조선을 괴롭힌 화근이 된다.

경북 안동 풍산읍 소산리에 있는 삼귀정이다.

모문룡은 명의 장수이며, 모문룡 진영이란 평안도 철산 앞바다에 있는 가도의 동강진을 말한다. 모문룡은 절강성 동강 출신인데 가도에 진을 치며 자기 고향 이름을 붙인 것이다. 가도는 조선과 후금이 지척인 데다 요동반도와 발해만과 산동으로 연결되는 지리적인 요충지였다.

모문룡은 1622년 여기서 요동 수복을 외쳤는데 후금 입장에서는 눈엣가시 같은 존재였다. 모문룡은 왜 이곳에 진을 칠 생각을 했을까. 1618년 이래 명은 후금에 연전연패했다. 1619년 사르후에서 참패한 후 개원이 함락됐고 1621년에는 요양, 1622년에는 광녕이 무너졌다.

조선과 명을 잇는 육로의 단절은 명의 조선에 대한 통제력이 약화됐다는 뜻이다. 이때 혜성처럼 등장한 모문룡은 요양이 후금군에게 함락되자 요동을 떠나 조선의 의주, 용천을 떠돌다 1621년 진강으로 잠입했는데 불과 220여 명의 군사로 후금군을 물리쳤다. 이것이 '진강기첩'이다.

승첩도, 대첩도 아닌 '기이한 승리'라는 뜻의 기첩이란 말이 붙은 것은 그만큼 명이 후금군에게 싸우는 족족 져왔음을 보여준다. 당시 왕 광해군은 이런 모문룡을 화근으로 여겼다. 지는 해 명과 뜨는 해 후금의 상황을 냉철히 관찰했던 광해군은 모문룡에게 섬으로 들어갈 것을 권했다.

이후 광해군은 모문룡을 철저히 무시했다. 이런 모문룡에게 인조반정은 새 기회가 왔음을 뜻하는 것이었다. 한편 명에 대한 의리에 사무쳤던 인조와 그 신하들은 괄시받던 모문룡을 환대하는 것이 의리라고 생각했다. 당시 모문룡 찬양 열기를 잠시 살펴본다. 영의정 이원익은 "백성들이 군신의 대의는 몰라도 임진년에 명이 베푼 재조지은에는 감격하고 있다"며 명의 후금 공략에 동참하자고 말했다. 인조반정의 공신 이귀는 한술 더 떠 "모문룡과 합세해야만 민심을 수습할 수 있다"고 했다.

국제정세에 둔감한, 우물 안 개구리들이 국정의 주요 보직을

남한산성에서 외부로 통하는 암문이다.

장악하면서 조선에는 거대한 암운이 드리워지고 있었던 것이다. 변변한 병력조차 없으면서 입으로만 떠드는 '책상물림'들의 나라에 대해 최강의 군사력을 가지고 있던 후금은 호시탐탐 '버르장머리'를 고칠 기회를 엿보고 있었다.

친명배청 못지않은 화근은 또 있었다. 인조가 반정에 성공한지 석 달도 안 돼 역모의 움직임이 세 차례나 포착됐다. 인조가가장 믿었던 무장 이괄이 논공행상에 불만을 품고 거병하자 인조 정권은 뿌리부터 흔들렸다.

반정 성공 후 이괄은 인조에게 후금군을 방어하는 대책을 제시하고 정권 보위에 나섰다. 이괄을 인조가 서북 변방으로 보내 후금 방어를 맡기려 하자 이귀가 반대했다. "서울에 남겨두고 의지해야 한다"고 한 것이다. 인조는 이를 받아들여 이괄을 1623년 5월 좌포도대장으로 임명했다.

3개월 뒤 다시 서북 변방의 정세가 불안해지자 인조는 8월 16일 이괄을 부원수로 임명해 평안도로 보냈다. 이괄은 태연하게 임지로 떠났으나 석 달 뒤 논공행상에서 자신이 2등 공신으로 책봉되자 불만을 터트렸다. 더구나 한양에선 이괄의 아들이 반란을 꾀한다는 소문까지 있었다.

영변에서 군사를 일으킨 이괄은 질풍처럼 남하했다. 1624년 2월 8일 이괄의 군대가 임진강을 건넜다는 소식을 접한 인조는 황급히 한강을 건넜다. 이때 어처구니없는 일이 생겼다. 임금이 탈 배가 없어 전라병사 이경직이 한 척을 구해왔더니 신하들이 서로 타려 경쟁을 벌인 것이다.

위기의 순간 임금은 보이지 않았던 것이다. 이경직이 칼을 뽑아 들고 위협하자 그제야 신하들이 뒤로 물러섰다. 인조가 배에 올랐지만 한참이나 출발하지 못했다. 임금을 경호해야 할 군사들이 뒤처져 있었던 것이다. 배가 한강 중간쯤 도달했을 때 궁궐에서는 불길이 치솟고 있었다.

인조가 수원에 도착했을 때 조정에서는 이괄의 반란군을 부산 동래에 있는 왜인 1000명을 빌려 막자는 논의가 있었다. 이들은 임진왜란 이후 일본으로 돌아가지 않고 조선에 남은 항왜들이었다. 아무리 상황이 다급하다고 불과 몇십 년 전 싸운 일본의 힘을 빌리자는 발상은 정상이 아니었다.

이괄은 2월 10일 한양에 입성했는데 반란군이 서울을 점령한 것은 조선 역사에서 그것이 처음이자 마지막이었다. 이괄의 난은 장만과 정충신에 의해 제압됐으나 인조의 권위는 실추됐고 민심은 흉흉해졌다. 심지어 "모든 재물이 바닥나 열흘 먹을 저축도 없는 상황"이라는 보고가 잇따랐다.

더욱이 인조가 서울을 비운 사이 난민들은 궁궐과 관청에 난입해 불을 지르고 공사의 재물을 약탈했다. 각종 서류와 문서, 양곡들이 없어지고 불에 탔으며 각 관청에 보관됐던 무기들도 사라졌다. 이원익의 기록에 따르면 "반란을 겪은 후 모든 군기가 사라졌다"고 한다.

모문룡에 코가 꿰이고 무너져 가는 명에 기댔으며 떠오르는 후금과 등을 진 데다 반란으로 기강이 무너졌으며 민심까지 등진 조선에 마침내 우려했던 일이 일어났다. 1627년 1월 8일 홍타이지가 조선 정벌을 명한 것이다. 한명기 명지대 교수는《병자호란》에서 그 원인을 이렇게 말한다.

"홍타이지는 원래 조선에 강경론자였다. 아버지 누르하치나 홍타이지의 형 다이샨의 입장은 달랐다. '조선이 명의 배후에 있는 점을 고려해 적대하지 말고 포용해야 한다'는 입장을 견지했던 것이다. 누르하치가 죽은 뒤 조선을 삐딱하게 보던 홍타이지가 등극한 것은 조선에 재앙이었다."

한 교수는 정묘호란의 원인을 두 가지로 본다. 첫째가 1627년 만주 지역을 덮친 심각한 기근이었으며, 두 번째가 '목엣가시' 같은 모문룡 문제를 해결하지 않고는 후금이 명의 본토를 치지 못하기 때문이다. 후금군은 1627년 1월 13일 압록강을 건넜다. 1월 21일에는 청천강을 도하했다.

이때 안주성을 지키다 성이 무너지자 자결한 평안병사 남이흥이 죽기 직전 남긴 말이 의미심장하다. 그는 "내가 지휘관이 돼한 번도 습진을 해보지도 못하고 죽는 것이 애통하다"고 말했다. 이괄의 난 이후 인조는 또 다른 쿠데타를 우려, 무장들을 기찰하느라 혈안이 돼 있었다.

이 때문에 습진을 하면 역모의 수괴로 몰리는 상황이었기에 남이흥 같은 무장들은 병사를 거느리고도 변변한 훈련조차 못했다. 강화도로 피신했던 인조는 3월 3일 후금과 강화했다. '조선이 향후 후금을 적대시하여 나쁜 마음을 품지 않겠다'는 약속을 한 뒤에야 전쟁이 끝났다.

전쟁이 끝난 뒤에도 조선에는 변화가 없었다. 여전히 명을 숭배하고 청을 경멸했다. 1636년 11월 25일 홍타이지는 신하들과함께 환구에서 제사를 지냈다. 이 제사는 자신이 조선 정벌에 나서게 된 까닭을 고하는 자리였다. 홍타이지는 축문을 통해 조선이 저지른 잘못을 열거했다.

1619년 명을 도와 자신들을 공격했으며 1621년 후금이 요동을 차지한 후에도 도망쳐온 한인들을 받아들여 다시 명에 넘겼고 정묘호란 후 맹약을 체결했지만 누차 공격했고 명에는 함선을 제공하면서 자신들에게는 그러지 않았다는 것이다. 1636년 12월 9일 마침내 청군이 압록강을 건넜다.

청군은 의주~곽산~정주에 무혈입성했다. 이때 조선군은 산성에서 웅거하며 저항하는 전략을 폈지만 청은 이것을 역이용했다. 조선군과 백성들이 의주의 백마산성, 평양의 자모산성, 황주의 정방산성으로 피한 틈을 타 곧장 서울로 진격한 것이다. 텅 빈 대로를 청군이 질주해 지나가자 뒤늦게 놀란 조선군이 성 밖으로 나와 청군을 뒤쫓는 진풍경이 곳곳에서 연출됐다. 조선군 지휘부는 또 다른 실책도 했다.

당시 의주 건너편 용골산에는 봉수대가 있었다. 청군이 침략하면 당연히 봉화 두 개가 올라야 했다. 12월 6일부터 연달아 봉화가 올랐으나 당시 황주 정방산성에 주둔하던 도원수 김자점은 그것을 무시했다. 겨울에는 적군이 움직이지 않을 것이라는 안이한 판단이 일을 그르친 것이다.

1636년 12월 9일 청군이 가공할 기동력으로 순안을 지나 안주로 향할 무렵에야 김자점은 서울로 장계를 올렸다. 김자점의 장계가 서울에 도착한 것은 13일이었는데 14일 청군이 개성을 통과했다는 장계가 또다시 날아들었다. 인조가 그날 밤 강화도로 가려는데 청천벽력 같은 소식이 들려왔다.

청군이 은평구 녹번동에 나타난 것이다. 광해군 시절부터 강화도는 유사시의 피란처였다. 상당한 군량과 화약도 비축돼 있었다. 그런 강화도에 인조는 가지 못했다. 인조가 우왕좌왕하는 사이 이조판서 최명길(1586~1647)이 나섰다. 청군 선봉장 마부대와 강화에 대한 담판을 벌이겠다는 것이었다. 막 무악재를 넘던 마부대에게 최명길의 담판 요청은 '시간 끌기'로 보일 여지가 충분했다. 가자마자 죽임을 당할 수도 있었다. 그런데도 최명길은 적진으로 갔고 그가 시간을 버는 사이 인조는 남한산성으로 갈 수 있었다.

여기서 최명길에 대해 알아본다.

최명길은 인조를 국왕으로 추대한 1등 공신이다. 인조반정에 참여한 것은 부친과 관련 있다. 최기남(1559~1619)은 광해군대에 영흥부사로 있다가 계축옥사에 연루됐고 간신히 목숨을 부지해 경기도 가평에서 7년을 은둔하다가 병사하였다.

최기남은 우계 성혼의 문인으로 모두 5형제를 두었는데 맏아들인 몽길은 일찍 죽고 그 아래 둘째가 래길이며 셋째가 명길이다. 그 밑으로 혜길과 만길이 있다. 최명길의 묘는 충북 청원군 북이면 대율리에 있지만 태어나기는 1586년(선조 19) 금천에서 태

안동 김씨 종택의 표지판이다.

어났다. 자는 자겸이며, 본관은 전주, 호는 지천이다.

8세 때에 "오늘은 증자가 되고 내일은 안자가 되며 또 그다음 날엔 공자가 되리라"라고 해 부모를 놀라게 했다. 이항복과 신흠 밑에서 수학했고 조익·장유·이시백과는 절친했다.

최명길은 20세 때인 1605년(선조 38) 한 해에 소과와 대과시험을 모두 통과했다. 홍문관 전적이 됐지만 북인의 권력 독점이 심화되던 1614년(광해군 6)에 병조좌랑에서 삭직됐다. 이후 선조비인 인목대비가 유폐되자 이귀가 중심이 된 반정계획에 참여했다.

인조반정의 정사공신으로 공이 인정돼 완성부원군에 봉해졌다. 이후 반정 정권의 핵심 인물로서 이조좌랑에서 이조참판에까지 출셋길을 달렸다. 최명길은 병자호란이라는 전란만 없었다면 관료로서 뛰어난 업적을 칭송받았을 것이다.

홍문관 부제학으로 있으면서 관제개혁을 주장했고 병조참판 시절에는 백성들의 부세 및 군량미를 경감시키는 정책을 폈다. 사헌부 대사헌으로 있던 중에는 인조의 친동생인 능원군이 저지른 살인사건을 조사하다가 파직을 당하기도 했다.

조선시대에 할아버지와 손자가 모두 정승 반열에 오른 15가문이 있는데 최명길 가문도 그중에 속한다. 숙종대 영의정을 지낸 최석정(1646~1715)이 그의 손자이다. 최석정은 영의정을 무려 8번 역임한 인물로 할아버지의 학문을 이어받아 이념적으로는 양명학적 성향을 띠었다.

다시 병자호란의 급박한 상황으로 돌아가 본다. 남한산성은 천험의 요새다. 성곽에서는 도성이 한눈에 들어온다. 문제는 방어 준비가 제대로 되어 있지 않았다는 점이다. 황급히 오다 보니 군사도 군량도 별로 없었다. 더구나 일각에선 여전히 "성을 빠져나가 강화도로 가자"는 주장도 나왔다.

당시 남한산성에 있던 조선군은 1만2000명에서 1만8000명 정도로 추산된다. 이들은 군량을 감안하면 최대 45일을 버틸 수 있었다. 이런 조선군을 청군은 완전 포위하고 고사시키려 했다.

강화산성에 서면 맑은 날 북한 땅이 보인다.

쫄쫄 굶고 추위에 떠는 조선군에게 청군은 가끔 홍이포를 쏘아 댔다. 공포가 극에 달하고 있었다.

이러는 사이 남한산성에서는 화친파와 옥쇄파가 다투고 있었다. 화친파의 선봉은 앞서 말한 최명길이었으며 옥쇄파의 선봉은 김상헌(1570~1652)이었다. 최명길이 "나라가 보존돼야 와신상담이라도 할 수 있다"고 하면 김상헌이 "적정도 모르면서 지레 와신상담을 말하느냐"고 핀잔놓는 식이었다.

전쟁의 끝 무렵 최명길이 항복문서의 최종본을 다듬고 있는데 김상헌이 들어와 그것을 보더니 북북 찢어버리고 통곡했다. 그러던 사이 1637년 1월 22일 강화도가 함락되고 차마 눈 뜨고 볼 수 없는 참극이 벌어졌다. 1월 30일 인조는 마침내 삼전도로 나가 홍타이지에게 항복했다.

여기서 척화파의 대표인 김상헌에 대해 알아본다. 그는 본관은 안동으로 자는 숙도, 호는 청음·석실산인 등이다. 시호는 문정이다. 그는 1570년(선조 3) 6월 3일에 서울의 외가에서 태어났다. 그의 연보에는 어머니가 임신한 지 12개월 만에 낳았다고 기록되어 있다.

그의 아버지 김극효(1542~1618)는 문과에 급제하지 못했고 주로 외직이나 중앙의 한직에서 근무한 인물이었다. 외가는 대단했다. 외조 정유길(1515~1588)은 좌의정을 역임했다. 정유길의 조부는 중종 중반 영의정을 지낸 정광필(1462~1538)이고 증조는 성종 때 이조·공조·호조판서를 역임한 정난종(1433~1489)이었다.

그가 겪은 첫 번째 큰 전란인 임진왜란은 아직 출사하기 전인 22세 때 발발했다. 그는 부모를 모시고 강원도로 피란했다가 겨울에 충청남도 서산으로 갔다. 이때 아들 종경이 3세로 요절하는 슬픔을 겪었다. 전란의 와중인 1596년(선조 29) 가을에 김상헌은 과거에 급제해(19명 중 13등) 승문원 부정자로 출사했다.

그때부터 선조가 세상을 뜬 1608년까지 김상헌은 이런저런 중하급 관직을 거쳤다. 김상헌에게 광해군의 치세는 대체로 침체와 불행의 세월이었다. 이 기간에도 그는 의정부 사인·교리·사간·응교·직제학·동부승지 같은 비중 있는 관직을 지냈지만, 빛보다는 그늘이 더 짙었다.

첫 시련은 1611년(광해군 3)에 파직된 것이었다. 원인은 〈회퇴변척소〉라 불리는 우찬성 정인홍(1535~1623)의 상소였다. 제목 그대로 그 글은 회재 이언적과 퇴계 이황을 변론해 배척하고 자기 스승 조식을 옹호하는 내용을 담고 있었다.

김상헌은 이때 정인홍을 비판했다. 곧 복직되기는 했지만 김상헌은 2년 뒤인 1613년(광해군 5)에도 아들 김광찬이 역모로 몰려 옥사한 김제남의 손녀사위라는 이유로 다시 파직됐다. 광해군과 북인이 반정으로 축출되고 인조와 서인이 집권하면서 김상헌은 서인을 대표하는 인물로 떠올랐다. 병자호란이 일어났을 때 그는 경북 안동에 있는 석실에 있었다. 66세의 이 노대신은 남한산성으로 몽진한 조정을 뒤따라 들어갔고 위기 속에서도 척화와 항전을 주장했다.

그는 "반드시 먼저 싸워본 뒤에 화친을 해야 합니다. 만약 비굴한 말로 강화해 주기만을 요청한다면 강화 역시 이룰 가망이 없습니다"라고 인조에게 말했다. 이런 판단으로 김상헌은 세자를 인질로 보내는 데 반대했고 최명길이 지은 항복 국서마저 찢어버린 것이다.

1637년 1월에 김상헌은 죽음을 결행하기도 했다. 엿새 동안 식사를 하지 않았고 옆에 있던 사람이 풀어줘 살아나기는 했지만 스스로 목을 매고 만 것이다. 1637년 2월 7일에 그는 고향인 안동으로 낙향했다. 형 김상용이 강화도에서 순절했다는 소식을 들은 며칠 뒤였다.

1640년(인조 18) 11월에 김상헌은 심양으로 압송되었다. 청의 장수 용골대는 김상헌이라는 인물이 관작도 받지 않고 청의 연호도 쓰지 않는다는 것이 사실이냐고 물었고, 조정에서는 그를 심양으로 보낼 수밖에 없었다. 12월에 그가 도성을 지날 때 인조는 어찰을 내려 위로했다.

김상헌은 1641년(인조 19) 심양의 북관에 구류됐다. 그때 대표적 주화론자인 최명길도 심양에 잡혀 와 있었다. 16세 차이로 조선을 대표하는 두 대신이 포로의 신세로 주고받은 시는 극명한 인식의 차이를 보여준다. 최명길은 김상헌이 명예를 위하는 자라

판단하고 정승 천거에서 깎아버리기까지 하였는데, 같이 구금된 상황에서 죽음이 눈앞에 닥쳐도 확고하게 흔들리지 않는 모습을 보고 드디어 그의 절의를 믿고 탄복했다.

김상헌도 최명길을 남송의 진회와 다름없는 간신으로 보고 있었는데 그가 죽음을 걸고 스스로 뜻을 지키며 흔들리거나 굽히지 않는 것을 보고 그의 강화론이 오랑캐를 위한 것이 아님을 알게 되었다고 한다. 두 사람은 서로 마음을 풀고 시를 지으며 우정을 나눴다.

> 양대의 우정을 찾고 從尋兩世好
> 백 년의 의심을 푼다 頓釋百年疑

김상헌의 시에 최명길이 답시를 주었다.

> 그대 마음 돌 같아서 끝내 돌리기 어렵고 君心如石終難轉
> 나의 도는 둥근 꼬리 같아 경우에 따라 돈다네 吾道如環信所隨

머나먼 타국에서 옥살이를 하는 동안 그들은 서로 방법이 달랐을 뿐 나라를 위한 마음은 같았다는 것을 새삼 깨닫고 화해한 것이다. 최명길은 1645년(인조 23) 3월에 풀려나 다시 서울로 돌아왔다. 당시 그의 나이 60세였다. 귀국한 지 2년 후 병으로 누운 최명길은 인조가 직접 문병을 갔으나 일어나지 못하고 5월 17일 62세를 일기로 조용히 눈을 감았다.

명나라가 망한 1644년 이듬해인 1645년 2월, 김상헌은 소현세자(1612~1645)를 모시고 귀국했다. 그는 바로 석실로 돌아갔다. 소현세자는 두 달 뒤 급서했다. 이때부터 별세할 때까지 김상헌은 주로 석실에 머물렀다. 1646년(인조 24) 3월에는 좌의정에 제수되었으나 무려 32번이나 사직해 한직인 영돈녕부사로 물러났다.

'숭명배청'의 절개를 상징하는 노대신의 일생은 3년 뒤인 1652년(효종 3) 6월 25일, 82세로 마감되었다. 그는 석실의 선영에 모셔졌고 영의정에 추증되었으며 '문정'이라는 시호를 받았다. 양주에 세워진 석실서원을 비롯한 여러 서원과 남한산성 현절사에 모셔졌다.

북한의 잇단 도발로 인해 한국이 자위책의 일환으로 사드 미사일 배치를 결정했다. 북한의 망동에는 요지부동이던 중국이 돌연 미국과 결탁한 한국을 혼내겠다며 강경책을 내놓고 있다. 지금은 경제적인 보복이지만 언제 군사적 보복이 있을지 모른다. '사드호란'이라 할 만하다. 이럴 때 우리는 어떤 자세를 취해야 하는가. 국정은 마비됐고 정치권은 분열돼 있으며 국민들은 태극기와 촛불로 갈라졌다. 김상헌과 최명길의 나라를 위한 행동을 곱씹어볼 시간이 아닌가 싶다.